无神庙的女人

横舟 著

文化艺术出版社
Culture and Art Publishing House

目录

这座破庙，穷得连一尊神像都没有，
只是一群叫花子在装神弄鬼。

——题记

引子

1

三年困难时期，大家都吃不上饭。在华北地区的白沙河岸边，已经出现了饿死人的事情。坐落在白沙河岸边的白沙湾村，原本是个富裕之乡，可是由于天灾人祸的降临，如今也变成了饥饿之村。家家没有粮吃，户户揭不开锅。地里的野菜早就被拔净，不要说是树叶，就是树皮也被剥得精光。吃榆树皮吃得大家都拉不出屎来，什么食物也没吃，肚子倒胀得鼓鼓的。大人是一脸的菜色，孩子们骨瘦如柴的顶个大脑壳。全村听不见鸡狗的叫声，连大声说话的人也没有。

中午的时候，村里的街上来了两个要饭的，是一对母女。村里人说是从白沙滩上的河神庙里出来的。这河神庙是一座空庙，就剩下几间破房子还能挡挡风雨了，如今里面住了几个要饭的叫花子。连饿再累母亲已经奄奄一息，女儿十三四岁，见母亲躺在地上起不来了，她跪在地上哭，求乡亲们给口饭吃，救救母亲。村里有个淘气小子叫青皮，在拿她们母女逗着玩，要那女孩儿嫁给他，被路过的村长给骂跑了。村里的人也不富裕，大家都是挨饿度日。当一个乡亲端来半碗榆树皮粥的时候，她的母亲已经没气了。人死了，不能在街上放着呀，村长带着村里的人帮那女孩儿把母亲的尸体拉到村外面埋了。回来后，看着这个半大女孩儿，望着她那泪汪汪的大眼睛，村长心里可犯了难，这孩子怎么安置呢？女孩儿求乡亲们收下她，只要给口饭吃，干什么都行。可乡亲们家家都揭不开锅，谁家里现在也养不起一个白吃饭的呀。这青皮倒是不在乎，非要他妈把这女孩儿带回去，被他妈骂了一顿。但他的眼睛始终在那女孩儿的身上转，女孩儿也向他投去温和企盼的目光。

正在村长为难的时候，一个瘸老汉走过来，他左右、前后地看了看那女孩儿，就把她领走了，这下可给村长解了围。瘸老汉的条件是要她照顾自己有病的儿子，并给儿子做媳妇。姑娘只要是有口饭吃干什么都行，就答应下来。青皮见姑娘跟瘸老汉走了，心里有所不甘地一直望着那个姑娘。那个姑娘也在回头望他，眼睛里充满了哀怨，可是谁也无法逾越饥饿和贫困这条鸿沟。

村里人都管这瘸老汉叫魏瘸子，日本鬼子来的时候他和同村的牛德旺一起被鬼子拉去修路，把他们一群人都押上了卡车。半道上，牛德旺跳车逃跑了，他没跑了。后来给鬼子修工事，土方塌方，把腿给砸伤了。人拉回来的时候，已经快不行了。是乡亲们把他给救活的，可是一条腿算是废了。后来乡亲们和他玩笑，叫他二鬼子，意思是让他永远记住这码事，于是在村里就落下个二狗子的浑名。媳妇去世的早，留下个儿子半条命。人长得像个大烟鬼，村里人又玩笑说他爹给日本人干事时，一准是抽大烟来着，要不怎么生个大烟鬼呢？但不管怎么说，魏瘸子在村里的人缘不错，大家都尊重他。可这年头儿吃不上喝不上的，尊重管什么用呀？

魏瘸子的儿子今年十六岁，得的是小儿麻痹症。今天魏老汉在街上眼看了这对母女的悲惨境遇，心里一活动，就把这女孩儿领回家来了。瘸老汉为了延续魏家的香火，虽然明知道自己的儿子没有那本事，可也要强努一下。为了让儿子不白来这世上走一遭，为延续魏家的香火，也为了这女孩儿能活命…… 自己不花一分钱，儿媳妇就进门了。这就是魏老汉心里打得精明算盘，难怪人说瘸子心里三把刀。

这女孩儿叫春芽，是个灵巧孩子。跟着魏老汉回到家，举目观望，虽然寒窑似的屋子，可那时家家户户都这样，更何况自己连这样的寒窑也住不上呢，心里倒也坦然。瘸老汉给她打好一盆水让她洗脸。她一洗完脸，露出个漂亮脸蛋儿，把个旱娃喜欢得不得了。魏老汉又把自己老伴以前穿的衣服找出来给她换上，当天晚上魏老汉就给他们办了喜事。尽管春芽年幼不更事，可还是被魏老汉推进了旱娃的屋里，她的脸上挂满了羞红。

谁想一入洞房，旱娃就像傻子一样地看着她。春芽坐在炕沿儿上，一直坐到很晚，可炕上躺着的男人只是用眼睛看着她，一动也不动。春芽只好一件一件地脱衣服，准备睡觉。突然，她感觉躺在炕上的人在抖动。她用眼睛的余光看了一眼，见他浑身抽得变成一个球儿，而且还口吐白沫，是癫痫病犯了。把春芽吓得衣服都顾不上穿，从屋里连喊带叫地跑出来。瘸老汉一瘸一拐地来到新房里，赶紧把自己身上的衣服扯下来给春芽披在身上，又把儿子从抽搐中救过来。然后又教给春芽按摩的方法，让她按照方法给他的男人按摩。这新婚之夜一直折腾到天亮，春芽的两只眼睛实在是睁不开了，才趴在床上睡了。上午醒过来的时候，她发觉旱娃的手在她的脸上抚摸着，他在看着她笑，嘴角流着口水。从此后，春芽每天都照顾着这个半条命的人，而这个人只是她名义上的丈夫。她在这两个男人的家里，也就算是安顿下来了。

村外后面就是白沙河，过了河的对岸是一片沙滩，叫白沙滩，远看一片白茫茫。白茫茫的白沙滩上面，坐落着一座河神庙，说是河神庙，其实就是几间破房子，里面的神像早就被连年累月的战争给捣毁了。解放后，政府由于不提倡封建迷信，也没有来得及修复。如今里面住着三个半大小子和一个瞎妈，这就是前面说的那个牛德旺留下的遗孀和他的三个儿子。这瞎妈虽家境贫寒，过的是吃不上喝不上的日子，可带着的这三个儿子，是个顶个的水葱似的。他们正是青春年少时候，风华正茂之龄，要不是赶上荒年，说不定老大或老二已经给瞎妈抱上孙子了。

三个小伙子的父亲叫牛德旺。这牛德旺年轻时本来说了个临村的媳妇，挺俊俏的一个姑娘。穷人有穷人的欢乐，也没花什么钱，就把她娶进家来了。在他们结婚那天，晚上还没有入洞房，日本人就来了。当晚，新媳妇被小日本给祸害死了。牛德旺悲愤难当，要找小日本去拼命，被赶来的乡亲们拦下。可谁知道一个日本军官当记者的妹妹知道这事后，就主动上门来，要为日本军人的暴行赎罪，非要嫁给牛德旺不可。牛德旺正在火头儿上，为了报复日本人，就把这女人给睡了，事后他说什么也不要这女人。哪承想，这女人死活就是不肯走，还接二连三地给他生了三个儿子。牛德旺见她对自己如此忠心不二，过来时又是个黄花闺女，就把她认下了。日本人投降那年，牛德旺带着八路军接收日伪军投降的时候，被日本人开枪打死了。用瞎妈的话说：你爹他死得冤呀。扔下了三个孩子，那时三水才两个月大，大水他妈为此事哭瞎了眼睛，但她还是咬着牙把三个孩子拉扯成人，而由此也在村里成为人所共知的瞎妈。因为她的日本名字山本美惠子太长，村里的人记不住，就都叫她瞎妈。

由于这瞎妈的死鬼丈夫和瘸老汉有交情，所以两家来往密切。瘸老汉拉扯个病儿子，瞎妈总是让三个儿子前去照应。自从把春芽娶进门后，这三个小子来得更勤了。一来二去的，这三个儿子很让春芽惹眼。三个儿子叫大水、二水、三水，每次春芽看见他们都脸上发热得心里乱跳。不由自主的血液就往上涌，好像在他们之间有什么事情要发生似的，春芽自己也不知道是怎么回事。

由于牛德旺是给八路军带路被日本鬼子打死的，可他毕竟是死在日本人的枪下。所以，土改的时候政府为照顾他们家的生活，答应给大水在城里安排工作，去城里的邮电局干邮递员，可这瞎妈不知道怎么想的，就是不愿意让大水去。政府又给他们家分了一座地主的宅院，让他们搬进去住，瞎妈还是不愿意住。因为他们家是政府照顾的对象，没办法，政府就让他们自己提个条件，好把工作做了。瞎妈思考了一阵后，提出来要村后面白沙滩上的那座残破不堪的河神庙。

这白沙滩方圆有百十来亩，是片连草都不长的盐碱白沙滩。它坐落在白沙河两个河岔交界的三角地方，也不知道何年何月何人在这里修了一座河神庙，这是一座连一尊神像都没有的破庙，只有几个叫花子在里面装神弄鬼，成年累月的根本没有人来朝拜。据说是由于这地方总发大水，拜河神根本不管事，乡亲们把河神的塑像给扔河里去了。也有别的说法，是打仗的时候，把神像给毁了。总之，目前这河神庙里，就剩下了几间破房子，还漏雨。院墙也是残破不堪。四周是一片白沙，荒无人烟，几百米以外就是白沙滩渡口，有一条破船可直接划到对岸的白沙湾村码头。

政府为了照顾他们的生活，提出每年的七月份，村里祭拜河神的时候，让他们配合一下乡亲们的活动。好以这名义给他们一些补贴，可这瞎妈是天生来的倔脾气，说什么也不要。但是条件政府却答应下来了，就是在每年乡亲们的祭拜河神活动期间，由他们家出人装扮成河神，给乡亲们提供一个烧香拜神的对象和场所。平时没有活动的时候，对这个场所进行管理，包括修缮和卫生打扫等。

三个儿子都是孝顺孩子，对于母亲所作的决定，谁也没有异议。于是，全家就搬上了白沙滩。并按照和政府达成的协议精神，每年配合乡亲们祭拜河神。由瞎妈装扮成河神，她的儿子们装扮成虾兵蟹将。瞎妈和她的儿子们就这样住进了河神庙。住进去后，他们又把父亲的墓修起来，从此过上了每天靠打捞白沙河里的鱼过活的日子。虽然日子过得有些紧巴，不如岸上的人，可自己独自生活，不招灾，不惹事，还算省心。每天在河里打鱼，自己留下够吃的，剩下的拿到岸上去卖，还能赚回点油盐钱。说是给乡亲们提供拜神的条件，可自他们住进来后，除去来了几个以前在这里住的叫花子外，就是视察的领导，其他再也没有见人来拜河神。当然，领导来了他们是要装一装的，穿上道具服装，举行了事先排练好的仪式，给领导们看看。

这年发大水，政府考虑到这家人的安全问题，要他们搬到村里来住。可瞎妈说什么也不搬，抢险救灾的时候，她全家人都住到了船上。洪水退去后，瞎妈让三个儿子从岸上往白沙滩上用船运土，围着庙的院墙把地基垫起来，砍了河岸上的几棵树，又重新翻盖了几间厢房。之后，瞎妈让他们又继续用船从岸上运土，在庙的后面垫起一块地来，瞎妈让儿子在上面种起了庄稼、蔬菜……夏秋季节，收成也还不错。瞎妈见这倒是个好办法，就一连让三个儿子用船运了两年的土，在沙滩上垫起了几十亩地。就这样，他们在这几乎与世隔绝的地方，生活了几年，岸上的风云变幻、是是非非好多年来都与他们无关，也是由于母亲管得严，根本不让儿子掺和村里的事。用母亲的话说，村里的烦心事，你要是沾上，这辈子就别想再脱身。虽然村里经常有人找他们去开会，参加活动什么的，可都被瞎妈拦住了。破四旧的时候，其他的庙都被抄了，唯独他们的庙没有动，原因就是他们的庙里没有神像。以往供奉的神像都是他们真人装的。由于白沙滩总发大水，河神在这里没有什么威信，乡亲们对河神也不怎么相信，所以，烧香拜神的也就那么回事，不是很频繁，没给他们的生活形成什么负担。

这一晃几年过去了，儿子都长大成人，三个塔似的小伙子长起来了，瞎妈的心里算踏实了些。白沙滩上的生活虽然是苦一些，可这日子还是能过的。庄户人家吃苦惯了，只要能活着就行。这么三个塔似的大小伙子，怎么也能把老娘养老送终呀。虽然日子苦，可用老娘的话说：安心。再说了，这几十亩地还养不活这几口人?

可这舒心日子没过几天，有件事情就把瞎妈的心给揪起来了。一天晚上，吃饭的时候，老大的衣服撕破了，露出了半个白屁股，被两个弟弟嘲笑着，瞎妈的心里突然一动，紧跟着她的心就揪起来了。这三个儿子都大了，马上面临的是要给他们娶媳妇。这荒郊野外，四处不挨的，哪儿去给他们找媳妇呀？一下瞎妈的心就紧了。从这以后，瞎妈就很少言语，平时也不再和儿子们说话、聊天了。晚上，有时候整夜的唉声叹气，睡不着觉。大水毕竟年纪长些，就注意到了母亲的这些变化，问了几次，母亲也没说。他还以为是母亲生病了，哪里知道当妈的心思呀。

一天，村长李全宽带着人到白沙滩的河神庙来视察，瞎妈把自己儿子的婚事和村长说了，要村长给帮帮忙。村长还真拿这事当回事，到村里一布置工作，谁想到，没有一个人家应承。因为吃得上饭吃不上饭的还好说，都怕沾上这日本人的关系，将来吃挂落儿。这下可让村长犯了难，但照顾他们牛家的后人，这是上面有政策的。可是，不管村长怎么解释，乡亲们就是不愿意沾这麻烦事。大家都说：饿死事小，弄出个出身问题来事大。结果这事就耽搁下来，村长又不好直接和瞎妈说具体的原因。

由于瘸老汉和大水父亲牛德旺是生前好友，两家有交情，再加上他的家里老弱病残，所以每次大水他们哥仨上岸的时候，瞎妈总是要照顾他们，给他们送一些吃的。这也是大水一家在岸上唯一的一个联系。春芽也是个生长发育很成熟的女孩儿，人长得又丰满多情。哥三个正值青春年少，比起那个病秧子丈夫来，自然在春芽的眼里是有位置的。这边的哥仨也都到了冲撞的年龄，自然的吸引力，一切都尽在不言中。哥三个虽然嘴里不说，心里都在打着小九九。每次来魏家，都争先恐后的，这让瞎妈很觉得奇怪。而春芽这边，也是心里放了个事，每次三兄弟来，她的心就飘起来，显得很兴奋。如果几天没见到那三兄弟，她的神色就会不安，那双眼睛总是往门口张望，心里好像是有什么事似的。

但是，她对于旱娃的照顾也是无微不至的，开始瘸老汉对春芽还不放心，毕竟是自己的儿子，经过一段时间的观察后，看到春芽还真细心，他也就不在过问了。这旱娃也是，眼看着水汪汪的媳妇，就是上不了身，一想那事就犯病。急得他经常自己打自己嘴巴，心里暗暗地埋怨自己没福气。可是有一点，旱娃的病自从春芽来了后，是显得加重了。而且发病的频率也比以前高了。尽管春芽对他百依百顺，尽管春芽对他细心地照顾，都没有使他的身体康健起来。

由于病魔的折磨，由于他面对春芽的美貌，而自己不能占有，心里的不平衡，使他的脾气变得越来越古怪，他的性情也越来越暴躁。有时候他把春芽的衣服扒光，不让她穿衣服，弄得瘸老汉几次都尴尬地躲出去。他还在她的身上乱抓乱咬，把春芽弄得身上青一块紫一块遍体鳞伤的，经常躲在角落里哭。感叹着自己的苦日子什么时候是个头儿。

越是这样，春芽的心越离牛家那哥三个越近。每当那哥三个来她家的时候，她的心就要飘浮一阵子。晚上，都睡着的时候，她总要想入非非，幻想着她的未来。可当她听到身旁旱娃发出的声音时，又觉得自己的苦日子没边，只好暗自伤神。

苦日子难熬，春芽的苦日子更是没边。世上的事情是不以人的意志为转移的，没过多久，旱娃的病情突然加重，经过几天的折腾，不久后就去世了。埋葬了旱娃后，家里就剩下了春芽和老公爹两人。这春芽也是命苦，娘家早就没人了，根本没有去的地方。这每天在一块过日子，家里就是公公和儿媳妇，孤男寡女的又怎么过呢？就是相依为命，这公公和儿媳妇又怎么个相依法儿呀？春芽和老公爹一时都陷入了两难当中，谁也没有个好主意。弄得瘸老汉整天的唉声叹气，又没有出路。

但旱娃的去世，总的来讲还是给春芽带来了希望，使她的生活每天都充满了想象。她的心距离牛家这哥三个更近了，她期盼着有一天，能让她和他们生活在一起。可是不知道怎么的，自从旱娃去世后，这牛家的兄弟好像一次也没来过。这让她心里很烦闷。

自古以来寡妇门前是非多，更何况春芽正值灿烂年华。村里的二流子青皮，知道旱娃去世后，就没事总往春芽这儿跑。春芽一见到他就想起当年母亲去世那天的情景，感念他有善良之心，心里对他没有恶感，反而倒有一股酸酸的情素。时间一长，二人说说笑笑、打打闹闹的，青皮有时还趁机这儿摸那儿蹭地占她的便宜。这干柴烈火的凑到一起，难免要出越轨的事。瘸老汉看在眼里，心里很着急，因为在瘸老汉看来青皮不是正经人，这一来二往的，要是弄出了孩子来，自己怎么出去见乡亲们。

他一方面阻止青皮的到来，另一方面只好反复地嘱咐春芽，这青皮不是正经人，对青皮要注意，不要信他的花言巧语，免得上当受骗。可这青皮和春芽毕竟都是年轻人，正处在萌动时期，自然的吸引力，谁又能拦得住？瘸老汉心里也清楚，他们真要是有什么过分的事情，那是谁也拦不住的。从那春芽没事时总往门外张望的眼神中，瘸老汉已经知道他这小破房里已经关不住春芽那颗长草的心了。没多长时间，这事就成了瘸老汉的一块心病。面对春芽的处境，瘸老汉还是真犯了难。她走又走不了，留又留不住，这可让人怎么活？

2

这天大水又按照母亲的吩咐，来给魏老汉送鱼干。他一进门时，就叫了声大叔，那响亮的叫声，把瘸老汉惊醒了。望着大水这结实的身板，魏老汉的眼睛一亮。这瞎妈的三个儿子，个顶个的好，待自己就像亲儿子一样，要是能有他们来照顾自己的晚年，这不是现成的好事吗？他的脑子又活泛起来……只是不知道瞎妈的心里愿意不愿意，因为他知道瞎妈的心气高着哪，可你就再心气高，也没有人敢把女儿往你家里嫁呀？你那点身世全村的人谁不知道？干脆，一不做，二不休。于是，他就强撑着身子，跟着大水一瘸一拐地来到了白沙滩上。

瘸老汉是瞎妈在白沙滩上这么多年以来的头一个来访客人，他和瞎妈的谈话是非常特殊的，也是非常乡亲的。简而言之，就是瘸老汉把儿媳妇春芽典给瞎妈做儿媳妇，瞎妈要让自己的儿子给他瘸老汉养老送终。瞎妈开始还不愿意，在瘸老汉的劝说下，不由得又想起自己这个特殊的穷家，村长这些日子都躲着他们走。在这荒凉野滩的地方，谁家的闺女肯上门呀？想起这三个如饥似渴的儿子，也就只好说：那要看看你家的春芽愿意不愿意？瘸老汉见瞎妈同意了，心里一阵欢喜，赶紧往家赶。

瘸老汉回到家的时候，春芽正在收拾院里的庄稼垛，他一进门，就把春芽叫到自己屋里。春芽心里琢磨着公爹找自己是什么事，是不是又要自己远离青皮呀？最近公爹的眼色明显不太好看。瘸老汉等春芽进来，把这一路上自己想好的话和春芽一说，春芽一听，心就狂跳起来，这不会是在做梦吧？开始还假装的扭捏一阵，但想起来自己的死鬼丈夫给自己留下的这个家，将来的日子怎么过？每天都守着这个半残的老公爹，到什么时候是一站？又想起了大水他们哥仨的人品，在她的心里已经早就有位置了，这正是她求之不得的呢。更何况这也是自己如愿以偿的事情，自己的后半生也得有个着落呀？心里那个满意劲儿呀，就别提了。于是就起身收拾东西，赶紧和公爹来到白沙滩正式相亲。

瞎妈在瘸老汉走后，才恍然大悟，这才彻底明白了儿子们为什么都愿意去魏家。她把儿子叫到跟前，仔细地问了春芽的人品，三个儿子都正在如饥似渴地盼着母亲赶快同意呢，就都抢着对母亲讲了春芽的事。当母亲问他们当中的哪一个娶春芽为妻的时候，他们又都不言语了，因为他们的心里都已经早就有春芽了。是呀，哥仨谁都见过春芽，又都在心里共同地拥有春芽。若论年龄来说，大哥岁数最大，应该大哥先娶。可若论岁数，春芽和三弟年龄相当。一家人正商量不出结果来的时候，瘸老汉已经领着春芽进门了。

春芽涨红着脸，不敢看三兄弟，身子直往瘸老汉的身后面躲。瘸老汉介绍完后，瞎妈把春芽拉到自己的跟前，翻着瞎眼窝，用手在春芽的身上、脸上摸了个遍，最后她让男人都出去，独自和春芽单独谈了好一阵。可她很快就发现，春芽对于人事一点不懂，当她知道春芽现在还是处女之身的时候，心里大为高兴。于是，就把男人们都叫进来，当着大家的面，让三个儿子给瘸老汉磕头，认了干爹，大家高高兴兴一起吃了一顿饭，瘸老汉心满意足地走了。

瞎妈虽然眼瞎，心可灵着呢，她敏锐地感觉到自己地三个儿子都喜欢春芽。也是呀，都到了谈婚论嫁的年龄，生龙活虎的大小伙子，谁绷的住呀？晚上，瞎妈把春芽留在自己的屋里睡了。躺在炕上，瞎妈就和春芽聊起来，当她问春芽喜欢自己那个儿子的时候，没想到春芽却说都好，让瞎妈看着办。

第二天，大家是在气氛沉闷中度过的。晚上，瞎妈又问春芽，三个儿子她到底喜欢那个？春芽说三个都喜欢。瞎妈听了心里又困惑了。于是，瞎妈就把自己的身世和这个家的来由对春芽仔细地讲了，春芽听得都哭了。她也对瞎妈讲了自己的身世，瞎妈知道这也是一个苦孩子，二人紧紧抱在一起，瞎妈更喜欢春芽了。

本来三个大小伙子呆的地方，突然闯进来一个如花似玉的女人来，肯定要给这白沙滩上带来不平静。三个男人的心都被这春芽拴住了，就是睡觉的时候，他们的注意力也都在母亲的房间里，耳朵时刻在听着母亲房里的动静。晚上起来撒尿的时候，他们的眼睛也总是往母亲的房间瞟，胆大的老三还趴在窗户那里往里面看。睡觉的时候，每个人的心里都在想着自己和春芽成婚的事情，都在做着同样的梦。

而这边房里的春芽的心也早就都投放在他们三兄弟的身上，虽然她还不知道他们当中谁是她的那个人，可她觉得不管他们三人中是谁，都能让她满足。这天晚上，她做了一个梦，梦见她结婚的场景，新郎却是大水他们三个兄弟。他们三兄弟牵着她进了洞房，她给他们兄弟三人作了媳妇。她高兴得醒了，醒了之后，看到身边的瞎妈，听到了她的呼吸声，她很扫兴。她余兴未尽地又把目光投向了窗外的月光，听着瞎妈熟睡的声音。让大水、二水、三水的影像一个个地在她的脑海里过，她感到无比的幸福。

可是，自此以后，有好长一段时间，瞎妈再也没提起给他们成婚的事。只是有时候追问三个兄弟是不是照看瘸老汉去？三兄弟都说干爹现在生活得很好，每天都还就着他们给送去的鱼干喝两口酒呢。闻听此言瞎妈就不再多问了，因为她知道三个儿子是肯定会照顾好瘸老汉的。事实上三兄弟也确实把瘸老汉照顾得很好，因为现在瘸老汉已经是满面春风、精神爽朗了。

而有一个人是他们没有注意到的，可这个人却一直在关注着他们，那就是青皮。青皮在暗地里恨上了瘸老汉，也恨上了牛家三兄弟。这种恨完全是来源于他对春芽的喜欢，他发誓要夺回春芽，并且在时刻伺机等待着。

终于青皮等来了一个机会。这天中午，他划了一条船有意来到白沙滩转游，谁想正好撞上春芽在河边洗衣服。春芽的身条和裸露的乳沟，在挑逗着他的激情。他神情飘然地把船靠在一个河弯里，上岸悄悄朝春芽靠过去，突然从身后将春芽抱住。春芽被他吓了一跳，看清楚是青皮，她的神情才镇静了一点。但她还是要青皮赶快松开，说有人过来了。青皮见她反抗不激烈，就更加有恃无恐地乱撕扯起来，一会儿工夫就把春芽的衣服给剥下来，并把她按在河岸上。

争执声和叫喊声，引来了大水。大水远远地见有人欺负春芽，就大叫着跑来，见大水过来，吓得青皮连滚带爬地上船跑了。大水见青皮划着船远去，就把春芽从地上抱起来，她的衣衫已经不整了，浑身都是泥土。春芽见是大水来了，就委屈的地趴在他的肩膀上哭了。大水抱着她在河边的水里，给她洗干净身上的泥，春芽就势把头扎在大水的怀里，大水把他抱得紧紧的，把她抱到岸上的草坪上。刚放下她，她又就势把大水抱住，这时大水看着她的眼睛，再也坚持不住，也把她紧紧抱住，二人滚在一起。一会儿，二人就扒光了对方身上的衣服，他们赤裸的身体淹没在草丛中。白色的肢体，绿色的草坪，翻腾一阵过后，就平息下来。二人起身走的时候，在绿色的草坪上，留下了一片鲜艳的殷红。

自这天以后，大水感到很兴奋，经常和春芽出去约会，经常来河岸边的这片草坪上，每次都是春芽以洗衣服为借口。大家都没有注意到，只是瞎妈感觉她的衣服最近洗得有点频繁，一定是有什么事情在发生。瞎妈问了两次，春芽总是说每天的衣服要每天都洗一下，免得放出味来。不久，他们的行踪很快就被二水发现了，那天二水见春芽出去洗衣服，正好没事，就跟上了她，想和她聊一聊。结果他就发现了她和大水之间的事情，二水为此对春芽很是不满，经常用一种怨恨的目光看她。春芽心里很不舒服，总有一种对二水的歉疚感，总想等个机会回报他。但她也为了不使二水和三水难受，就再也没和大水去过岸边。

时间就这样过着，光阴荏苒，又过了一些时候，就在大家都平淡地生活的时候，岸上却发生了翻天覆地的事情，真的是天地起了变化，像青皮这种人，很快就成了人中之龙，成了村里造反派的头头。紧接着，就听说瘸老汉被人揪斗，领头儿的就是青皮。瘸老汉被人拉着在游街示众，头上戴着高帽子，说他在日伪时期给日本人干事，是个大汉奸。青皮还要牛家三个兄弟上岸和他划清界限，揭发犯罪分子的罪恶行径，并要他们交出被他们霸占的贫下中农女儿春芽。母亲告诉三个兄弟，春芽哪里也不去，并要他们谁也不许上岸，都在白沙滩这岛上待着。对于三兄弟的不理睬，青皮很恼火，于是，青皮带着人上白沙滩来，他要带走正处于水深火热中的阶级姐妹春芽。结果人没带走，自己也被三兄弟给打跑了。可是春芽被吓得躲在房间把头扎在瞎妈的怀里直哆嗦。青皮还不罢休，又让人在岸上安装了大喇叭，每天都对着白沙滩叫喊，要他们上岸接受改造。并号召村里的人，展开一场迎接阶级姐妹的运动，可村里人都知道是怎么回事，他没有号召起来。于是，他大骂村里人阶级觉悟低，就把气都出在了瘸老汉的身上。

在中秋节这天，瞎妈让大水给瘸老汉送点儿吃的去，大水还没动身，二水风风火火地跑进来，说岸上传来了瘸老汉自杀的消息。春芽听说后，哭得死去活来，说公爹是她的救命恩人，死的冤哪。她跪在地上求兄弟三人，无论如何也要把她公爹给安葬了。三兄弟答应了她，可瞎妈的神色明显的有些不安，但她还是没有说什么。

这天夜里，三个兄弟悄悄去对岸，偷偷地把干爹的尸体给拉回来。在瞎妈的主持下，他们举行了简单的安葬仪式，然后就把遗体埋在了白沙滩破庙的后墙外面。春芽趴在公爹的坟前哭了一阵后，就拉着三个兄弟，发誓说要报答三兄弟的大恩。于是，就在公爹的坟前挨个地给三兄弟磕头，把三兄弟弄得无所适从。瞎妈听见此情景，脸上神色爽朗起来，等春芽磕完头，就拉着春芽回屋去了。之后的日子更加沉闷，大家都想着各自的心事，很少说话，但瞎妈心里亮堂多了。不过春芽的心里一直在纳闷，不是叫自己来白沙滩完婚的吗，怎么谁都不提这事呀?

岸上不断地传来不好的消息，不是这个被打死了，就是那个被游街了，要不然就是自己人跟自己人武斗起来了。就是村长李全宽也被戴上高帽子，批斗了好几次，而后就是靠边站，村里整个由造反派说了算。瞎妈这天下了一道死命令，要他们哥三个谁也不许再和岸上的人来往。还让三兄弟把自家的船都藏起来，把靠岸的码头也都用草袋堵上了。外面的人上不来，里面的人也出不去。自此，他们几乎过上了与世隔绝的生活，基本上与外界断绝了一切来往。

晚上，春芽给瞎妈送开水的时候，看见瞎妈在拜神，她没敢进去打扰，而是站在门口，等着瞎妈念完。她看着跪在地上的瞎妈，面对一个香烟缭绕的神龛，所谓的神龛就是在河神像的神位上，供奉着一尊毛主席的石膏像，石膏像的前面是几本红宝书和一块蒸熟的大白薯。春芽靠在门框上，看着瞎妈跪在那里的背影，隐隐约约听瞎妈的嘴里嘟嘟囔囔地念叨，把个春芽听得差点儿笑出声来。

白沙滩上这五口人生活的虽然清贫，在那个时代，这可是在无忧无虑中过活的。兄弟三人每天早晨到河边打鱼，下午回到岸上收拾庄稼，在庙的院墙周围，还能自己种点菜。母亲和春芽每天除去做饭外，就是缝补一些衣服或织鱼网，一年的收成也还供得上五口人的生计。与对岸那边你死我活的火热生活来讲，他们过得也倒是其乐融融。

3

这年秋天，瞎妈又让儿子把这破庙里的几间房修缮了一下，从河边放了几棵树，换了房的支柱，这下房子可是牢固了，又挡风又挡雨。可是这几年，瞎妈的身体明显得一天比一天不好，几个儿子心里很着急。而母亲也从三个儿子的眼神言语中，听出了儿子们对于春芽的渴望。因为有好几次她在春芽洗澡的时候，听见身后的树枝响动，知道是儿子们在偷看。可她的心里其实比儿子还急，因为，她不想让他们老牛家断子绝孙。可她更不能让兄弟们为此反目成仇，她要想出一个三全其美的办法来。这事一直在她的心里翻腾着，可怎么跟春芽说呀？晚上睡觉的时候她又一次问春芽，喜欢哪个儿子？春芽含羞地说都喜欢。瞎妈就势开玩笑地说：那你就都嫁给他们。春芽羞得用被子蒙上头，钻进了被窝里。

这三水和春芽岁数差不多，二人平时在一起玩，都是无拘无束的。一没事就打打闹闹的没大没小，两个哥哥看着心里虽然不舒服，可也说不出什么来，尤其是大哥，自己已经是捷足先登了，还有什么可说的。二水也从春芽的眼神中感觉出了春芽对自己的友好，可他心里还在怪罪她，但已经感觉到自己和她那事也就是个时间问题。看着他们简直就像是两小无猜，青梅竹马，可又都有自己的心事。而三水只不过觉得春芽是自己的伙伴，至于将来是不是自己要娶的媳妇，那要看母亲和哥哥们的意思。

秋天的时候，母亲总是让儿子们多打一些鱼回来，把打回来的鱼洗干净，净去膛后在沙滩上晾晒成鱼干，以备冬天吃，全家人这一冬天就全靠鱼干和地瓜干过日子。这天，三个儿子出去打鱼，白沙滩来了一只机动快船，上面下来了三个人，为首的是青皮，还有两个穿着军装的年轻人。说是军装，但不戴领章和帽徽，胳膊上戴着红箍。两个年轻人对青皮张口闭口地叫着司令，他们腰扎武装带，神气活现地要水喝。可是瞎妈感觉到，他们的贼眼睛一直在春芽的身上转。尤其是青皮，他的手不停地在春芽的身上碰来碰去的，还在和春芽调笑，不时地传来春芽的嬉闹声。瞎妈发怒了，大骂起来，青皮只好带着那两个人无趣地开船走了。但青皮临走的时候，看着春芽那抑郁的目光，朝春芽甩下一句话，说他还会再来。瞎妈拉着春芽的手，用手抚摸着她的脸，感觉到她的脸是那么的烫，她的心跳得是那么厉害，瞎妈的心里不由得翻动起来。

是呀，这春芽在瞎妈的眼里，也是半经历过男女之事的人，总是不给他们办事，这么长久下去也不是个办法呀？可对于这事瞎妈的心里怎么能不急呢？三个儿子都是她的心头肉，三个儿子又都喜欢春芽，这让她一个瞎老婆子怎么办呢？当妈的怎么能为一个女孩儿，伤了自己三个儿子的心吧？这要是在对岸，给他们三个一人找一个，也不算是什么事，可在这孤岛上，她一个瞎老婆子，上哪儿去给她另外两个儿子弄那两个媳妇去呢？这对岸的事情躲还躲不及呢，怎么还敢再往上找？可既不想伤儿子的心，又能使儿子们团结一致地过好日子，那怎么办呢？瞎妈这事情已经想了好久了，她毕竟不是个普通女人，她是经历过大风大浪的人，她肯定会有办法的。可这办法就怕春芽不愿意，所以，她才一直在拖着。眼见这几天的事情要起变化，她才准备和春芽彻底谈一谈。

晚上睡觉的时候，瞎妈又一次问春芽到底喜欢三兄弟的哪一个，春芽还是不好意思地说：都喜欢。瞎妈这回可没和她开玩笑，而且是非常认真的。她又问春芽三兄弟他们都有什么好的地方啊？春芽说大哥憨厚，二哥周到，老三聪明……

瞎妈这三个儿子，在她的眼里，就是她最得意的作品。她很欣赏自己的这三部作品。这使她时常想起牛德旺来。她带着这三个儿子，在白沙滩建起的这份家业，可不是容易的事。她没要政府一分钱，没承受政府任何照顾，她的这份家业来得干干净净。这也是她对于死去的丈夫一点报答，从而了却她这桩心愿。可眼下儿子的婚事，却着实让她动了心思。这三个儿子跟着自己在这白沙滩上长大，对于外面的事情知道很少，而外面的人又都那么坏，将来这三个儿子是不能和岸上的人一起生活的。三个儿子，得娶三个媳妇，她上哪儿去给他们找这三个媳妇呀？她舍着老脸求了村长，可后来，这事就没信儿了。她知道这里面肯定是在什么地方出问题了，依她所了解的村长是不会不管的。再说了，就是不出问题，谁家的姑娘肯到这白沙滩上跟她这仨儿子过一辈子呀？

眼前这春芽，是特殊原因带来的，是境遇的不可多求。她对春芽非常满意，春芽人长得漂亮，而且人又那么善良，这让瞎妈很欣慰。可另外两个儿媳妇到哪儿去给儿子们找呢？很明显，这三个儿子都喜欢春芽，谁叫他们没见过女人呢？可这三个儿子怎么能娶一个媳妇呢？这事弄不好要给三个儿子造成隔阂。如果再给那另外两个儿子到岸上去找，中意不中意先别说，来了后，能不能像春芽那样孝顺自己，和儿子们合成一股过日子，还很难说。弄不好来了后就打架，整天闹别扭，那样的话，这白沙滩上可就没有安静日子可过了。

几天之间，眼看着瞎妈衰老，这可是延续她牛家香火、家业的大事。这家要是毁在她的手里，可怎么对得起那死鬼丈夫牛德旺？当她又一次询问春芽喜欢谁的时候，春芽说三个都喜欢，这时候，让她有了一个大胆的想法，那就是让春芽同时嫁给他们三兄弟。记得在她年轻的时候，就听人说过，在她的老家北海道附近的乡下，就有一女嫁给几个兄弟的事情。不管怎么样，春芽要是能同时嫁给他们哥三个，这家就不会散，这兄弟情谊就不会散，自己就能安心养老。

那天，瞎妈趁春芽睡午觉的时候，把三兄弟叫到父亲的坟前，让他们跪在地上，向父亲的陵墓发誓。要他们兄弟三人齐心协力，共享幸福，保住家业，孝敬老母。然后，她把自己要兄弟三人一起娶春芽的事情对他们说了，兄弟三人先是一惊，后来又是一喜。这三兄弟本来就是在一个封闭的环境中成长起来的，对于世间之事知之甚少。把兄弟间情谊之事看得很重，再加上春芽和他们的客观情况，也只能这么解决问题才是对的。

春芽嫁给大水他们兄弟三个，那是她的命里注定，那也是她在那个年代唯一的选择。这也亏瞎妈想得出来，这也就是瞎妈敢这样做。三男共养一妻，一女供奉三夫。这是瞎妈的主意，也是瞎妈不可扭转的安排。在瞎妈看来，也只有这样才能保住儿子们相互之间的感情，也只有这样才不会给白沙滩上带来麻烦，也只有这样，才能保住这个家。面对春芽来说，瞎妈可把话都和她说在前头了，我这金蛋似的三个儿子都给了你，你可不能给我出一点错，你要把这家给我照管好，要给我生一大堆孙子，要保证我的养老……

这些条件春芽都答应了，春芽自然有春芽的想法，她心里确实喜欢这哥三个，要是让她嫁给他们中的一个人，另外两个她都会想着的。如今瞎妈把这哥三个都给了她，她心里虽然犹豫了一下，但还是答应了。因为瞎妈说了，你要是不愿意的话，我就再给那哥俩从岸上弄俩利害媳妇来，那时我就看着你们打架吧。春芽嘴上不说，心里那个乐呀，一下嫁给三个帅小伙，那得是什么滋味呀？没人的时候，她感叹自己的命。以前，嫁给一个半条命的废物，名义上是夫妻，可什么都做不了，还得像使唤丫头一样地伺候他。如今又一下嫁了三个，而且是她日思夜想的三个人，这人的命呀……晚上，睡觉的时候，她都乐出声来了，让瞎妈直打她的屁股。

瞎妈在白沙滩破庙里，让儿子们挨排地住了三间西厢房，哥仨一人一间，正堂北屋由瞎妈和春芽住着，瞎妈住东套间，春芽住西套间。东厢房是厨房和库房。新婚的第一个晚上，是靠三兄弟抓阄过来的。那天晚上，瞎妈让春芽做了三个纸条，其中一个上面做了记号。把三张纸条揉成三个小蛋蛋，由瞎妈撒在炕上。是二水抓到了带符号的纸条，所以他和春芽二人入了洞房。以后的日子，春芽按日子排，星期日跟着瞎妈住，其他时间春芽轮流去他们哥三个的住处。在这动荡年代中的世外桃源里，他们的日子过得平稳而又和谐。尤其是春芽，过得心满意足，享尽了人间春色，对瞎妈那是体贴照顾入微。瞎妈由于彻底放下了心事，再加上春芽的细心照顾，脸色显得丰润又年轻。他们在这乱世之时的世外境界中，尽管对岸的大喇叭在不停地叫，可他们着实过了几年安逸的生活。

可是，这年春节，在春芽带着大水他们哥三个给瞎妈敬酒的时候，突然瞎妈好像想起了什么，一口酒喷出来，就昏过去了。此后，瞎妈一病不起，总是拉着春芽掉眼泪。后来，春芽才知道，瞎妈是想要个孙子。他们结婚这么多年，春芽的肚子一直没有动静，这就是瞎妈喷酒的原因。弄了半天老牛家还是没有后啊？这人世间的事情就是这么奇怪，三个小伙子都没有使春芽怀孕，你说这不是命是什么？

岸上又传来了消息，青皮当了村治安组长。有一天清皮带着人到白沙滩的河神庙里来，说是要牛家的人都到岸上去住，要接受革命形式教育。这里的破庙要拆了，封、资、修的东西都要砸烂。不许他们在装神弄鬼传播迷信了，还把他们原来装神时的道具和衣服都给烧了。瞎妈说他们一家搬到这里住是当初政府的安排，她是和政府有协议的。装神弄鬼也是经过政府同意的，而且自己没要政府一分钱，只是为乡亲们服务。青皮的心思根本就没在这上面，他的眼睛只是在春芽身上转。他还追到春芽的房间里面去，问她到底是谁的媳妇？春芽看见他进了自己的房间里，虽然觉得有些难为情，可也不想死劲地往外轰他，因为他于她有恩，但还是在他太过分的时候，打了他一个嘴巴。青皮为了达到自己的目的，要找人给他们搬家。瞎妈看他要真来劲，就急中生智地说你让我们搬我们就搬，那牛家大院是当时政府分给我的，我就住牛家大院，别处我哪儿也不去，青皮一听瞎妈这话就马上软了。因为这牛家大院现在青皮住着，这要是瞎妈认真起来，那他就得给人家腾出来，这不是搬起石头砸自己脚吗？心里话算你狠。可他的眼睛在春芽的身上瞟来瞟去的，又实在是不甘心。心里就又打起了歪主意，好，咱走着瞧。

这青皮回到家里后，吃不好睡不着，满脑子都是春芽，闭上眼睛就是春芽的影子。自从自己当这村里的头以来，可着村里还没有哪家的大姑娘小媳妇拒绝过他呢？可如今这一个春芽愣让他没法活，他心里暗暗在琢磨着办法。

晌午觉他睡不着，就起身划着船来到了白沙滩。他悄悄上了岸，朝河神庙的院子里走去。四下里静悄悄的，什么声音也没有，大概都睡觉了。其实，哥三个都没在家，瞎妈在午睡，春芽一个人在洗澡。青皮顺着流水声摸过去，透过厨房的窗户往里面看，很快，春芽那一丝不挂的雪白的胴体就展现在他的眼前。春芽感觉到了门外有人偷看，可是她以为是那个哥仨呢，就有意识地展示着自己的身体。一副青春女性的身体，一览无余地呈现在青皮的面前，青皮见状，早就热血沸腾起来，哪里还绷得住，就一下撞开门闯进去，一边脱着衣服，一边把春芽抱住。而后，两手在春芽的胸上身上乱摸起来。春芽见闯进来的人是青皮，吓得突然失声大叫起来。瞎妈被叫声惊醒，从堂屋顺着声音赶紧摸过来，听清楚情况后，也跟着大叫起来，举着拐棍就胡抡。这时候，青皮已经把春芽按在地上，自己的裤子也脱下来，骑在了春芽的身上。

春芽虽然挣扎，可她已经不再做有效的抵抗，因为青皮毕竟是她的心仪之人。这让青皮更加来劲儿，嘴在她的脸上乱啃着，赤裸的身体一下就压在春芽的身上动作起来，任凭瞎妈那雨点般的棍子落在自己的背上，他和春芽在地上滚着，春芽这时候已经在全力配合着，在瞎妈听来，青皮的喘息声中还有春芽的呻吟声。气得瞎妈一边抡着棍子胡打，一边大骂春芽是骚货。

青皮喜欢春芽已经不是一两天了，如今一朝如愿以偿，心里那叫一个兴奋。春芽本来就对青皮有好感，尽管青皮多次调戏她，可她总是忘不了在她危难时刻，青皮对她的那点怜悯之情。所以，一个想占有，一个想报答，这就完成了在这白沙滩上河神庙里，在瞎妈的眼皮底下所发生的一次令人惊骇的艳事。这也是后来在春芽的心里一直久久回味的一次真正的性体验，也是她唯一的一次激情放纵的性体验。然而，她为这次体验也付出了她作为女人的最大代价。

三水正好从外面回来，听见厨房里面瞎妈的叫骂声就闻声闯进来，看见赤身裸体的青皮把赤身裸体的春芽压在地上，立马怒火冲天，他顺手就将手里的一个物件朝青皮头上砸过去。青皮一阵激情已过，完事后正想起身。躺在地上的春芽见三水进来，心里一惊，又见有一个东西朝青皮飞过来，就赶紧一推青皮，青皮的头才算躲过了这一劫。三水见没砸着他，心里怒气不出，就顺手抄起门后的一根顶门杠，照着青皮的身上就是一棍子，青皮上身躲开了，可三水这一棍子还是打在他的大腿上，青皮一声尖叫，人就瘫在了春芽的身上。三水用脚蹬开身体已经瘫软的赤裸的青皮，拉起身上一丝不挂的春芽，把她推出房间。春芽还在关心着青皮的伤，瞎妈用拐棍敲着地，在骂街，三水送春芽回来，看见青皮还在地上躺着，就上前一把抓住青皮的前襟，想把他拉起来，可青皮怎么也站不起来，原来他的一条大腿被三水给打断了。

青皮住进医院，三水进了监狱。

第一章　入狱

1

这是一九七七年的春天，春芽第一次去监狱探监的时候，和大水、二水一起去的。他们见到三水的时候，明显得人瘦了一圈。春芽一见三水的面，就哭了。他们是在劳改农场的场院里见的面，三水是由一个年轻的警官陪着来的。身后面还跟着一个戴眼镜的犯人，一看就比三水大得多。春芽拉着三水的手，哭个没完，最后，还抱着三水的脖子不撒手。三水也是好长时间没见到春芽了，心里想得厉害，就紧紧地抱着她，心里火烧火燎的，真想有个空屋才好。整个见面时间，都让春芽给哭了，大水和二水他们什么都没跟三水说，那个年轻的警官就说探视时间到了。临走的时候，大水才说了句：妈一切都好，不用你惦记。要不是二水把春芽给拉走了，春芽还得哭呢。

三水和那个戴眼镜的同室犯人，目送走了大水、二水、春芽，回到监狱的宿舍里后，三水心情很不好，完全是让春芽给哭的。那个戴眼镜的犯人叫林凡，林凡给三水倒了一碗水，然后二人就聊起来。这姓林的，是一所医药大学的教授，因为反革命罪被送进的监狱，身上背着二十年徒刑。一坐下来，林教授就问三水这春芽是不是你媳妇，三水说是。林教授又问，可我看你那二哥和她也不是一般关系呀？三水说：那又怎么说？林教授说，你看春芽哭的时候，他给春芽擦脸，春芽走的时候，他还拉着春芽的手……三水见他没弄懂，就把自己三兄弟和春芽的事情对林教授说了，林教授听了后大为惊奇，眼睛都直了。

林教授没有结过婚，搞过一个女朋友，要结婚的那年，一九六四年，他被抓进来了。二十年的大刑呀，二十九岁进来，如今已经是四十一岁的人了。人一到了这种地步，青春完了，事业完了，就是生儿育女也可能完了。为什么呢？这林凡在监狱里这几年，和原来的一个同室犯人好上了，二人搞了几年的同性恋，去年那个同室犯人出了狱。那个犯人虽走了，可他这毛病就算是落下了。自从三水进来后，他看见三水就眼睛一亮。他又比三水岁数大，自然就照顾得周到一些，这一点很是让三水感激。对于如何发展他和三水的关系，林教授可不着急，因为日子长着呢。再说这事不能弄炸了，要是让狱管知道了，那可不是一件闹着玩的事情。

三水刚入监狱，干活时不知道轻重，总是弄得浑身是伤。林教授就像母亲一样给他擦伤、上药。虽然每一次触摸到三水强壮的身体时，他的心都要激烈地跳动，可他为了以后的幸福，还是强压下去了。三水虽然感觉到了林教授那火热的感情，可他并没有往心里去，只是觉得林教授对他实在是好，真够哥儿们。开始入狱时的不习惯，他对家人的思念，时间一长，随着林教授的关爱，都逐渐淡化下去了。他的心里逐渐有了林教授，因为起炕、上班、吃饭，喝水的时候林教授都想着他，渐渐地他也想着林教授了。很快他们在监狱里就成了相依为命的劳改伙伴，大事、小事他们都商量着来。

林教授和三水他们住的是监狱马圈的饲养室，林教授每天除去上班外，晚上还要起来给牲口添草料，照料着监狱农场的十几头大牲畜。

狱管人员把三水安排到林教授这里，也是考虑到林教授最近几年身体不太好，让三水照顾一下林教授。饲养室的外屋都是饲料，里屋有两个土炕，分东西安排。中间是一个火道相连接，外屋一烧火，两个炕都热。而火道的上面正好放一个炕桌，二人平时回来吃饭、学习、下棋、喝水都在这张炕桌上。就是偶尔发生了争吵，也都敲着这张炕桌。

三水一入狱，林教授很快就发现，他是个文盲，连自己的名字都不会写，狱管人员特别要求他教三水写字，学文化，给三水脱盲。于是，林教授在闲暇下来就教他写字，之后又教他简单的文化知识。三水是个聪明人，很快就从写自己名字开始，一直到学会四则运算，这之间，林教授当然也花费了不少的经历。三水是一个学什么像什么的人，林教授又是有心相授，所以，三水的学业进步很快。当三水把第一封家信送出去的时候，他的心情激动得可想而知了。他把林教授抱起来。当然，林教授的心里可不只是要他抱一抱就了事的，他在感情上实行着自己的完整计划。

几个月后，由于三水给家里写了第一封信，监狱管理方面觉得这个犯人表现很突出，就召开大会公开表扬了三水和林教授。表彰三水刻苦努力，在短时间内就脱了盲。同时也表彰林教授教导有方，为使三水的脱盲做出了贡献，并给他记功一次。

对于三水来说，这次表彰可是很重要的，因为这是在他的人生旅途上，活这么大，还是头一次受到这么隆重的表彰。他出生在白沙湾这个穷地方，生长在白沙滩那只有他们兄弟三人和一个瞎妈的偏僻地方，没见过什么大世面，更没有经受过这么大的场面。今天，监狱领导代表政府，当着这么多人表彰他，心里着实激动，感觉很荣光。心里更是感激林教授，觉得自己认识林教授很有福气，从此对林教授更是刮目相看。

晚上回到宿舍的时候，三水把监狱方面颁发给他们的奖状贴在墙上，贴好后他左看右看，激动得睡不着觉。这一晚上，那双眼睛一直也没离开过墙上的那两张奖状，总想和林教授聊天。可是林教授却说有什么值得大惊小怪的，这可是在监狱里。尽管林教授不太热情，可三水的心里还是激动的。林教授看他正在兴头儿上，就说以后要给他增加课程。三水爽快地答应了。

林凡看三水这小子人还聪明，又有热情，就在心里一动。反正闲着也是闲着，不如趁这工夫，时间充裕，教授他点儿东西，等出去后，一起干点儿事情。这林凡是医药学院，学药理的，有着丰富的医药基础知识。可是他自己深知，这社会，自己这辈子就算是完了，再也不能从事医药工作了。作为一个政治劳改犯，出去后只能是去农村当一辈子农民。可他又心里不甘心，就是当农民，也要当一个文化农民。

自从三水来了后，他见三水人那么年轻，那么单纯，又没有文化，心里就觉得很不好受。再加上自己从心里喜欢这小伙子，就想把自己的所学传授一点给他，将来他出去后也有个吃饭的本钱。于是，在他向三水教授文化知识的同时，就又增加了一些专业知识的教授。教授专业知识方面，林教授是有想法的。他没有照搬他的专业知识，而是教授三水一些化学常识，还有就是农业用化肥的基础知识。他觉得这很重要，是使用科学。三水这边当然是非常用心了，每次光笔记就要记几页纸。

监狱里的劳动改造是繁重的，秋收的时候由于三水的劳动强度过大，有一天早上突然病倒了，他的身上滚烫。林教授叫来了管教，管教又赶快请来了狱医，一检查，狱医说没什么，吃几片退烧药就好了。于是扔下几片退烧药和一句多喝水的话就走了。林教授给三水灌下去退烧药，可到了晚上三水的高烧还是不退，林教授心里着急，就打来一盆冷水，把三水的衣服脱光，给他周身用冷水擦起来。在擦到三水敏感的地方的时候，林教授突然慢下来，在他温柔的触摸下，三水突然有了反应。三水虽然是在发烧当中，但毕竟是正当壮年，刚刚远离女人，对于男女之事的需求正是强烈时期。可是林教授见他正在生病期间，就没有再继续下去。于是用毛巾轻轻给他擦了擦，然后又揉了揉，就松手了，给他盖好被子，转身回到自己的炕上睡觉去了。可是三水却在病中就有了反应，这一晚上他没有休息好。可是第二天他的病却奇迹般的好了，就是林教授也感到很惊奇。

自从这次三水的病好了后，他对林教授就在感情上有了变化。每当林教授洗澡的时候，他总是观察林教授的身体，这一点林教授很快就注意到了。到后来林教授感觉到他的目光闪烁着火焰的时候，觉得是到瓜熟蒂落的时候了。北方的初冬是寒冷的，由于暖气来得晚，晚上睡觉的时候，房间里是很冷的。晚上，他们洗澡的时候，林教授见三水在有意识地拖延时间。等人都走净的时候，三水突然说要林教授给他搓澡。林教授看了看门外，见没有其他的人，就让三水躺在了水池的边上，先给他搓后背。然后，又让三水翻过身来，给他搓前胸。当他的目光和三水冒火的目光碰在一起的时候，他仍然假装没有注意到。继续一下一下地在三水的身上搓着，可是，明显的三水的身体起了变化，但他仍旧假装没看见。最后，他一拍三水的屁股，说了声好了，就转身出去穿衣服去了。三水躺在水池边，半天没有起身，直到林教授催促他赶快穿衣服，他才起来冲了一下淋浴后，穿上衣服回宿舍了。

三水洗完澡，心里带着无限的想象回到饲养室，房间里的灯已经关了，他脱掉衣服拉开被子往里钻的时候，发现林教授已经在他的被窝里了，而且是赤身裸体。他的血一下就涌上来，稍微迟疑片刻，就赶紧钻进被窝里，并且把林教授紧紧地抱住了……

2

这些日子，自从三水出事后，河神庙里显得很阴郁、沉闷。瞎妈整天嘴里不停地骂，不知道在骂谁。大水每天不说一句话，二水也总是拉着脸。哥俩有些日子没到春芽的房里来了，就是瞎妈也很少和春芽说话。有两次她给大水和二水使眼色，让他们到自己房里来一下，可这哥俩就是装做看不见。其实她并不是专门想干那事，是想和他们说说心里话。可这哥俩谁都不给她面子，硬是装做没听见，把她给闪在一旁了。晚上，她一个人躺在炕上，回想着那天发生的事情，想起了在监狱里服刑的三水，心里一紧，那里面的日子可怎么过？还不都是因为那天青皮对她的无礼造成的？想起了青皮，她就一肚子气，都是他干的坏事，把三水给弄到监狱里面去了，自己也住进了医院。想起青皮，又想起了那天他对自己的强暴行为，心里突然冒出一股说不出的感觉。是屈辱？是刺激？是惊吓？还有瞬间的快感？总之，她在心里对青皮就是恨不起来。一想起来还让人脸上发热，心跳，因为青皮是她有生以来，第一个寄托希望的男人。不管别人怎么说，她对青皮始终没有恶感。她仔细思量着，其实那天那事，主要原因怨青皮，可要是三水不在那时候回来的话，也不至于有事，唉，事情赶巧了。突然，她的心里冒出了对青皮伤势的关注，继而又产生了想去医院看看的念头。

自从青皮住进医院，春芽的心就一直悬着。三水那一棒子也太狠了，她真担心青皮会落下残疾。这几天心不在焉的，总想去医院看看去。可想了半天，也想不出来进城的理由。所以，在这时候，她还是不敢太贸然地行动。她的心里虽然记挂着三水，也记挂着青皮，因为青皮毕竟是喜欢她的人。细想起来这两个人，一个在监狱里服刑，一个在医院里治伤，还不都因为她？难怪家里人这么着急，她想到这里，不由得自己也叹了口气。自从那天见到三水后，她心里就不舒服，总觉得这事情有什么不对的地方，可自己又说不清楚。

晚上，她见其他的房间里都熄了灯，她又听了一会儿，每个房间里都传出了呼噜声，她拿起了一个包，就从自己的房里出来了。掩上门后，就朝河边跑过去。她跑到河边，上了一条小船，直接朝县城划过去。然而，这一切，都没有逃过大水的眼睛。大水看着她的船划远后，叹了口气，转身回自己屋里去了。

春芽一路上风风火火来到县医院的外科病房，问清楚青皮的住处后，就直接进了病房。青皮正躺在炕上没事干，突然见春芽进来，眼睛一亮。赶快叫她一声，然后又要起身，被春芽拦住。春芽打开包，里面是一只煮熟的鸡大腿。青皮一见，马上说，我说你是我媳妇吗，看看心里还是有我。春芽见他还是不正经，就伸手给青皮一个嘴巴，然后正色说：你别不正经啊，我可是替三水来看你的。三水进了监狱，还不知道怎么样呢？说着，她就哭起来。

青皮一见春芽哭了，就有些慌神。你别看青皮平常在村里拈花惹草的，他一见到春芽，那真是心急火燎，可又没了主意。今天春芽虽然打了他，但他心里已经知道她心里已经有他了。他斜眼看了一眼春芽，脸上掠过一丝坏笑，然后就嘴一咧，大叫伤口疼。春芽一听见他叫唤，果然不哭了，赶紧问他哪里不舒服，青皮说还是伤口疼，春芽看了他一眼，见他脑门上有汗珠，就从口袋里掏出一块手绢，赶紧给他擦汗。她给青皮擦汗的时候，自己那圆鼓鼓的胸，正好在青皮的眼前晃。就在春芽给青皮擦完汗，刚要闪身的时候，青皮突然一把抱住了她。他的脸整个地埋在了她的胸里面，他的嘴还在她的胸上像猪一样地拱着。春芽使劲地挣扎着，可是无济于事。最后，被一种从心里涌上来的舒适感，把她完全地解除了抵抗，她又一次倒在了青皮的怀里。

要不是听见动静的护士及时进来，青皮就在病床上把春芽的衣服给扒下来了。春芽见护士进来，赶快起身收拾了一下自己的衣服，回手又给青皮一个嘴巴，然后，涨红着脸转身跑出去了。青皮望着她跑出去的背影，嘴里在不断地叫着：你等着，你等着……我媳妇，嘿嘿，她是我媳妇……护士瞪了他一眼说：睡觉。

春芽回到河神庙里的时候，已经是天快亮了。她把船拴好，来到庙门口，推开虚掩的庙门回到自己的房间里，打开灯时，却发现大水正坐在她的炕上抽烟。春芽一阵心跳，心里在想着怎么回答大水的问题。可是大水只是说了句：睡觉。就转身脱衣服。春芽胆战心惊地脱着衣服，然后钻进被窝里。刚躺下，就被大水猛然地压在了身下。紧接着，大水就猛烈地动作起来，弄得她下身疼痛难忍。她不由得叫了起来，她使劲地推着大水。但是，大水还是不罢休，动作更加激烈了。她心里马上就反应过来，这是大水在报复她，在为三水报复她。她想到这里，就不再挣扎抵抗，任其大水动作，不再有任何反应，她的眼泪流下来了。

大水发泄完后，转身睡了，可是春芽再也睡不着了。她心里不舒服，感到委屈，可又不知道为什么。她心里痛苦，可又不知道这痛苦从何而来。她不知道自己是什么时间睡的，也不知道自己是怎么睡的。恍恍惚惚中自己上了一座山上，两腿感觉非常沉重，她艰难地往山上走。越走路越险，直到来到山峰上。左边无依无靠，右边什么也摸不着。没有一个人，只是云雾在身边缭绕，她感到一阵空前的寂寞，她想喊，可喊不出来，她想哭，又哭不出声来。好像整个世界上已经就只有她一个人了。

她醒来的时候，天已经大亮了。刚要起炕，猛然感到下身一阵疼痛。这才想起了昨夜里的事情，自己查看着自己毛茸茸的下身，想看看伤了没有，伤在了什么地方。这时候，院子里传来了瞎妈的叫声：二水，瞧你媳妇怎么还没起来呀？二水一会儿进来了，他的脸上充满了冷漠。他进来后，回身关好门，见春芽坐在炕上，雪白的皮肤，两只乳房裸露着，两条白嫩的大腿交叉处，那片黑茸茸的毛，使他一阵心痒，于是就脸上有了温色，赶快脱掉自己的衣服，朝她扑过来。春芽见他要来劲头，就赶紧钻进被窝里，用被子把自己紧紧裹住。可是，哪里经受得住二水的拉扯，很快二水就骑在了她雪白的身上。那根硬东西直接就捅进了她的身体，已经是有伤在身的她，顿时感到一阵钻心的疼痛，她难忍的尖叫一声。院子里的瞎妈在竖着耳朵听着房间里的动静，她脸上的肌肉，在随着春芽的叫声抖动着，那对瞎眼睛，在不停地转动。

整个一天，春芽都是在炕上过来的。晚上的时候，瞎妈见她还不起炕，就让二水给她送来一碗饭。夜里，春芽把那碗饭都吃了，可是吃下去没多久，就都吐了出来，整整吐了一晚上。自此，从第二天开始，她就接二连三地吐。吐得昏天地暗的。大水怕她吐坏了身体，就请示母亲是不是给她找个医生看看。瞎妈眨着眼睛说：她一准是怀孕了，没事。大水心里琢磨，这好几年都没怀孕，怎么这时候怀孕了呢？二水听说后，到是高兴得差点儿跳起来。可是马上就被瞎妈喝止住了：乐什么乐？一准是青皮那坏小子作下的孽。二水一听，头就耷拉下来了。之后的日子，一直是大水在春芽的身边伺候着。虽然瞎妈有些不满意，但又有什么法子呢。她吐得那么厉害，自己的儿子不伺候，谁去伺候呢？难道让她瞎妈去伺候不成？唉，真是上辈子欠她的。

最近这几天，圈里的那头草驴也在闹圈，谁都不能近前，一靠近它，它就踢人。只有一人除外，就是大水。说来也怪，大水一过去，它就服服帖帖的，老实着呢。大水要是不去，它就咆哮起来吓人。所以，大水还有照顾那头草驴的任务，他每天在草驴与春芽之间来回穿梭着，伺候完春芽伺候草驴，伺候完草驴伺候春芽。

由于春芽的怀孕，使家里产生了波澜。大水和二水争执起来。二水说自己的媳妇怀上了人家的种，这孩子不能要。大水说结婚这么多年了，她一直都没有动静，如今好不容易怀孕了，应该把这孩子留下。瞎妈听着两个儿子的争执，只是眨着双眼睛，在掰着手指，像是在算着月份，嘴上没有说什么。吃饭的时候，兄弟俩又为此事争执起来，瞎妈还是没有表态，只是脸色阴沉得厉害。在瞎妈看来，两个儿子说得都有理。但她还要再考虑考虑，因为这事情不是一般的大。老牛家不能没有后，可老牛家也不能把别人的儿子弄来续香火呀？三个塔似的儿子，造不出一个小孩儿来，这怎么往外说呀？可这事情又是明摆在那儿了，就是没有弄出孩子来。那不拿人家的孩子续香火，又能怎么样呢？春芽和这哥三个结婚好几年了，连个黄豆粒也没从她肚子里蹦出来。人家青皮刚偶然干了那么一回，就给怀上了，你说这不是命这是什么？唉，要说怀，怀谁的不好，为什么偏偏是青皮的呢？换一个人，不管是谁，那是都有商量的，唯独这个青皮，那是绝对不能要的。因为瞎妈早就看出来了，这个青皮在春芽的心里那是有位置的。她瞎妈眼睛虽然瞎了，可她的心没有瞎。

春芽自从自己怀了孕以后，心里就不是滋味，她最担心的是瞎妈打她肚子里面孩子的主意。自己到牛家来好几年了，虽然有三个大小伙子每天伺候着，可她这肚子从来就没有过动静。本来她还以为是自己的毛病，因为不能三个人都有毛病呀？这回她可知道了，不是自己的问题，是他们哥仨有问题。她心里盘算着，如何把这孩子保住，因为自己身为一个女人，太需要这个孩子了。但她心里又很清楚，要想保住这孩子，谈何容易。她深知道瞎妈的为人，更清楚青皮和牛家的关系。正胡思乱想着，大水进来了，他是来送面条的。一天了，春芽还没吃什么东西。

春芽见大水进来，心里一动。因为自己这回怀孕，幸亏大水照顾，否则，还不知道是怎么回事呢。大水这个人心善、厚道，春芽对他一直不错。当然，他对春芽也是无微不至的关怀。所以，春芽想今天和大水谈谈，了解一下瞎妈对她怀孕事的想法。大水把面条碗递给她，她接过来，放在桌上，然后她拉着大水的手就哭起来。大水心软，见不得女人哭，就一个劲地哄她。她就势躺在了大水的怀里，大水也就抱着她，给她擦干净眼泪，和她亲昵起来。春芽见和大水情形相融合了，就用双手抱着大水的脖子问他：咱妈是怎么说的？

大水知道她问的是什么，但又不愿意回答她，就说了句，什么怎么说的？春芽见他装糊涂，就又抱紧了他，说：就是我怀孕的事呀？大水见她非要想知道，就说：咱妈还没有表态，你怎么想呢？春芽更加抱紧了大水说：大水，你说我们是不是该有个孩子？大水没有吱声。春芽又说：我们在一起这么多年了，一直没有，这好不容易怀上了，我想要。大水沉思着，掏出烟袋来，往烟锅里装着烟。慢慢地点燃后，深深地吸了口，吐出一股浓浓的烟来，把春芽呛得直咳嗽。大水望着春芽那双期盼的眼睛，然后说：我去跟妈争取一下。春芽一下扑上去，抱住大水，大水也抱住了她。

大水临走的时候，又回头说了句：这事牵扯到青皮，要比想象的复杂，你要有思想准备。春芽还是充满希望地望着他：就看你的了，大水？大水神色凝重地望了她一眼，出去了。晚上，大水和二水谈了一晚上，具体他们谈了些什么，春芽就不知道了。但是，她知道大水是在说服二水，因为二水最恨青皮。眼见得二水的神色比以前好得多了，可他还是不到春芽的房里来。自从那晚上之后，二水再也没有来过春芽的屋里。而瞎妈的脸色却一天比一天地阴沉，并且整天整天地不说话，让人觉得心里发毛。

3

劳改农场的伙食是一流的，一天三顿饭，早上馒头、玉米面粥、咸菜，中午是窝头腌白菜。晚上一般情况下是白米粥、馒头或者窝头腌白菜。因为做饭的厨师，是原来这里的一个劳改犯，叫李玉柱，很多年前刑满释放后，就留在这里了。并且还娶了一个当地的媳妇，生了一个姑娘，如今已经十八九岁了。闺女大了懂事，每天都帮助父亲来农场食堂做饭，时间一长，农场里就给她开一份工资，成了场里的临时工。这天姑娘挑水的时候，正好碰见三水也来打水，二人就聊了几句，姑娘不免多看了三水几眼，心里就生了想法。是呀，可着这劳改农场，就是三水长得出众。

这李玉柱的女儿叫李小红，是个人见人爱的女孩儿。人长大了，父亲也在为她的婚事操心。可这劳改农场，一直没有合适的人。谈个当地的农民吧，她妈又不愿意，觉得这帮劳改犯只要一出去，就是有吃有喝的，总比找个农民强。所以，就一直让她爸在劳改农场里给物色着，有合适的就给说说。三水的到来，其实李玉柱早就注意了，有一天他问过林凡，林凡说他有媳妇，所以，李玉柱就没再往心里去。如今女儿看上了三水，并说他根本没有媳妇，这下可就让李玉柱为了难。林凡说他有媳妇，三水自己却说没有媳妇，这是怎么回事呢？

三水由于跟林凡那里学了很多以前没有学习到的东西，并且已经知道了自己哥三个娶一个媳妇的非法性，所以，早就决定出去后，就不再和春芽在一起了。那天打水时小红一问他，他就说没有媳妇，这下就让林凡背上了黑锅。吃饭的时候李玉柱为了女儿的事情向林凡核实三水的婚事。林凡就顺口说了句没有听说三水有媳妇呀？这下李玉柱就火了，你不是亲口说他有媳妇吗？林凡想了想，觉得还是应该说没有媳妇。于是说：是呀，上次你问我我听错人了。林凡也不想把三水的事情搞复杂了，因为毕竟自己跟三水是那种关系。李玉柱问到这里，就不再理睬林凡，心里在盘算着怎么和三水说的主意。

在回宿舍的路上，林凡猛然想起了李玉柱的问话，又想起他的女儿小红，这才反应过来李玉柱问他话的用意，心里暗暗叫起苦来。果然，第二天，李玉柱就把他叫过去，在食堂的大案子上，摆了一盘花生米，一盘猪头肉，还有一瓶二锅头酒。林凡一进来，看见案子上的摆设，就明白了李玉柱的真正用心，可他怎么解释呢？又怎么能解释的通呢？透过李玉柱的身后，看见小红的身影在灶间里一闪一闪的，他的心里那叫一个难受。几杯酒下肚以后，李玉柱就直接拜托林凡，要他成全这桩好事。林凡自己都感觉到了自己神态的不自然，幸亏李玉柱不会往别处想。

几天以后，三水在打水的时候，又一次遇上了小红，又和小红聊起来。小红见他什么反应都没有，就突然问他林叔叔和你说了没有啊，把三水问了一愣，小红一看，心里就全明白了，原来林叔叔还没有跟三水说呢。她赶紧挑着水桶跑了。三水怪怪地望着她的背影。

当然，吃晚饭的时候，李玉柱肯定要问林凡，林凡尴尬地说还没有和三水提那事。李玉柱埋怨他不拿自己的事情当事，林凡赶紧解释，并说今天晚上一定和三水说。晚上，快要睡觉的时候，林凡问三水，以后怎么打算，是不是出去后，再成个家？三水说还没有想过。林凡看着三水矫健的胸肌，不由得就用手抚摸起来。心里十分不愿意和三水讲小红的事情。

第二天吃早饭的时候，李玉柱问林凡：怎么样，我说老伙计，那事你给问了没有？林凡说：给你问了，人家不愿意，说是在家里有意中人。李玉柱扫兴地说了句：那就没办法了。可是，林凡分明又在远处看见了小红那期盼的目光，他赶紧起身走了。

李玉柱回家后跟女儿讲了三水不同意的事情，小红痛哭了一场。之后，她的神情一直沉闷，李玉柱和老伴儿很为女儿担心。又有一天小红挑水时，和三水又相遇了，三水还是一如既往地和她聊天，小红开始很难为情，后来见三水像什么事情都没发生过，就觉得有些奇怪。但总归是个女孩儿，又有前边的事情，心里总是别扭的，她挑起水桶就赶紧走了。之后，小红又几次想起来三水的神态有些不对，可出于一个女孩儿的羞涩心理，没有再追问下去。只是再碰见三水的时候，她见三水对她还是一见如故，心里十分忐忑不安。她心里总是疑惑林叔叔没有和三水提起过，可这话她又怎么向父亲再提起呢？可是她人明显得一天比一天的瘦，父亲和母亲看着她的憔悴模样，心里在疼痛。

三水还是一如既往地工作着，改造着。林凡也确实在系统地教授他文化知识，在给他讲解专业技术。三水进步很快，他和林凡的感情也在一步步潜移默化地加深。在逐渐地对林凡产生着依赖，几乎什么事情都跟林凡商量。就在他们如胶似漆的时候，突然传来了林凡要出狱的消息，这对于他们二人来说不知道是喜还是忧。由于国家政策的改变，林凡的问题被平凡了，所有的刑期全部撤消，要他赶快准备出狱。还说要给他一笔可观的补偿费，林凡着实地激动了几天，可是激动过后，冷静下来的时候，他又不得不面临着所有的问题。如：出去后的去向问题，出去后的工作问题，以后的生活问题，在有就是要和三水分手的问题……尤其是最后这问题，使他想起来就头疼。因为按照三水的刑期，就把最高的减刑加上，也至少还要有五年以上。这五年的分手日子可怎么过?

这几天，能够明显感觉到林凡的忧郁。出狱对他来说肯定是好事，可他又离不开三水。这几天他的心里充满了矛盾，可是这事又不同别的什么，该出去就得出去，是没商量的。他和三水谈了自己出去后的规划，说条件要是准许的话，想自己干一番事业。争取在三水出去的时候，有一个稳定的基础。在他临走的前一天晚上，他和三水谈了一夜。他们谁都没有睡觉，林凡把他走后三水应该学习的内容都给他讲清楚了。最后，一个说出去后，在外面等他。一个说在里面尽快争取早出去。早上分手的时候，二人极为激动。但林凡还是要三水把感情控制在宿舍内，他临出门的时候，要求三水不要去送他了。

林凡走的时候，送他的人很多，李玉柱也来了，带着他的女儿小红。在和林凡告别的时候，小红突然间地问林凡：林叔叔，我爸托您的事，您和三水说了吗?林凡被她问得一愣，他一时没有反应过来，他支吾半天也没有回答出来小红的问题。小红还想继续问，这时候农场的技术负责人过来了，林凡借故赶紧去应付那人去了。小红怀着复杂的心情望着远远离去的林凡，心里充满了疑惑。她在人群中寻觅着三水的身影，可是直到人们都散去，也没有见到三水。

自从林凡走后，三水总觉得心里空荡荡的，每天就像是失去了什么，总也找不回来。农场方面没有再给他派人来，也没有再给他安排别的工作，他每天就是在饲养室调养这十几头牲畜。这样一来他哪儿都不用去了，每天吃住都在这饲养室里，难怪小红一直见不到他。工作虽然不是很累，可是时间一空余下来，反而倒有时间胡思乱想了。没有林凡的日子是不好过的，还好，林凡走之前，把他该学的东西都给他讲清楚了，他只要一想起林凡来，就赶紧拿起书本学习，以此来排遣难熬的时光。

三水对于林凡的思念，已经胜过了他对家人的思念。他从来也没有过这种感觉，包括他对春芽的思念，对于母亲和哥哥的思念，从来没有这么强烈过。他不知道他这是怎么了。这种思念使他忘乎所以，使他失魂落魄，使他完全失去了自己。就在他一边给牲口喂料，一边胡思乱想的时候，小红突然出现在他的面前。他和她打招呼，并说有日子没见面了，于是二人就聊起来。她们聊了很多，也谈到了很晚，一直到吃饭的时候，小红才起身告辞。小红走的时候，三水还觉得他们没有谈尽兴，好像还应该再谈一会儿。

小红和他谈了很多事情，比如：食堂要改善伙食呀；街上的蔬菜又涨价了；明天要来检查团了；母亲身体有些不好呀；农场的领导要换班子了；农场要卖三辆卡车了；有一个犯人被关禁闭了；自己过年就二十一岁了；家里的住房该修了……总而言之，这一下午他是非常不寂寞，过得很有意思。之后，小红几天没有露面，他还有些想她，因为真想找个人聊一聊。正在他想小红的时候，小红又来了。

小红给他拿来了好多蒸好的白薯，趁着热乎他就吃起来。一边吃着一边说：你这几天没来，我还真想你了。小红脸一热，有些不好意思地说：你还有空想我，你要想也得想你家里的那个人呀？三水顺口说：是呀，林老师好久没来信了？小红说：你就知道林老师，你心里就有林老师，你家里就没有别人了？三水说：有啊，我妈，我哥，我……小红赶紧问：还有谁？三水说：还有春芽。小红心里一沉，嘴上还是问了一句：春芽是谁呀？三水犹豫了一下，想起了林凡和他说的话，觉得是不好和小红说，就顺口说：是我嫂子。小红心里一喜，赶快又问？那还有什么人吗？三水说没有了。小红心里那叫一个喜。三水看着她高兴，觉得有些奇怪：你高兴什么？小红说：那你别管，反正我高兴。三水更觉得奇怪了。但是，小红高兴得马上起身走了。三水见她走了，还说：天还早呢，你不再聊会儿？

小红高高兴兴地回到家里，父亲和母亲看着她心里觉得反常，可又不便问她，就也跟着她高兴起来。小红看着父母高兴，觉得奇怪，就问父母：你们高兴什么？父母说你高兴我们就高兴。小红见父亲这么说，就问父亲：爸，您上次问林老师那个事情，他是怎么和您说的？李玉柱被女儿问一愣，很快就反应过来：啊，还是那话呀，说三水家里有媳妇。小红说；根本不是那么回事。李玉柱心里有些纳闷：不会吧？小红起身说了句：这林老师真没谱。就回自己屋了。

第二章　怀孕的危机

1

在春芽等待瞎妈裁决的时间里，青皮出院了。他是让人用担架抬回家的，村里人都去他家看望他，表面是上慰问他，大多数人心里都在咒他死。他们真的恨三水，那一棍子为什么不打在他青皮的脑袋上。青皮的断腿算是给接上了，可是医生说将来走路的时候要有点瘸，因为接的那条腿和另外一条腿不一般长。青皮的媳妇是他的表妹，事情发生后，心里怨恨青皮的烂情，就回了娘家，发誓不再回来了。青皮拖着伤腿回来没有办法生活，他的老妈年事已高，只好给他顾人伺候着。由于青皮这次事故是他私人道德败坏所为，村主任李全宽把他的治安组长也给撤了。

青皮被打成这样子，他的老妈看见心疼，在家里亲戚的撺掇下，几次要去找瞎妈理论，都被青皮拦了，他妈不理解青皮是什么意思，青皮却冒出一句让他妈更不明白的话：等我把家里的事情考虑透再说吧，还没到找他们的时候呢？这回连他母亲都糊涂了，这青皮怎么说起不着调的话来了。当然，青皮自然有自己的想法，春芽这回去医院看他，这已经说明了一切，她春芽早晚都是他青皮的媳妇，他心里坚定地这样认为。在医院的时候，要不是那天夜里护士进来，他就在病床上又把春芽给办了，明显的春芽心里喜欢的是他。青皮此时的心里在盘算着，等自己养好身体后，怎么和那个坏心眼的媳妇把婚离了。又怎么着把春芽给娶回来。他在养伤期间，每天琢磨的就是怎么和瞎妈理论的事情，怎么着才能让瞎妈就犯，把春芽给让出来。

一段时间以后，他觉得身体恢复得好些了，就让他妈把原来治安组的几个小哥儿们叫来。然后，找了个椅子做成担架，把他抬上，来到河边，上了船，直奔对岸的瞎妈居住的白沙滩上。这治安组的几个人，都是村里有名的泼皮无赖，以胖子歪，二混蛋为首，他们比青皮小七八岁，平常在村里偷猫盗狗的，无恶不作，自从到了治安组后，村里倒是安生多了，这也是把老支书李全宽给折腾得没办法了，才想出来这么个办法来。

几个人来到白沙滩，一下船，他们直奔瞎妈的几间房子而来，大水和二水听见动静就迎出来了。一会儿，瞎妈也出来了，一听青皮的话，就知道来者不善。青皮是来要补助的，说是受了那么重的伤，要牛家给点儿补助，并且要派专人伺候。毕竟是老牛家人把人家给打伤了，虽然是三水已经入狱，可大水是个厚道人，他还是说：钱没有，要是需要人伺候可以去。青皮马上问谁去？大水说我去。青皮说不行，要个女的。大水说女的没有。二人说着就顶了牛儿。二水气急了，说：我们的人都进监狱了，你还敢来要补助？话没说完，就转身又抄起了顶门杠。吓得青皮拔腿就跑。一行人跑出了白沙滩，过了河后，在村口议论着，觉得这么干不行，就商量着下一步的对策。几个人正商量着呢，公社来人了，说是青皮的媳妇水丫儿在公社书记那里把他给告了，要和他离婚。青皮一听，就说离就离吧，赶快让她写离婚申请，我签字。亲戚们都说别离婚，这人都残废了，走道一瘸一拐的，真的离婚了，谁家的女孩往这嫁呀？还是赶快去说点儿好听的，把媳妇接回来吧。

青皮眼珠一转，说走。就带着众人去他媳妇的娘家了。水丫儿见青皮领来了这么多的人，以为是来接她的，就拿起了架子。青皮见她摆起架子，就有意识激她的火，让她下不来台。结果，话赶话说僵了，水丫儿说不跟他过了，要离婚。话一说出口，被青皮接上了，众人面前下不来台，就写了离婚申请书，青皮当着大家的面，当场签字，水丫儿没办法只好签了字。签字后，她坐在地上哭，大骂青皮没有良心。

青皮带着众人回来，大家本来以为是去接水丫儿回来的，没想到是给他们当证人，办了离婚手续。心里都别扭，觉得青皮这回非打光棍不可了。可是，青皮心里却在暗暗发笑，觉得这回和春芽再说话，可就没有障碍了。只是临回来时女儿槐花一个劲儿地叫爸爸，叫得他心里怪难受的。但是，一想到春芽，他就什么也顾不得了。

青皮和水丫儿离婚后，心里轻松了，觉得该进行第二步计划了。于是，就派他堂嫂大翠子，来到白沙滩找瞎妈。说是青皮生活困难，媳妇也因为受伤的事情和他离婚了，觉得牛家应该给一些接济。瞎妈是个通情达理的人，听说青皮的情况后，就马上让二水给她准备五百块钱。可是，大翠子又提出要瞎妈派人去伺候，瞎妈说家里没有人，这条件接受不了。大翠子说不成就先让春芽去吧，瞎妈明白了她的用心，就干脆地说春芽怀孕了。大翠子一听，就觉得没戏了，起身告辞回来。把经过对青皮一说，青皮听说春芽怀孕了，心里就倒腾上了，这十分有可能是我的孩子。因为，春芽嫁过去那么长时间都没有怀孕，怎么才和我有那事情就怀孕了呢？肯定是我的孩子，想到这里，心里那叫一个喜。难怪春芽到医院看我去，原来是这么回事呀。

既然是这样，那还说什么呀？又得从长计议了。是呀，这瞎妈贼得很，眼瞎心里可明亮着呢。肯定她已经知道了一些事情，要不她为什么和大翠说这事呀？她是在威胁我，这是在拿她们母子当人质呀。想到这里，他的汗“刷”一下就下来了。这可怎么办？这还真是个麻烦事，弄不好她别再是让我等她三儿子回来，那可就更麻烦了。我说这个老瞎婆子怎么那么有恃无恐呢，原来我有把柄在她手里呢，这还真是个难办的事。

要是这样的话，得见一见春芽，看她怎么说。可怎么才能见到她呢？要知道是这样的话，就别和瞎妈他们把关系弄僵了。这可怎么办呢？没办法，就是刀山也得闯。他又起身，直奔白沙滩而去。这回他没带那么多人，只是叫上了他的一个叫山虎子的弟兄。他的船一靠岸，二人就被二水拦住了。青皮毕竟是街面上混的，三两句话就把二水给打发了。二人跟着二水来到瞎妈的房间，瞎妈听说青皮又来了，心里知道这小子不好惹，就加了小心。

青皮见瞎妈出来见他，就不像上回那样了。这回是既不吵也不闹，只是掰开揉碎地讲道理。什么我是受害者呀；什么媳妇跟我离婚了呀，家里没人伺候啦；什么我妈年岁大了，照顾不了我呀；什么我这回是落下永久性的残疾了…… 瞎妈翻着眼珠，一声不吭地听他说。她感觉青皮这回说得都是有道理，可就是一样，她不能听，因为，他说的都是在围绕一个主题，家里缺人伺候。最后，青皮起身，要走时，又说了一句：如果有商量的话，三水我可以把他保出来。他说这话的时候，看见瞎妈的嘴角一动。

三水是瞎妈的亲生骨肉，瞎妈能不动心吗？可是青皮这次又看错瞎妈了，瞎妈是个心计极深的人，青皮怎么是对手呢？一个换一个，不能拿两个换一个。就是因为青皮这一来，差点儿要了春芽的命。

青皮回到家后，觉得自己这次去白沙滩，收获不小，因为他看到瞎妈认真听了他的话。他觉得自己在家里等着，不出三天，老牛家肯定会来人求他。那时候他把条件往外一开，春芽就会自动走进他的家门。晚上，他上街买了二两烧酒和二两花生米，回到家后就一个人喝起来。

第二天，一觉睡到了大天亮，要不是女儿槐花来找他要生活费，他还不起呢。槐花是他唯一的女儿，今年三岁多了，是个机灵的小姑娘，一看就是个美人坯子。将来长大了，决不是个善主儿。因为那张嘴厉害得很，小小的人就把他爸爸说得哑口无言。青皮没办法，只好乖乖给她两块钱。刚打发走了槐花，山虎子就进来了，说村主任和他商量，想让他去看场院问他去不去？一个月给他三块钱，别人都两块，照顾他。青皮一想，呆着也是呆着，为什么不去呀？

白沙湾的场院可不是那么好看的，因为场院坐落在一个寺院里。寺院的名字叫倒座庙，顾名思义，这是一座门朝北开的寺院。由于这几年搞运动，庙里的和尚早还俗了。现在这庙被村里的社员当打谷场用，所以要有一个值班看守的人。据说这场院的值班人员已经换了好几个了，始终没有一个长期的人干下来。原因就是这地方近来总是不安静，一到晚上就有动静，几个看守人员都由于害怕，不干了。说白了，就是给吓跑了。青皮早就知道这里面的事情，可他是个不信邪的人，所以，村主任一说，他就答应下来了。

村里的老人都说这庙自从建成那天起，就没有安生过。以前和尚在的时候，也经常闹动静。原因是这庙不该门朝北开，因为犯了天家的禁忌，所以，要经常受到骚扰。具体谁也说不清楚这庙为什么要门朝北开，反正说什么的都有。青皮是不论秧子的主儿，所以，村主任找他来，是再合适不过的了。这也给青皮一个生活的机会，谁让他腿伤了呢。

这事情也奇怪了，自从青皮住进场院以后，这庙里就没再闹什么事情。每天他的一群狐朋狗友在这场院里闹腾，喝酒猜拳，搞得是昏天地暗。村主任也只是睁一只眼，闭一只眼，假装没看见。因为找到这么个合适人也不容易，要不是青皮的腿伤了，他才不来呢。所以，就任凭他们折腾，只是村里的鸡丢了不少。有些老年人在一起聊天，说青皮这帮人是五鬼，把庙里的大仙给镇住了。一时间村里把青皮给传神了，乡亲们见到他青皮都毕恭毕敬的。村主任这时候才感觉到有些不妙，他青皮的威信怎么能高过我呢？这事情得采取措施了。

是的，在村里无形中，青皮的那帮哥们，逐渐形成了一股势力。以前村主任可以单独决定的事情，现在不行了，只要青皮这帮哥们一起哄，就执行不了了。再有就是青皮这人也是个横竖不吃的主儿，什么事都没个商量。最近还有一件让村主任闹心的事情，那就是前几天公社开会，要他回村后贯彻黑猫、白猫的政策，他心里正没底呢。这村里青皮闹得正欢呢，要是再一贯彻什么猫都行的政策，那不是更乱了吗。自己在这村里还怎么待呀？可这上面的政策是非贯彻不可的，要是紧拖着，一旦上面检查下来，那可不是闹着玩的。

可这会怎么开法呢？开不好，就等于把青皮这帮人给哄上去了。正在他犹豫不决的时候，青皮带着人找上门来了，说是要分地，要把村里的地给分了。村主任一见这事让他抢在前头了，心里觉得别扭，就私下和几个老贫农一商量，决定在村里整治一下青皮。于是，他召开了全村民众大会，对青皮想复辟资本主义的行为进行批判。谁想，批判大会正开着，公社领导小组就进村了。村主任那叫一个难受，这回真的是跳进黄河也洗不清了。马上，批判青皮的大会变成了批判村主任李全宽的大会，大家刚喊完打倒青皮，转儿又喊起了打倒李全宽。紧接着，青皮这只黑白猫就当上了村长，李全宽成了治安主任。

2

青皮到河神庙里来几次，春芽都知道，可她心里不知道是什么滋味。每次青皮走后，瞎妈都要大骂一阵，好像是在给春芽听。春芽也只好装做什么都没听见，但她心里最担心的还是肚里的孩子。因为，依她了解的瞎妈是不会让她要这个孩子的，否则就不是瞎妈了。大水和二水再三向她保证，要瞎妈把孩子留下来，可是她心里还是很担心。

晚上吃饭的时候，她今天胃口特别好，多吃了半碗饭。因为今天加了一个红烧鸡块，她吃得特别香。回到自己房间后，大水过来了，和她说了一会儿话后，大水就走了，大水一走她就睡了。她做了一个梦，梦见自己在一个森林里，迷路了，她走了很长时间，口渴得厉害，她喝了一口河里的水，水里有一条蛇。她害怕了，突然感觉肚子疼。一阵剧烈的疼痛，把她疼醒了。她叫唤起来，大水和二水都来了。她疼得昏死过去。

大水和二水连夜把她送进了医院，到医院没多长时间，医生就告诉大水和二水说她流产了。大水和二水一直照顾着她，看着昏迷中的她，心里难过极了。兄弟二人在相互猜疑着，猜测着这是怎么回事，可谁都不愿意说破。在静静地等待着春芽的苏醒过来，可她醒过来以后，又怎么向她解释呢?

春芽醒过来了，她知道自己的孩子没了，看着兄弟二人那两张扭曲的脸，没有说什么，突然大哭起来。她的哭声惊动了整个病房，医生、护士和几个病人都进来了。大家都劝她想开些，大水和二水退出去了。医生问谁是春芽的丈夫，大水说他是。医生说春芽这流产有问题，应该请公安介入一下。春芽说不是的，是自己不小心吃了不该吃的东西，就不要麻烦公安部门了。之后医生带着疑惑的目光看着大水和二水，让他们给春芽办理出院手续。

大水和二水说明天一早就去办手续，话音还没落，青皮就带着人进来了。他一进来，就说春芽是被阶级敌人害的，要医院以阶级斗争为纲，揪出害人的人。还要春芽跟他走，回他家去。二水和他们争执起来，还差点儿动了手，医生见这群人不正经，就把他们给轰出去了。

第二天，在春芽办手续的时候，医生又一次对春芽不放心地说需要的话随时给我打电话，春芽表示很感激医生，但还是说没有什么。在回家的路上，他们又遇到了青皮等人的围攻，非要把人抢走不可，青皮还说他们老牛家杀人要偿命，要去县里告他们去。幸亏治安主任李全宽带着一群人来，把春芽给接回去了。要不然就冲二水的脾气，非出人命不可。

大水和二水已经从医生的话里面听出来了言外之意，一回到家，二人就分别向春芽表白自己的无辜。此时的春芽心里明镜似的，可她怎么能把这层纸捅破呢？瞎妈就是再有不是，也是自己的婆婆呀，也是自己的救命恩人呀。更何况瞎妈把她的三个儿子都给了我，这在天之恩怎么报得了呢？就是瞎妈要我的命我又当如何呢？

晚上的时候，二水去母亲的房间，想问一问母亲春芽究竟是怎么回事。走到母亲房间的外面时，听见大水在母亲的房间里。瞎妈在说：孩子，不是为娘的心狠，你想那孩子要是生下来，咱们家就永无宁日了。那青皮可不是好惹的，依你二弟和三弟的脾气，那是要出人命的。二水听到这里，发疯似的跑回自己的房里，趴在炕上哭起来，他在为春芽伤心。难怪春芽到现在为止没有埋怨一句话，还在医生面前遮掩，她是在为母亲遮掩呀。原来她心里全都知道，只是不说罢了。

从此以后，大水和二水再也没有进过春芽的房间，他们都觉得对不起她。全家人的交流也逐渐少了，相互间很少用语言来表达。春芽本人更是沉默得厉害，基本上就是一个哑巴，可她对于瞎妈的照顾更加无微不至了。而在大水那边，表现出的是孤僻，他基本上整天见不着人。每天都拉着那头草驴，借口放驴在河边坐着发呆。很晚的时候，驴都吃饱了，他还在河边坐着。不知道他在河里面发现了什么，也许是发现了宝贝。他人的精神面貌越来越不像样了，简直就是个颓废透顶。胡子也不刮，衣服也不洗，邋遢得没有人样。最近又有一件怪事情，就是河边经常发出一声声怪叫，原来是大水发出的。他每天夜里在河边，时常发出一声近似于狼吼的叫喊声。尤其是深夜，夜深人静的时候，这一声嚎叫是很瘆人的。

二水每天都是很早就出去，很晚才回来，简直就是个夜猫子，不知道他在干什么。据说是在和岸上的人商量分田到户的事情，也有人说他在和人一起跑投机倒把的生意。也有人说他和一个大款摽上了，要发大财。人是在一圈圈的瘦，可谁也没有问过他，只是在吃饭的时候，春芽给他经常上一些鸡汤之类的补品。虽然伙食质量提高了，可是全家每一个人都在消瘦。瞎妈的身体也在一天比一天的不好，刚一入秋就大病了一场，经过春芽好一阵调养，才算没出大事，但身体显然是不行了，已经近似于老态龙钟的状态。

春芽的身体最近恢复得不错，她已经又开始照顾瞎妈的起居了。晚上，她在给瞎妈洗脚，窗外又传来了大水一声声的狼吼声。瞎妈眨着双瞎眼，耳朵支棱起来听着，脸上什么表情也没有。像以往那样，春芽给她洗完脚后，就端着水盆出去了。瞎妈摸摸索索上了炕，拿起烟袋锅，她要抽口烟后就开始烧香念佛，这是她多年养成的习惯。说是念佛，天知道她每天嘟嘟囔囔都在念什么佛。

晚上，烧完香后，瞎妈点燃一袋烟。窗外的月亮高升，月光很均匀地洒在院落里，夜空也是被饱和的月光填充着。窗棂把月光分割成窗户的形状，投在炕上。但是，瞎妈感觉不到，她只是一口口地抽着旱烟，心里在琢磨着家里的事情。自从三水出事后，这家里就没有再安静过。最近随着春芽病情的好转，她明显地感觉到在春芽和大水、二水之间发生着什么事情。大水的彻夜不眠，二水的整天不着家，她又预感到了一场变故的即将到来。

瞎妈这一辈子可以说什么苦都受了。自从嫁给大水他爹，就没享过一天福，过过一天安生日子。如今六十岁的人，头发已经全白了，脸上布满了皱纹，看上去已经显得像七老八十的人，而且眼睛还瞎了。操心哪，三个儿子让她把心操碎了。要说这白沙湾，谁家的小伙子也比不上她瞎妈的三个儿子英俊，可这三个儿子怎么就拴不住一个春芽的心呢？这事让她心里难受啊，还不是一般的难受，那是她的一番心血呀。如今，明显得是白费了。春芽的肚子怎么她三个儿子花了好几年的工夫，都没能给弄起来。人家青皮一下怎么就给种上了呢？笑话呀，羞辱。这能怪春芽不检点？怪青皮不仗义？怪自己这个眼瞎的人没看住？

她下手是很了点儿，可有什么办法呢？她不能让老牛家在她这一代就断子绝孙呀？更不能让自己辛辛苦苦建设起来的白沙滩改了姓。更何况春芽是他们哥三个的媳妇，怎么能让青皮领走呢？这话可是好说不好听的呀，那样的话，这白沙湾她瞎妈还怎么呆？她瞎妈在一天，就要守住白沙湾，守住这三个儿子。她就不信哥三个都不能让春芽怀孕，她要想方设法地让儿子争过这口气来。可是近些天的情况有些让她感觉不妙，因为大水和二水已经好多日子没有去过春芽的屋里了。她不能在任这种情况发展下去了，她要采取措施。

第二天晚上，吃完饭后，瞎妈破天荒地来到春芽的房间，她把大水也叫过来了。当着大水的面问了春芽的身体情况。然后起身出去，走到门口时，她回身把门给带上了。大水和春芽面面相觑地看着，就这样，他们坐在那里，坐了一夜。谁的心里想什么，谁都清楚。直到鸡叫天亮的时候，大水才起身说睡觉吧。春芽已经困得不成了，二人和衣而眠。

瞎妈见大水和春芽睡了一上午，都没有起炕，心里觉得这还像回事，就摸索到厨房，给他们做中午饭吃。大水和春芽起来后，吃了中午饭，春芽帮瞎妈收拾，大水回到自己的房间接着睡。春芽烧了一锅开水，自己也好多天没洗澡了，想洗个澡。洗澡的时候，大水的房里又传出了鼾声。春芽看着自己有些丰满的身体，想起自己失去的孩子，心里一阵难过，眼泪又掉下来了。突然，她听见门口有响声，她赶紧警觉起来，怕是青皮又来惹祸了吧。她穿好衣服来到门口，看见门口的地上躺着一个人，她吓了一跳。这人浑身上下破破烂烂，满脸的泥污。仔细一看是二水，这可怎么好。她赶紧把二水扶起来，让他坐到椅子上，然后给他倒了一杯水。接着，给他拿出中午的剩饭来，摆在二水面前的桌上。二水一见，就狼吞虎咽地吃起来。春芽看着他吃，就赶紧跑到大水的房间，把大水叫来。大水进来后，坐在二水的对面，一声不吭地看着二水吃饭。春芽见大水不言语，就问了一句：怎么弄成这样了？二水只顾吃着，眼皮都不抬。大水点燃一袋烟，看着他吃了一会儿，就起身走了。春芽想拦大水，但又停住了。她给二水倒了一杯水，二水接过来喝了。春芽给他倒了半盆刚才自己烧的水，让他把衣服都脱下来，洗个澡。二水脱光衣服，躺在澡盆里。春芽把他的脏衣服放到另外一个盆里，准备拿河边去洗，这时候，躺在澡盆里的二水已经发出了呼噜声。

春芽见状，又放下手里的衣服盆，来到二水身边，给他擦洗身体。看着二水累成这样，她的眼泪又流下来了。大水叼着烟袋来到门口，见状就又退回去了。春芽给二水洗完澡，帮他穿好衣服，又把他扶到二水的房里。二水倒在炕上就睡了，春芽回到火房，拿起二水的衣服盆朝河边走去。大水隔着窗户，望着春芽的背影，吐出一口浓浓的烟，把他自己呛得咳嗽起来。

瞎妈一直听着外面的动静，听着二水的鼾声，听着春芽的脚步声一直走向了河边。又听到大水的房间里传来敲击烟锅的声音。她转动着一对无光的眼球，沉思了一阵后，叫了声：大水。大水听见母亲的叫声，赶紧跑过来。瞎妈问：二水回来了？大水回答：是，妈。瞎妈半天不说话，大水起身要走。瞎妈又说：他这是在干什么呢？大水说：不知道，妈，看样子挺累的。瞎妈：醒了后，你叫他过来一下。大水应了一声就出去了。可是，这之后，二水一连睡了三天，打了三天的呼噜。

3

二水是从外地赶回来的，他听说村里要分地，是回来和村里商量分田到户的事。因为他们家的白沙滩这块地方一直没有产权证明，二水想就这机会，把土地证明给办了。可是，他一见到青皮，心里就凉了。青皮说他怎么办都行，就是一个条件，求求你了，让春芽过来。二水一听就火了，他起身就走。青皮在他的身后还是甩了一句：没有春芽，咱们什么都没的谈。并扬言要去县里告牛家杀人害命，让他们全家都住班房。

青皮在贯彻上面的分田到户政策，一时间，村里田就都给分了。这帮吃惯了大锅饭的村民，如今让他们到自己的地里种田，还不是很习惯。一群人在村长办公室吵闹着要青皮给他们配备化肥。青皮说田已经分给你们了，地已经是你们自己家的了，用不用化肥关我什么事呀？你们还以为是吃大锅饭的时候哪？大家觉得心里没有底，又说要成立合作组，青皮说那不行，那是违反上面精神的，谁成立互助组，就收谁的地。之后，又有农民问种植什么农作物？青皮说今年都种棉花，这是上面的指示。村民说你们不是把地都分给我们了吗？我们愿意种植什么就种植什么。青皮说不行，这是上面的精神。村民说那种了棉花，要是卖不出去怎么办？青皮说你怎么不相信领导呀？你还是不是国家公民？再废话就把地交回来。吓得村民都不敢言语了。尽管大家不再公开和他顶撞，可私下里还在议论着：说是把地分给我们了，可我们还是什么主也做不了。我们还得按照他们的要求做，出了问题要我们受罚，这是哪家的道理？

二水的目的没有达到，心里嫉恨青皮，可是又没有办法，谁让人家掌握着权力呢。他去和大水商量，可是他却发现，大水对他所说的事情根本不往心里去。而且总是心不在焉的，不知道他在想什么。而且他有一次回来的时候，发现大水在和一头驴说话，而且说得热乎的很。二水见状，心里就感觉大哥指望不上了。此后，他又用心观察了大哥几天，发现他神经有些走神。他的心里就更加不放心起来。晚上，他被一阵牲口的叫声惊醒，他正好想去厕所，于是起身出来，却发现大哥慌张地从牲口棚那边走过来，他问大哥在干什么，大水一言不发的好像没看见他，直接回自己房间里去了。联想到大哥近来的举动，二水感到大哥有些怪异，可又说不出什么来，只好上完厕所后，回来倒头又睡了。此后，他发现大哥每天都神出鬼没的，不知道他在干什么。

二水对于春芽还是尽量地躲避，实在躲避不了了，就打声招呼。在二水眼里，春芽是肯定要走的了。因为牛家把她伤害苦了。他觉得这辈子也对不起春芽了，所以，他认为，如果青皮非要要春芽的话，就和母亲商量把春芽给青皮算了，要不人家有权，我们怎么和他斗得了呢？再说自己家的白沙滩还没有真把所有权办过来。何苦得罪这个地头蛇呀。可是，母亲却不答应，还为此骂了他。正在他们和青皮斗法的时候，二水家里来客人了，是他们远在日本的二舅来了。瞎妈做梦也没想到还能见到娘家人，心里那叫一个高兴。

二舅叫山本一雄，是日本大松集团的董事长，有个干女儿叫幸子，这次也一并跟着来了。山本是来中国寻找妹妹美惠子的，也顺便考察一下投资环境。山本和大水、二水、春芽见面后，觉得他们都长大成人了，心里很高兴。问他们愿意不愿意去日本发展，二人都说听母亲的。瞎妈说自己已经是中国人了，就不再想回日本去了。于是舅舅想在他们居住的村里面投资搞一个项目，也是给他们一个发展的机会。二水对于舅舅的干女儿幸子很感兴趣，她的美丽让他眼睛一亮，使他有些想入非非。但毕竟是亲戚关系在里面，也就没敢多想。可是幸子的大眼睛也总是在他的身上转，这使他感到很不安。

第二天，二水带着二舅来到青皮的办公室。二舅满心欢喜地和青皮交谈，可是，没想到青皮就是一句话，你们白沙滩的人没有什么好谈的，除非把春芽给我送回来。二舅问二水青皮是什么意思，二水说他想要春芽，二舅说这怎么可能？觉得青皮不可理喻，他又是这地方的长官，怎么可以这样？看来投资环境存在问题，就放弃了在白沙滩的投资。

之后，二舅带着女儿幸子一起拜祭了牛德旺的陵墓，又在白沙滩和瞎妈畅叙了几天兄妹之情，回顾了那些残酷的战争岁月和军国主义给中日两国人民带来的伤害，在给瞎妈留下一笔钱后，就起身到别的地方考察去了。对于二舅放弃在白沙滩的投资，二水觉得非常遗憾，他非常坚决地要求二舅在白沙滩投资，二舅很欣赏他的性格，说很像自己年轻的时候。二水也和幸子恋恋不舍地告别，他看见幸子眼睛里面充满了期待。

二舅走后，二水还是把青皮的所为反映到县里，县里通报了青皮的错误行为，并责成二水想尽办法把山本先生请回来。为此，县里负责人特别找到瞎妈，问她有什么要求没有，并答应给她增加每月二十元的生活费。同时，还责令青皮到白沙滩给瞎妈赔礼道歉。青皮这下算是栽到家了，没想到大江大海都过了，却在这小河沟里翻船，他感觉二水不是一般人物，要重视了。

二水虽然把青皮给告了，可也给自己找来了麻烦，因为县里的人总是催促，要他尽快找到二舅，可他此时上哪儿去找呢？青皮知道了他的难处后，就有意识的刁难他，不断地催促他赶快找到他二舅，言外之意是你不把你二舅找来，还不行了。这下，又把二水给弄烦了，他想二舅当初的选择是对的，于是决定，就是找到二舅我也决不让他到这里来投资。

二水对于幸子的注意，春芽怎能看不出来。但春芽没有再往心里去，因为，她知道自己的归宿早晚是大水的人。可是大水近来的行为实在是让人感到反常，他有一段时间没到她的房间里来了，而且经常晚上一个人牵着那头驴去河边呆坐。虽然只是他一个人和那头驴在河边呆着，可她还是很担心，因为他和那头驴呆得太晚了。谁也不知道他是几点回来的，他和那头驴总是有说不完的话，简直就是个神经病。

晚上她总是觉得自己身边空落落的，有时候想起青皮来，感到很刺激，但总觉得不踏实。严格来讲，青皮不是那种能让人当丈夫对待的人，但跟青皮在一起觉得很刺激。她向往那种刺激的事情，她回味青皮抱着她的那个时刻。她时刻在感觉着青皮给她的无限快慰，那是她在三兄弟那里得不到的。她对于与青皮在一起的消魂时刻，心里充满了无限的向往，她要再追寻一下。可是青皮的性格又让她有些止步不前了，因为，她怕青皮再惹出什么难以收场的事情来。

作为丈夫最可靠的人选，还要说是大水，因为他给人一种安心的感觉。他能让一个女人的心收敛回来，能给她一个家的感觉。可是，他缺少激情和刺激，没有活力的爆发，没有激情的洋溢。缺少性幻想和性冲击所带来的快感，这是一个年轻女孩子的最大不愿意。春芽毕竟才二十几岁，虽然已经体验了三个男人给她的所有温馨，但她从三个男人那里几年所得到的还不如青皮给他的一瞬间多。她心里在反复思考着，一方面是三个男人的爱，一方面还有瞎妈如山的重恩。她怎么能摆脱得了这些离他们而去呢？这是她永远也做不到的。如果做不到，就意味着永远生活在这感恩和还恩的环境里，一直到死去。

然而，所有的一切都无法让她放弃对于青皮的思念，因为他是她的初爱，也是她的最爱，而且她还怀过他的孩子。这怎么能让她轻易地放弃呢，怎么能让她不去考虑呢？尤其是在这整天没有事情可做的环境当中，活跃的就是人的思想呀？

再有一件事情就是那天看见了二水的舅舅后，她才感觉到大水他们哥三个的身上有一半是日本人的血液，这是个极为让她不可思议的事情。她怎么突然间就成了日本人的媳妇了呢？怎么还一下嫁给了他们兄弟三个？她的大脑一时周转不过来了。但这件事情在无时无刻冲击着她的心，她几乎都被这件事情闹得无法进行其他思考了。

幸好她怀过青皮的孩子，要不然心里会更加无法接受了。再看二水见到幸子时的那个眼光，完全不止是男人见到漂亮女人的感觉，那是一种同类相见才有的亲切感觉。她的心里没有一点的嫉妒，完全是在醒悟着什么。可作为一个女人，而且是人家的儿媳妇，又能做什么呢？瞎妈把三个儿子都交给了她，这天高地厚之恩怎么报答得了呢？

晚上，就在她胡思乱想的时候，瞎妈那边传来了响声。只听见一下下的打击声，像是在打击什么皮衣服，可又不像。她起身穿上衣服，来到瞎妈的窗外。这时候，二水也来了，二人示意不要声张，他们伴着房间里面传出的声音，扒着窗户往里看，这下可吓了一跳。原来大水光着上身跪在地上，瞎妈在拿一根竹棍一下一下地打他的后背。大水的后背已经流血了，但他还是咬着牙，一声不吭。春芽和二水赶紧跑进去，呼叫着把瞎妈拦下来。

春芽给大水擦着后背上的伤，二水把瞎妈扶到炕沿上坐下。二水问瞎妈这是为什么，瞎妈让二水问大水。可大水面部表情安详自如，什么也不多说，只是说儿子不孝敬母亲，该打。春芽和二水都闹不明白是怎么回事，安慰了一阵母亲后，只好把大水扶回房间。

母亲如此的责罚儿子，这在三个儿子长这么大，都是没有过的，一定是大水犯了天大的错误。可是，母亲和大水谁都没有说为什么，这到底是为什么呢？春芽和二水都对此百思不得其解。春芽一边给大水上药，一边流着眼泪，大水趴在炕上倒还安慰着她。

二水对这事情始终不得其解，因为他的心最近都在舅舅身上，或者说都在幸子身上，也就没有再过深考虑这事。他在挖空心思想着舅舅的动向，准备随时动身前往。就在他千盼万想的时候，舅舅突然来信了，说他现在在广州，那里条件不错，想在那里发展。可他没有说具体在什么地方，二水只好又继续等待，心里好烦闷。

又过了二十多天，舅舅的信又来了。说是在广州找到了一个理想的投资环境，很适合他的企业发展，决定在那里投资，想让二水前去帮忙。二水一听马上喜出望外，想一准是幸子给她老爸出的主意。她肯定是也在思念二水了，可这事怎么跟母亲说呢？

第三章　二水出走

1

林凡自从劳改农场回来后，政府给他落实了政策，补发了一笔钱。他在家里呆了一段时间，原来的学校为了照顾他，让他去校办工厂上班，他去看了看，觉得自己是这学校里当老师出来的，再回去干工人不合适，而且大家一说起来，就提他是劳改犯，他听了心里也不舒服，就没去上班。在家里正琢磨着干点儿什么，得有个吃饭的地方呀？正琢磨着，街道办事处的老太太张大妈就找上门了，说是给他安排个工作，让他去街道工厂上班。他跟着张大妈来到街道工厂一看，他心里就凉了。这哪是街道工厂呀，这纯粹是个老娘们聊天的地方。一群家庭妇女在糊纸盒，他一个大老爷们整天和这帮妇女裹在一起，怎么个干法？一赌气，回家了。

正在家里琢磨着怎么办的时候，张大妈又来了。一进门就说：听说你是有一技之长的人，要不然你自己看着能干点儿什么？我家那间旧厨房空着呢，原来是我那老儿子住着，这不，去年他跑海南去了，一直就没回来，要不你先用着？我再给你找几张桌椅板凳，你看能干点什么就干点儿什么吧，反正得奔自己的饭碗呀？林凡一听也对，就说了句：那我就先上您那里看看去？于是，他就跟着张大妈来到那间小厨房里，条件虽然简陋，可毕竟是个小环境，他就在张大妈的厨房里安顿下来了。说给张大妈房租，张大妈说什么也不要，说只当是你给我看着房子吧。

从这以后，张大妈只看见他进进出出的，不知道他在干什么，只是知道他整天的骑一辆破自行车往乡下跑。可是最近有点儿让张大妈担心了，因为这几天来人不少，而且都是些村里的农民。这是要干什么呀？就这副穷样子，也能挣到钱？再后来，就不见他出去了，可是，家里添置了好多的瓶瓶罐罐的，不知道他在干什么。张大妈是阶级斗争年代过来的人，警惕性是蛮高的。再说这可是个深牢大狱里出来的人，越想她心里越不踏实。那天她趁林凡不在家，就带着派出所的片警小胡把林凡的办公室检查了一遍。结果，除去见到一些瓶瓶罐罐以外，也没查看出来什么特殊的东西。张大妈一再追问小胡那些罐罐里面是些什么东西，小胡也说不清楚，说闻着味儿像是花肥。用打火机点了一下，也点不着，最后还是带着疑虑说让大妈以后多注意点儿，就走了。

林凡在郊区的一个生产队里搞了一块实验田，他用自己所学的知识，在实验一种新型蔬菜生长素。如果实验成功，他将使农民的蔬菜产量翻番。他所需要的地方是要离水近，所以，一眼就看上了白沙湾这地方。可是，他去和青皮商量了几次，人家就是不给面，死活不和他合作。没办法，他只好在张大妈借给他的那间厨房里，先自己试着干起来。

那天他去拜访了三水的母亲和春芽，她们都很冷漠，好像对他一点也不热情，只是春芽说了句：在农场见过你。之后，就没再说什么，很快他就出来了。但白沙滩这块地方，他没看上。他一看就知道这地是后垫起来的，他不感兴趣。他不知道瞎妈的冷漠来源于什么，更不知道春芽现在的情况。自始至终也没有见到大水，大水根本就没有露面，二水也不在家。

回来后，他就潜心于自己的技术研究中，他很快就把成果搞出来了，而且马上就进行了实验实施。在他的那间厨房实验室里，他精心哺育着蔬菜的幼苗。张大妈还以为他是在培育花草，满屋的罐子，里面都种植着幼苗，她看了心里暗自琢磨着，这林凡原来是个养花的呀，这将来能养活自己吗？但有一点，他悬着的心算是放下来了。

林凡在村里谈合作的那个生产队长是个女的，和林凡接触了几次后，觉得林凡这人不错，于是对他很有意思。可是林凡一直没有感觉，只是觉得人家对他的工作很支持。每次他到村里去，那个妇女队长都赶前赶后地给他找地方，安排吃住。明显是在追求他，可林凡就是对她没有兴趣。闲下来的时候，倒是常常想起三水来，有时候就给三水写封信什么的。村里的实验田在妇女队长的支持下，总算是定下来了。就等秧苗一培育好，往实验田里一移栽，就行了。妇女队长还给他安排了两个社员，专门负责浇水。

眼见得厨房里林凡培育的幼苗越长越大，张大妈看了心里高兴，想着林凡总算是干出点成绩来了。那天张大妈在街上看见一个卖花肥的，她就自己买了两包。拿回来后，就把那两包花肥泡成肥水，都给它浇到了那些瓶瓶罐罐上面。心想，这回这秧苗可是长得更快了。结果，没几天，那些罐罐里的幼苗都被花肥烧死了。林凡回来后，看见自己的产品都报废了，心里很痛，可就是找不出原因。再种一次吧，时间又来不及了。这一耽搁，就入秋了，季节就耽误过去了。冬天平房里面又没有暖气，只好等第二年春天再说了。可是这一耽误，就把原来谈好的地也给弄没了。人家生产队不能再等你一年，再去和人家谈的时候，村里领导说：你那事我们合计了一下，觉得靠不住。实际上是人家妇女队长见他总是没有那意思，也就不再支持他了。就这样，他的实验计划就要面临泡汤了。

林凡仔细地又计算了一次配方上的数据，还是没有发现有不对的地方。心里就纳闷了，这错误出在了什么地方呢？张大妈又来看他，但张大妈的眼神有些躲闪，他随便地问了句，大妈您有事呀？张大妈赶紧说没事，有事，也没什么大事，那什么，那个我是想和你说，说一说你个人的问题，对，给你说个对象怎么样？林凡被她这一说，还没反应过来。沉了一下，只好说：您看我这连自己还养活不过来呢，怎么好再连累别人呀？张大妈说：那也是，那就再沉沉？好那就再等一等吧。说着话，她转身出去了。

就这样，这一冬天林凡都是在这间厨房里度过的，他反复地验算着自己的数据，感觉不可能有错误。可是自己到底是错在哪了呢？为什么所有的秧苗都死了呢？直到春天来的时候，他也没想出答案来。

林凡又一次来到劳改农场看望三水。三水说他也快出狱了，因为他去年立了一个二等功，所以，又获得了减刑的奖励。林凡把自己在外面的事情都和三水讲了，说等他一出去，就赶快加入进来。还说他要在县城租一套房子，他出来好有个住的地方。就在那里把公司注册起来，自己当经理，三水当副经理。要好好地挣一笔钱，享受一下下半生。林凡说很想念三水，三水也说很想念林凡，林凡又把自己最近的研究成果告诉了三水，并把资料也给他留下了。要他有空好好看看，出去后好实用。

从劳改农场看望三水回来的第二天，林凡就又来到郊区，想找那个妇女队长再商量一下地的事情，那个妇女队长借口去公社开会，没有和他谈什么。林凡感觉到了她对他的冷淡，可又不知道是怎么回事。一脑子雾水回到厨房小屋里时，张大妈已经在等他了。张大妈一个远房的侄女离婚了，她要给林凡说说。林凡知道详情后，苦笑着说：大妈，我这事业才刚刚起步，你是知道的，我哪有那个心思呀？去年那一茬秧苗都死了，现在还没有找到死亡的原因，您说今年我该怎么办？我心里正没着落呢，张大妈，您就饶了我吧。张大妈见他没有那份心思，考虑到他现在也确实难，也就没再提什么。可是听他说还是因为去年的死苗事件，没有情绪时，心里就跳起来。怎么说我也是好心哪，可这回弄不好就得把侄女的婚事耽误了。

林凡的另一件事就是拿政府给他补贴的钱，在县城里面租了一套房，准备三水出来后作为他们居住的地方。他还刻意布置了一番，有点儿过分，像新房。紧接着，他就和张大妈商量，想注册一个公司。张大妈完全支持他，说就把街道的小工厂扩展成公司吧，省得再去找注册资金了。于是林凡去工商局把街道工厂改了名字，成立了一个科技公司，摇身一变，自己就成经理了。第一次拿着营业执照，第一次手里握着公章，心里不知道是什么感觉。反正自己现在也是老板了，还给自己印了名片：中国国英科技开发公司总经理林凡。中国字头的企业。把三水的名片也印出来了，牛三水，是副总经理。张大妈是行政总监。具体总监什么，他倒是对张大妈有一个解释，反正张大妈挺高兴的。张大妈的小厨房他没有退，因为在那里搞实验最合适。办公室就设在街道原来的工厂里。

张大妈自从办了上次那件错事后，心里一直不踏实。几次想和林凡说开了，都没有拿出勇气来。今天，林凡正想和张大妈商量公司开张的事情，并说由于张大妈白给他使用小厨房，将来公司有了效益，一定给张大妈回报。张大妈一听，那叫一个高兴。可是她嘴里还是说：那倒不必了，只要你把事情做成，我就很高兴了。

天气刚一暖和，林凡就又搞起了实验。这回他加了小心，实验室里谁都不许进，张大妈也不例外。没过多久，他的瓶瓶罐罐里面就又长出了小绿苗，他精心照料着。可是又一件心事摆在了头里，种苗就要孕育出来了，实验田到现在还没着落呢，怎么办？找了两次妇女队长，她都像避瘟神似的躲着不见他。如果地的问题不解决，他的绿苗一过时间，就又全部报废了。心里那叫一个急呀！嘴都起泡了。

2

春芽对于大水近来的变化很上心，大水的孤独冷漠，与人隔绝，使她感觉大水背地里一定是有什么事情了。于是，她决定跟踪大水，看他到底在干什么。她留神观察了大水好几天，感觉没有什么大不了的。最出圈的事情就是每天下午大水要去牲口棚和那头驴说会儿话，这能说明什么呢？几天以后，她又发现大水对这头驴过于好了，他给它喂精细饲料，给它每天都洗澡，给它挠痒痒，给它驱赶苍蝇。每天给它喂好多遍水喝，还经常给它吃一些蔬菜，并带它去河边遛弯。这么说吧，每天大水除去睡觉时间，整个的人都在陪着那头驴，好像跟这头驴有永远说不完的话。可是对于春芽和瞎妈她们，大水可以整天的没有一句话，二水有时候和他说话，他都爱理不理的。反正二水心里有自己的事情，他也不在意大水的举动。这样春芽就感到奇怪了，大水到底是怎么回事呢？

二水要走的决心已经定了，可是他怎么和母亲讲呢？自从三弟进了监狱，母亲对他们的要求更加严格了。二水觉得自己唯一可以谈的人，就是大水了，可大水这个时候又心里不明白，每天的时光都投放在那头驴的身上了。他只好硬着头皮来到春芽的房间里。他一进门，春芽就知道他是有事求她。春芽知道了他要走的心思后，就感到事情有些难办。因为很明显，二水肯定是要去找那个幸子的。可这事怎么跟婆婆说呀？大水上回受罚那事春芽至今也没弄清楚原委，今天二水又提出来要走，这是肯定要触母亲的霉头的。怎么跟母亲说呢？再说了，二水为什么要这时候走呢？三水还没回来，大水最近又神经兮兮的，二水再一走，这家还像个家吗？春芽心里有些不愿意，可嘴上又不能说，这是她进这家来以后，多年养成的习惯。一边是自己的婆婆，一边是自己的丈夫，她有什么说话的地方呢？可是今天不一样了，今天她不说就没人说了。

二水万万没有想到春芽会拒绝他，没办法，他只好找大水说一说。大水最近的表现实在是让他挠头。他的这位大哥，他真服了。你说一个大老爷们，怎么能整天不和人说话，只和驴交流呢？这叫什么事。一进大水的门，看见大水正在把一个驴脖子上带的佣头往自己的脖子上套。二水说：大哥你这是在干什么？大水说：我尝试一下这东西戴在它脖子上是什么滋味。二水被他说的话弄得哭笑不得，赶紧转入正题。

大水听说他要走，要去找二舅，就顺口说：你是要去追那小表妹吧？大水这话弄得二水有些不好意思。赶紧说：也不是，我是想出去闯荡一下，总在家呆着多没意思呀？大水抽着旱烟袋，吐出一口浓烟：也是，也是，那就走吧？二水见他没领会自己的意思，心里有些急：大哥，我是说……我这一走，怎么跟咱妈说呢？大水这才明白二水的意思：是呀，怎么跟妈说呢？二水一听，心里“咯噔”一下，完了，大水也帮不了他什么了。

晚上，二水看外面都安静下来，感觉大家都睡了，他起身拿起已经准备好的东西，悄悄从房间里走出来。他是要偷着跑了，因为不能和母亲讲，一讲他就走不了了。他是下决心要走的，这几天他的心里满是小表妹幸子的影子，他有些承受不住了。刚走到拐弯处，就听见大水的房间门响了一下。他赶紧把自己隐身在房子的阴影里，注视着大水的动作。只见大水关上门后，就出了院门，朝牲口棚走过去，手里还拿着一包东西。二水在大水的后面悄悄地跟着，一直跟到牲口棚。

只见大水又来到那头驴跟前，他嘴里在念念有词的和那头驴说着什么？然后打开手里的包，从里面拿出一些东西来，送到驴的嘴边，驴一边吃着，大水一边说着什么。直到驴吃完。二水觉得大水是神经了，正转身要走，突然见到大水起身来到驴的身旁，在它的屁股后面抚摸着……二水赶紧转身跑了。他一直跑到河边，在河边一阵狂吐，他真想一头就扎在这白沙河里。

二水走了，他再也不想回来了。再也不想见到这块生他养他的土地了，再也不想见到和他一起长大的哥哥和弟弟，还有他的双眼瞎的母亲。他要去寻求一种新的生活，他要自己去开创一番事业。很快他就登上了南下的列车，很块他就来到了他朝思暮想的广州城。大松集团的总部很好找，下火车后一问，出租车就把他带到了大松集团总部。表妹听说他来了，就像小燕一样地从大楼里飞出来，伸开的双臂差点儿把他抱住。舅舅正在开会，表妹幸子把他带到一个舒适的客房里面，让他先洗个澡，休息一下，一会儿舅舅开完会，陪他一起去吃饭。看的出来，表妹兴奋得很。

舅舅很快就把二水的工作给安排了，让他先去学开车，准备考车本。二水的工作具体安排是：以后就是幸子的司机，还有警卫的意思。月工资两千元。两千元呀，这简直是个天文数字，高兴得二水差点儿蹦起来。二水本身就是聪明人，很快就把车本拿回来了。可是，他拿回车本的头一天，就发现舅舅和干女儿幸子的关系不正常。因为，他一进客厅的门，就看见幸子坐在舅舅的大腿上。舅舅在亲她的脖子，而且手已经伸进了她的胸口里面。

二人见他进来，根本没把他当回事。之后，舅舅站起身说：二水，以后叫她舅妈，幸子不是我亲生女儿，她是我的未婚妻。二水一听，头就“嗡”地一下。在往下舅舅在说什么，他都没听见，只是觉得他们在哈哈大笑。之后的几天当中，他就像是一个木头人。幸子对他还是老样子，只是比以前更加随便了一点。随便到什么程度呢？就是幸子洗澡的时候，如果二水在的话，她也不避讳，而且还要二水给她送矿泉水。二水的心里对幸子充满了想象，他每天都围着幸子转，每天都在给她干这干那的，他的脑海里每天都是幸子的影子，简直到了不能自拔的程度了。而幸子对他也是亲密和善，温情有加，尤其是舅舅不在的时候，几乎他们之间就没有了什么避讳。

然而，年轻人毕竟是年轻人，就是这种不避讳在潜移默化地改变着两个年轻人之间的关系。终于有一天，在舅舅外出的时候，他们做出了越轨的事情，二人赤身裸体地滚在了一起。激情四溢的澡水中，欢笑像浪花一样四射着，飞溅着，一对洋溢着青春活力的年轻人，度过了他们最为欢娱的时刻。为了维护他们之间的长久关系，幸子和山本一郎尽量地处好关系。弄得山本精疲力竭的。山本问幸子是怎么回事，幸子说想要一个孩子。山本叹了一口气，说自己早年在战争年代身体做下了病，不能生育儿女了。幸子听了后，吓了一跳，幸亏没有怀上二水的孩子，否则非露馅不可。她只好装出好伤心的样子，为没有孩子而遗憾。于是，整天愁眉苦脸的，脸上没有笑容。

山本心里很清楚幸子的心事，他自己也知道这事情的分量。幸子的担心是对的，这么大的家业，自己没有后人，那怎么行？但这事情他实在是无能为力，怎么办呢？他在很长一段时间内，都在考虑这事情。可是一直没有个头绪。就在他焦急不安的时候，他突然把目光投向了二水的身上。这不是现成的人种吗？可怎么跟幸子和二水说呢？

又经过一段时间的深思熟虑，看到幸子实在是痛苦万分，他下了决心要做这件事情。晚上，喝茶的时候，山本抱着幸子说他有个办法能让幸子怀孕。于是就向幸子说了自己的计划，幸子一听，正中下怀，感到自己的计划成功了。于是，就在一天没人的时候，把山本的意思和二水讲了，二水很高兴。

一天下午，舅舅把二水叫到自己的房间里，向他讲明了自己在战争年代受的伤，不能进行生育的事情。二水觉得舅舅要摊牌了，于是他就假装不明白。山本见他不明白，就直接和他说：我山本家这么大的家业，没有后人继承不行。幸子跟我两年了，一直没有怀孕，这是个错误。怎么办呢，要想改变这个错误，就由你来完成，去，把幸子的肚子弄起来。拜托了。

晚上，山本在黑暗中偷窥了二水和幸子在浴室里的一幕，真是让他惊心动魄呀。只有年轻人，也只有年轻人才有这激情。他的实在是受不了了，他不能再让他们接触了，精神快要崩溃了，他的醋劲大发了。二水出来的时候，他给二水一个嘴巴。他看着浑身一点儿力气也没有，瘫软在床上的幸子，不知道自己该怎么做了。只好又回身叫二水，让他去照顾一下。

当第二次二水和幸子在一起的时候，山本没敢再去偷看。因为，他再也受不了那个刺激了。他要尽快地结束这一切，要尽快地抱上儿子。可是不知道怎么的，一个多月后，幸子的身体一点反应也没有。接着，又过了两个月，还是没有动静，山本这回可发毛了。这不是白费劲了吗，原来幸子也不能生育呀？幸亏试了一回，要不自己还蒙在鼓里呢。

晚上，二水来了，幸子倒了一杯水，她吃下了一片避孕药后，就和二水又抱在了一起。激情过后，二人躺在炕上，幸子偎依在二水的怀里。二水问她以后怎么办呢？总不能老这样啊？幸子和他讲了自己的一个远景规划的设计，幸子为了永远和二水不再分离，她要二水和舅舅谈判，以他母亲的名义，要舅舅回家去投资，借机会他们好调走一笔资金。

这几天该山本郁闷了，幸子和二水闹了几个月，肚子没有一点儿动静。这就有了一个大麻烦，就是幸子的位置需要他做重新选择了。自己虽然不能生孩子，可幸子也不能生孩子，这就说不过去了。所以，这几天他的心里一直在转着如何换掉幸子的事情，得找一个有说服力的台阶。正在他胡思乱想的时候，二水敲门进来。山本见到二水，心里又是一亮。这不是现成的台阶吗？山本让二水坐下来说话，非常的客气。二水见舅舅这么客气，反而有些显得拘谨了。山本问他怎么样？意思是说和幸子相处得怎么样？二水是个聪明人，赶快说我都是按照您的吩咐去做的。山本说：我是问你对幸子感兴趣吗？二水听了一愣，赶快镇静住。山本又说：不要慌，我是诚心地问你。二水只好说：幸子是个好姑娘。山本看着他问到：哈哈，找我有什么事吗？二水说：舅，我这一出来也快一年了，您看是不是考虑一下去我们家那里投资的事情？山本一听，心里一动，是呀，这不是很好的由头吗？赶快说：是呀，你也该回家去看看了，这样吧，你让我考虑考虑，你先去恢复一下体力。

二水从山本那里回来，把和山本谈话的经过对幸子一说，幸子心里大为高兴：这事要成功了，二水，我可告诉你，以后你可不许背叛我。二水把她抱起来，狂吻她。然后，就又倒在床上。幸子说：我们到你家后，怎么跟你母亲讲啊？二水说：就说你是我表妹呀。幸子说：我看你母亲不会信的。二水说：我妈又看不见。幸子严肃地说：我看你妈的眼睛，比看得见的人还好使呢。

山本从自己的账上划出来一千万美元，要二水带回老家去搞经济开发，并要幸子去做协助。山本这是一箭多雕，而且还把幸子给打发了，基本上一分钱没花。这一千万是作为投资过去的，反正是还会回来的。另外，对于妹妹这边也总算有个交代，这个方案实在是太完美了。想到这里，自己总是在心里偷偷地乐，然而，真正乐的还要说是幸子和二水呢，他们拿着一千万美金来白沙湾搞开发，实际上就等于把自己的以后生活给安排了。二水有了媳妇，幸子也不用在每天面对一个老朽丈夫，能不乐吗？

3

青皮以村委会的名义，给瞎妈发来一个公文。说目前由于形势的发展和乡亲们的需要，政府按照信仰自由的法制精神办事，要瞎妈继续履行当初和政府达成的协议，还要继续装河神。以协助前来拜神的乡亲们，不许误事。瞎妈一看就知道这小子又要使坏，可自己当年和政府确实有协议，可那是什么年代呀，现在要是没有一大笔钱的话，怎么能够办好装神弄鬼的事？就光那套服饰也要一大笔钱呀。所以，瞎妈决心要整治一下青皮。

祭拜河神那天，来了很多人，瞎妈今天亲自出马，春芽站在她的旁边，给她当助手。儿子装扮成虾兵蟹将，在前面站立。青皮来的时候，已经有很多人来烧香了。瞎妈毕竟是年岁大了，身体有些吃不消，顺着脸往下流汗。青皮为了报复，他坚持不结束活动时间。瞎妈急了，就在人们喧闹声中，喊了一声，然后说今年如果白沙湾的领头人不带头捐钱，所有的香火都白烧。大家一听都哄起来，把青皮围住了，大家把他口袋里的钱都给掏出来，捐献给了庙里。气得青皮干瞪眼，又怕瞎妈再说出点什么来，赶紧带着人走了。

三水的入狱，二水的出走，大水的反常，使春芽最近心里很郁闷。这一切都是因为她而引起的，再加上青皮的残疾，简直都无法让她仔细去想象。她有时候就这样想：我是不是个不祥的女人，要不怎么凡是跟我有关系的男人都那么倒霉呢？

白沙滩上更加沉闷了，就剩下瞎妈大水和春芽他们三个人。相互之间都很少交流，每天都过着一个程式的生活，枯燥无味透了。夜晚来临的时候，空气中有黑色填充着，好像还有拥挤的感觉。白天是透明的，那些个寂静和空旷也是透明的，好像天地之间就只有他们三个人存在一样。而他们三个人又都有各自的心思，谁也不理解谁。

瞎妈每天早上一起炕，洗漱完后，烧上一炷香，就跪在神龛前，念一会儿神经。然后吃饭，吃完饭后，天气要是好，就在院里走一走，然后去牛德旺的坟前站一会儿。有时候还要去河边观望一下，也不知道她睁着瞎眼在观望什么，只是朝远处聆听着。晚上大多数时间她是在烧香、打坐，无休止地抽烟，无休止地思考，谁也不知道她在想什么。她是这个家的一家之主，可是每天既定的日常生活，已经不用她再进行什么吩咐了，每个人都知道自己的分工是什么，都知道自己该干什么。所以，瞎妈的权力表面上是看不出来什么的，除非有突发事件发生。因为在这个家里，接受瞎妈的领导是早已安排好的了，瞎妈的至高无上权力是毋庸置疑的。然而，当大家都遵从她的权力以后，她也寂寞，因为这样一来就等于她没事可做了。每天面对的是神龛，院落，大水和春芽就像两个影子一样，在这家里飘来飘去的。对瞎妈来讲，只有黑夜没有白天，白天和黑夜对于她来说，没有任何意义。她所能体会到的，就是寒冷和炎热，声音和寂寞。然而，这空旷的白沙滩上，要是有一点声音的话，更显得寂寞。尤其是夜深人静的时候，大水那一声声吼叫声，简直就是世纪末的呼唤。可是，这空旷的白沙滩上，要是再没有这一点声响，就很难再让人感到一点人气了。

春芽是个坚韧的女性，很多方面都受瞎妈的影响很深。她可以一个月不和瞎妈说一句话，但是，她们心里想的是什么，互相之间可以说都很清楚。因为她们接触的时间太长了，彼此之间太熟悉了。当前，对于瞎妈来讲，可以说最大的心愿就是春芽的肚子能马上大起来，这也是这白沙滩上最大的希望和喜悦的事情。可是，瞎妈清楚地知道，大水已经有很长时间没有去过春芽的房间了。这白沙滩上唯一的男人不和春芽往来，这意味着什么，她比谁都清楚。

晚上，春芽刚要上炕睡觉，就听见瞎妈的房间里传出了声音，和上回一样，她马上预感到大水又有事情。她来到瞎妈的房间外面的时候，顺着声音望进去，果然是大水光着脊背跪在地上。瞎妈在拿着那根竹制的掸把，一下下地打他。大水的后背上已经出现一道道的红印痕。随着抽打的声音，只听见瞎妈再问：你知道我为什么罚你吗？大水跪在地上说：是儿子不对，惹您老人家生气了，是儿子的过错。瞎妈又狠狠地打了他一下：上回我教训你，你是怎么说的？这回你又怎么解释？大水支吾着，没有说出来。瞎妈又是一下打下去。春芽在外面看着，心里一阵阵疼痛，但又不敢进去阻拦。因为，按照瞎妈的家法，她教育儿子的时候，是不容许别人介入的。

瞎妈打累了之后，就坐在炕上一个人哭起来。看到瞎妈哭，这对于大水和春芽来说还都是头一次。他们都吓坏了，一时不知道怎么办才好。春芽赶紧在外面的地上跪下来，大水也不敢起来了。就这样，二人一直跪到了天亮。鸡叫了以后，瞎妈才叫他们起来。原来，她早就知道春芽在外面跪着，是有意识地在罚她。瞎妈朝外面跪着的春芽说：你也起来吧，知道错就好，你们回去吧，商量一下怎么改正，别再让我担心了。

春芽把大水扶回他的房间，让大水趴在炕上。她去拿来药水，给大水上药。大水的后背上，从撣把抽打的伤口流出的鲜血已经凝固。春芽看着他的伤口，心里也在流血。因为，她心里清楚瞎妈为什么打大水，为什么连她一起罚。但这事也确实不怨她呀？是大水有意识疏远她的，是大水不愿意到她的房间来的。但她心里清楚大水的想法，他是感觉春芽的心里只有青皮，没有他大水。所以，他怕春芽嫌弃他，他才疏远她的。春芽心里知道是怎么回事，可又怎么和大水解释呢？何况她心里确实有青皮。

春芽这次又想错了，瞎妈打大水，绝对不是单纯地为大水不到她屋里去的事情，这里面还有春芽不知道的东西。你别看瞎妈眼睛瞎，可她的心里可亮着呢，不比长着眼睛的差。春芽看不到的东西，瞎妈是能看到的。这白沙滩上的事情，什么也瞒不过她的瞎眼。

大水总是不到春芽的房间里去，而且每天都跟着那头黑眼圈的草驴形影不离，这在瞎妈来说已经是觉得很反常了。他再对那头草驴照顾得无微不至，几乎到了无话不对它讲的地步，这让瞎妈感觉很尴尬。上回就因为这事情，瞎妈惩罚了大水一次，没想到这回又让瞎妈给抓着了。瞎妈急着要孙子，好传宗接代。这三个儿子走了两个，目前就全靠大水这一根苗了，可他全不把这事放在心上，春芽的屋里他连去也不去，每天跟这头驴泡着没完没了的，真是气死人。

春芽给大水上完药，看着大水睡着了，她就在旁边坐着。大水睡到半夜，身体感觉不舒服，想翻身，却被疼痛弄醒了。突然发现身边还坐着一个人，是春芽，他赶紧把睡着的春芽推醒，让她回自己屋里睡觉去。春芽本想就在大水这里睡了，没想到大水轰她走，犹豫了一下，还是起身告辞。

回到自己屋里后，春芽想着这一天发生的事情，心里不舒服，感觉自己有些对不住大水。为这事，大水已经挨两回打了，都是因为自己。今天大水有伤在身，也不能勉强，等大水伤好了，她一定把大水拉过来。可又一想，她和这哥仨都好几年了，为什么就没有动静呢?才和青皮一次，就给自己怀上了。会不会是他们哥三个有毛病呢?就算是有毛病，也不能三个人都有毛病呀?唉，这是怎么回事呢?胡思乱想着，就睡着了。

白沙滩又恢复了往日的平静，早上起来的时候，春芽一到厨房，就看见瞎妈已经在那里了。她熬了一锅玉楂子粥，一推开厨房的门，粥的香味就迎面扑鼻而来。这种粥是北方农村的主要食品，早上，几乎家家都是这种饭。喝这种粥，就咸菜丝，吃好后就下地干活。中午才是干粮，窝头，馒头，烙饼等。春芽把咸菜丝切好，放上一点葱丝和香油，端到桌上。又盛了三碗粥，一碗放到瞎妈跟前，剥了一个煮鸡蛋，放到瞎妈面前的咸菜盘上。她又剥了一个煮鸡蛋，放在另一碗里面，然后她端起来，用筷子往粥里夹了几下咸菜丝，就朝大水的房间走去。瞎妈端起桌上的粥，先夹了一下咸菜丝，吃着、喝着碗里的粥，耳朵听着春芽离去的脚步声。

大水已经起来了，见春芽端着粥进来，就接过去。端着粥又出来，直接朝厨房走过来。他进厨房后，坐在瞎妈对面，叫了一声妈，就吃起来。春芽坐在一边也不声不响地吃着。瞎妈说了句:吃完饭后，把晾好的鱼干收拾起来，别让雨淋了。说着，她起身就出去了，大水应了一声:是，妈。春芽说:大水还是歇歇吧，那点儿活我就干了。大水吃完饭后，在春芽收拾厨房的时候，他就开始收拾鱼干。他把鱼干都用绳穿起来，然后挂在仓库的房间里面。

在春芽给鸡拌鸡饲料的时候，大水把那头黑眼圈的驴拉出来，朝河边走去。春芽问他去干什么，他说去河边遛遛驴，并嘱咐她不要叫妈知道。春芽觉得奇怪，你去遛驴为什么不要让妈知道呀?但嘴上还是答应了一声。

第四章　三水出狱

1

今年夏天的雨水特别大，一下就是好几天，农场这地方地势低，一下就被洪水给泡起来了。洪水把三水的饲养室给冲了，还冲走了好几头牲口。三水是被雨水给打湿后惊醒的，他醒来的时候房子已经漏得不像样子，地下的雨水已经到腿肚子了。水面上漂着脸盆和其他杂物，窗外的闪电和雷声此起彼伏，天不知道是让谁给捅漏了，没命地往下灌水。正在三水不知所措的时候，马棚那里传来了牲口的嘶叫声。他顾不得穿雨衣，赶快就跑出去。闪电中，他看见马棚被洪水歪歪斜斜地冲倒了，马匹在洪水中挣扎着，随着洪水漂游而去。那匹枣红马仰天嘶叫，好像在召唤他快去救命。

他转身回屋，取下墙上的套马绳，然后，朝洪水中的马匹游过去。他把一匹匹的马用套马绳拴上，然后，又把绳的另一头拴在一棵树上。他一点点地往回拉绳子，马匹好像知道主人在救它们，很懂事地跟着他往回走。就这样他把十几匹马都拉到一个小树林里。回头仔细地查看马匹数目，再找一匹枣红马时，却发现它不见了，他赶紧朝下游游去。

黑暗中，一个闪电，他看见不远的地方有一只马头在晃。他朝那个方向游过去，发现果然是枣红马。他跑过去，骑在枣红马的背上，拉着它的笼头，在洪水中朝小树林方向慢慢地移动。

由于他们是在逆流行走，阻力很大。枣红马见到三水后，似乎胆子大了起来。它使出全身的力气，终于来到了群马的身边。三水把枣红马和群马拴在一起，喘了口气，这才感觉到浑身发软，累得不行。他骑上枣红马，趴在它的身上，远远地看见一群人打着灯光，叫喊着朝这里走来，他就昏过去了。

农场的干部和职工们找到他，把他送进了医院，经过抢救，很快他就睡着了。醒过来的时候，已经是下午。陪护人员见他醒了，赶紧问他怎么样？他说感觉有点饿，一直等在门外的小红赶紧跑进来，她给他端来了面汤，他大口地吃起来。顺便问了问昨天晚上的事情，大家说牲口一头都没少，放心吧，农场领导还说要给你请功呢。

由于三水冒着生命危险与洪水搏斗，追回了被洪水冲走的牲口，以自己的生命，保护了国家财产。并且没有借机会逃狱，经受住了考验。在洪水退去的时候，他又一次受到了劳改局的嘉奖。为他记二等功一次，并通令嘉奖。为此，他又获得了一次减刑，他还有半年的刑期，就要出去了。

农场拨出一笔紧急款项，饲养室重新修建了，牲口棚都是重新加固的，工期仅用了十天就完工了。这回就是洪水再大，也不会出现上次的事情了。饲养室的工程完工后，三水也松了一口气，因为不会再为牲口的安全提心吊胆了。但是，雨季还没有过去，用领导的话说，还不能掉以轻心。

但是，毕竟天气已经进入秋天，秋老虎再热，人们的心情已经开始有收获的意识。三水目前最上心的一件事就是哪天出狱回家，就等上面一句话了。他和小红的事情已经在农场底下已经有议论了，大家都觉得他们是天生的一对。等三水一出去，把喜事办了就好好过日子了。

所以，三水的心也有些浮动，但他是个稳重的人，办事不会出大格。工作照常进行，对于小红的事情也是认真对待。只是有时候想起林凡来，心里有些不踏实，出去后在和他仔细解释吧。毕竟自己是在那种不成熟阶段形成的怪事，还是正确对待吧。自己别再作出对不起小红的事情，那样就没办法做人了。三水是做事情讲究准则的人，不会胡来的。

就在三水满心准备着要出去的时候，又发生了一件怪事。农场的领导组织财务人员核对饲养室的账目，结果发现有十吨饲料去向不明。这下可出了严重的事故，大家把目光都集中在了三水身上。首先是管教干部找三水谈话，要求他实事求是地讲出问题。那三水哪干呀，他是什么脾气呀，一听就翻了。紧接着，是农场的负责人和他谈话，他坚持自己不知道这事，并斩钉截铁地说这事情与自己无关。经过农场负责人仔细分析，这事还是不像与三水有关，可这十吨饲料明明是三水提走的呀？十顿饲料，好几万块钱呀？可你要是说是他弄走的，他一个劳改犯，能弄哪去呢？就是呀，要是什么小物件还好说，这十吨饲料，得拉好几卡车，怎么弄走呢？农场领导一分析，觉得这事情还是有问题，可有什么问题呢？这账目不都在那明摆着吗？

接着，三水就被调离了饲养室，又回到监号里面，每天都有人在监管着他。一下就失去了以往的优厚条件，生活上也没有以前好了，小红也见不着了。尤其是他回到监号里后，同室的一个犯人，叫二槐，整天跟他找麻烦。说他本来就是犯人，非要出去装什么大头苍蝇，看见了吧，终究难免挨这一拍子。跟着，这二槐就每天找他麻烦，变着法的给他气受。

这天，二槐又来找三水麻烦，三水被他逼急了，二人争吵起来，二槐先动手，结果被三水给打了。这下，三水可倒霉了，管教马上就关他进了单间。二槐借口被三水打伤了，要去医院检查。管教请示领导，领导觉得既然他提出来自己受了伤害，那就带他去，有个结果回来也好处理三水。

二槐被狱警押送着医院，结果，二槐在医院失踪了。回来后，经过对同室人员进行调查，才发现他有逃跑的倾向。大家这才恍然大悟，赶快把三水放出来，询问他到底和二槐是怎么回事。二槐说他有意识挑衅好几天了，这次简直是忍无可忍，才和他动手的。

农场场长刘宝贵，是干警务出身，感觉饲料这事有对不上茬的地方。于是，就安排人进行清理库房的工作，把库房的饲料都过一下秤，看看实际上是不是亏损。结果发现，货物一点不少。可账目上怎么亏损呢？场长又让会计把账目拿过来，他亲自核算一下。经过一晚上的检查，场长发现，这账目是会计写错了一个数字造成了亏损十吨饲料的事情。

小红自从知道三水被审查后，心里就七上八下的，不得安宁。整天缠着父亲问三水在里面的情况，而三水的父亲早就看出来小红对三水有意思。可是，自从三水出了事以后，他就不再让小红进农场去了。怕她沾上没影的事情。而小红怎么能放得下呢？见在父亲那里问不出来什么，就去问别人。可她这一问，就问出麻烦来了。三水正在进行审查，一个女人总在外面问他的情况，这不就正好是调查对象吗？于是，警方就开始对她进行调查，可是查来查去，也没个结果，反而觉得小红这人是个好闺女。

里面的管教问三水和小红是什么关系，三水说和她没关系。管教说和你没关系，她为什么总打听你的事情？三水说：她有时候总来找我聊天。之后，没几天，三水就被放回来了。管教问他还有什么要求，他说：就不要为难小红了吧。管教觉得这对年轻人有意思，要不是在劳改农场，他真想给他们俩说说。可经历过这事以后，小红就在场里出了名，并且大家都知道她在等三水。所以，小红再到场里来，大家都对她睁一只眼，闭一只眼的，谁也不去管她了。

正在小红提心吊胆的时候，三水回来了。他回到了饲养室，小红一见到他，就高兴地抱着三水直哭。三水这回没有难为情，反而觉得挺舒服的。经历过这次冤枉以后，三水又成熟了。他觉得小红对他是真心的，是他可以信赖的。小红这几天也是没事就经常往三水的饲养室跑，离别这么多天，好像有很多话要说。二人整天一起聊，好像有说不完的话。三水喂马时，她给拌料，三水打水时，她给提桶。三水也是几天不见到小红就觉得闷得慌，二人在没有事情的时候闲谈，已经成为了消除寂寞的有效方式，尤其是三水，一天见不到小红，总觉得心里空落落的。有时候自己也觉得奇怪，想自己是不是离不开这个女孩了？小红可不是因为寂寞才来的，她可是抱着很大希望来找三水的。

这是一个炎热的下午，外面就像火烤一样，房间里面还凉快一些。三水给牲口上完料之后，就回到饲养室里。由于天气热，他把衣服脱了个精光，又弄了一盆凉水泼在身上。然后，他往炕席上一躺，四仰八叉地就睡着了。这时候，小红来了，她带了一篮子蔬菜，有西红柿、黄瓜。她把西红柿和黄瓜洗干净后，泡在一个水桶里面，自己拿了一个西红柿，又凉又脆地就吃起来。一边吃着，一边就朝里屋走进来。一撩门帘，眼前的情景让她惊呆了。她“啊”的一声，就僵持在那里，不知道进退了。她这一叫，把三水唤醒了，他一翻身，发现小红惊呆在门口，进而发现自己一丝不挂地躺在炕上。他赶紧拿起衣服穿好，再看小红，还僵持在那里，他把小红扶到炕上。然后，拿一杯冷水喷在她的脸上，小红才“啊”的一声缓过劲来。小红缓过来后，羞愧难当，起身就要走。却被三水拉住了，三水一个劲地解释自己是无意的，没有想到你会来。

小红是个有心计的姑娘，见事情已经是这样了，就顺水推舟地说：反正我把你什么都看见了，你是不是有什么想法呀？三水想这事纯粹是个误会，怎么会有想法呢？再说了，让你看见怕什么呀？又不是你的错。可是话又说回来了，无意中让人家姑娘把自己都给看了，那该怎么办呢？他毕竟是过来人了，心里知道小红的意思，可这时候他突然又想起了对林凡的承诺，这说明他心里还是想着林凡的。但眼前的小红对他确实不错，这么长时间了，他和她还真是挺说得来的，而且都到了一天见不着都想的地步了，还能说什么呢？我就是她的人了吧。自己出去以后，肯定是不能和春芽怎么样了，那是肯定要成个家的。虽然和林凡有感情，可总不能两个男人过一辈子呀？想到这里，他又看了看小红，她那双眼睛水汪汪地正望着自己。他一伸手，就把她给搂在怀里了。

小红在刚刚惊吓之后，又突然地被三水一抱，头就有些晕了，她浑身软软地倒在了三水的怀里。三水毕竟是过来人，趁着小红迷糊的时候，一会儿，就把她的衣服给脱光了，二人都赤条条地躺在了炕上。就这样，小红把自己的第一次献给了三水。完事以后，小红坐在炕上哭起来，说要是三水不要她了，她就活不了了。三水说一定娶她为妻，要不他一个劳改犯出去后，谁跟他呀。小红又说：那你可得到我家来提亲啊？三水说：我出去后一定来。

小红走后，三水陷入了深深地思索中。自己今天的举动怎么对得起林凡，他对林凡的承诺还算不算数？出去后自己怎么对春芽说讲，怎么对母亲说？这一系列的问题使他完全不能自拔、不能理智思考了。不过，好在他还有时间思考，还来得及进行梳理。

不过，今天他虽然对于小红是偶然的激情，但是感觉她还不错。当然，与春芽比起来是差点儿，可也别有风味。只是刚才尽顾着发泄了，没有来得及看看她都长得什么样。反正过几天她还得来，有第一次就有第二次，到时候再仔细看吧。就在三水和小红如胶似漆的时候，三水的释放通知下来了。

那天三水和小红正在热乎劲上，就听外面一声叫唤，要他去厂部一趟。三水赶紧穿好衣服，来到场部，劳改干部对他说，他就要被释放出去了，要他做好准备，过两天他家里人来接他。三水一听心里跳个不停，不知道是喜还是忧。怎么对小红说呢？

分手的那天下午，小红和他难舍难分的，情浓之时干完那事以后，就有些谁也离不开谁的感觉了。一边是小红的不放心，怕三水走了之后变卦，一边是三水的信誓旦旦，海誓山盟。小红把一切都给了这个人，而他就要离去了，小红难免有些心里发虚。于是，小红要三水说出来要多少时间才能回来接她，时间一到，要是他还不来，她就去找他。三水说一定会来的，让她放心。

2

一九八二年的初夏，这一天是端午节，春芽兴高采烈地把三水从劳改农场接出来。在路上换车时，他们找了个小饭馆吃饭，吃完饭后，三水告诉她自己回来后，就不在家里住了，林凡在县城里租了一套民房，他办了一家科技公司，让他去帮忙，自己也好有个饭碗。谈话中，他还婉转地提出以后和她分居并解除以前的婚姻关系的意思，这让春芽很震惊。她知道这林凡是和他一起在监狱里服刑的那个大学的老师，是先于他出狱的，到家里来过，她见过他。他们在监狱里一起生活了好几年，林凡是十几年前以反革命罪入狱的，他在学校时教授的专业是蔬菜的种植研究课。进来的时候还是个帅小伙儿，出去时头发都白了。二人在监狱里就已经奠定了他们之间的师徒名分，林凡很看重他。可她不明白，这跟和她解除婚姻又什么关系？

三水在入狱之后，第一个接触的人就是林凡。由于林凡是大学的老师，在与三水的接触过程中，给他传授了很多的文化知识。在这几年中，春芽几次去看望三水，林凡也知道了他们之间的关系，就给他讲了人类的一夫一妻制的来源，使三水真正地认识到了自己以前那种生活的荒诞和无知。同时，在没事时，还给他讲述蔬菜的种植技术。种菜对于三水来说不陌生，他本来就干过，可就是不知道还有这么多的说法。在林教授快要出狱的时候，他向三水讲了自己出狱后的准备，并邀请三水出狱后一起干。

三水本来就年轻，脑子好使，接受新生事物快，由于与林凡的多年接触，再加上林凡的精心培养，三水已经从原来的文盲青年，变成了一个具有专业知识的现代青年人，同时也对自己以前的家庭生活有了明确的认识。他决心要改变这一现状，做个现代文明人。再加上他和林凡本身就不是一般的感情，所以，出来后，要和林教授一起去开创伟大的事业，过一种新的生活。

由于他和小红的接触，使他对于男女之事又有了新的认识，以前，由于他的无知，使他和春芽、林凡都产生了畸形的性关系。在他和春芽谈过以后，他感觉到了心理上从未有过的轻松。他决心改变和林凡的关系，和他成为真正的朋友，发展起他们之间的事业。他要和小红组建一个家庭，让小红为他生儿育女，过上幸福的日子。

春芽对于三水不在家住的决定很不满意，觉得他这是在诚心气妈妈。她把三水带回家，三水与母亲见了面，让母亲在他身上摸了个够，又和母亲叙述了几年离别的思念之情。吃完饭后，三水当晚就要走。他说要和林凡开发一种种植蔬菜的新肥料技术，他和林凡争取在短期内发大财。母亲见他意志坚决，而且和走的时候简直判若两人，知道儿子在里面遇见了高人，也就没有深拦他。春芽见母亲没有阻拦三水，心里着急，就劝说母亲把三水留下。但心里的实话，春芽没有对婆婆说，那就是三水从监狱一出来，就和她提出了分手的要求。瞎妈虽然年纪大了，可是她的心还是很灵的，她感觉出来春芽回家后的沉重，因为，三水几年离家，好不容易回来了，却不在家里住，那是说不过去的，怎么说也应该和春芽团聚一下啊。他们之间肯定是发生了什么事情，那他们之间能发生什么事情呢？瞎妈大概已经猜到了几分。

三水在家里没有见到二哥，一问才知道，二水已经去广州了。家里只剩下大哥和春芽在照顾着这几十亩地和母亲，母亲明显的非常想念二水和三水。大哥是个沉默寡言的人，什么事情都放在心里，不善于言表。

但这次三水刚回来就要走，他的眼睛已经潮湿了。大水拉着三水的手，好久没有说话，三水知道他要说什么。但三水还是没有说出来，他心里关心的是大哥，他希望大哥能和春芽把日子过好。

春芽送三水去码头，大水有意识没有跟去，好让春芽和他好好谈谈。二人一路上沉默着走着，春芽真希望三水能对她说点儿什么，可三水什么都没说。走在路上的时候，她有意的想靠近三水走，可三水明显在躲着她。这几年他们二人在监狱里见面，隔着铁栏，谁也挨不着谁，如今，在这夜色中，只有他们二人单独在一起，又是几年后的相逢，多难得呀。可这三水一点对她的热乎劲都没有，还有意识的冷淡她，真让她伤心。而且，和她一见面就左一个林凡，右一个新技术的，让她听了心里烦，感觉三水已经变成了另外一个人。二人在码头分手时，双方都是没有多说一句话。春芽很伤心，这人怎么就这么冷漠呢？是几年监狱生活把他给改造的吗？她回来后，心里很难受，没有回自己的房间，直接朝大水的屋里走去。

三水走了以后，瞎妈什么都没说，就回自己屋烧了一炷香，拜完神后就睡了。瞎妈这几年基本上每天什么事情也不做，只是一天烧三次香，拜三次神，口里念念有词的，谁也不知道她每天在念什么经，也不知道她在祈祷什么。她虽然眼瞎，心可不瞎，她知道儿子们在想什么。自从二水走了后，不回来，她心里就已经清楚了。可是如今，她一个瞎老婆子，而且年事已高，也操不了那份心了，外面的世道在变，也就由他们去吧。只是自己说话的威力已经远远不如从前了，何况三水已经比以前成熟了许多，儿大不由娘了，唉！

大水等春芽回到屋里后，就和她谈起来。大水问春芽三水是怎么回事？春芽就把路上三水的想法对大水说了，于是大水就一个劲儿地抽烟，不再说什么。他心里知道这两个兄弟心里想的是什么，尤其是大水。大水抽着烟，看了一眼春芽，磕掉烟灰，还是没说话，但他准备睡觉了。春芽眼泪汪汪地不想走了，大水坚持着让她回去。

春芽心里很难受，这些年来，哥三个的生活都是她来打点的，她爱他们哥仨，她自己始终以为，她是永远属于他们哥仨的。可这些年，三水入狱，二水出走，家里就是她守着这个家，伺候着大水和这已经进入垂暮之年的瞎妈。她就是在等待着哥三个团聚的那一天，这也是这么多年来她的精神支柱。她心里虽然有想法，嘴上一直没说，可大水是看得出来的。如今三水回来了，可却连她的房间都不进，真让人伤心。

当三水来到林凡实验室的时候，林凡很高兴，他正在思念着三水什么时间回来呢，三水就突然回来了。他赶快把手中的活放下，带着三水来到他们新租的房里。三水看着收拾一新的房间，感觉很欣慰。林凡问他怎么样？他感到很满意。于是，二人就亲热一番，晚饭吃得很丰富。三水问林凡公司怎么样了，林凡告诉他，实验进展顺利，马上就可以进入实验田实验阶段。自己这几天正为实验田的土地问题发愁呢。他要三水赶快进入公司的日常工作，先确定实验田的地点，然后对实验田的工作人员进行技术培训。他要三水担任公司的副总经理兼副总工程师，要三水回白沙湾搞一块实验田。因为三水是本地人，事情可能会好办一点，白沙湾的村干部实在是不好说话。三水想起自家的那块地方，正好作为实验田用，于是第二天他就告别林凡，回到了白沙滩。

三水高高兴兴地回到家里，把自己的想法对母亲一说，没想到母亲这回可变了脸，说什么也不让三水在自家的土地上搞实验，还把三水给骂跑了。大水和春芽在母亲面前为三水说情，没想到母亲对春芽也发了脾气。并说他们不孝顺，要出卖家业，还说只要她活着一天，你们就别想打这块土地的主意。然后，就大骂起来，直到大水和春芽跪在地上，给她立下生死保证，她才气喘吁吁地回自己房里烧香去了。

这三水在林凡那里大包大揽的事情，如今办不了，怎么回去交代呢？没办法，只好去找村里的人商量。可一打听，把他吓了一跳，如今这白沙滩的村干部是青皮，青皮当了村支书了。这可怎么办？思来想去的，为了林凡和他们的事业，没辙，只好买了几瓶好酒，去拜访青皮。

如今的青皮在村里那可了不得，别看他一条腿长，一条腿短的，要是他一跺脚，全村都得乱颤。他现在是村里的土皇上，他放个屁，谁敢说是臭的？村里的大姑娘、小媳妇只要让他看上，那是一准地跑不了，都得上了他的炕。村里人当着面都管他叫青皮爷，意思是他是全村人的姑爷，暗地里在骂他。可就有一样，那就是这些年来他很少去白沙滩。

当三水提着几瓶酒和礼品进门的时候，他在家刚喝完酒。这青皮爷和别人不一样，人家是喝完酒糊涂，他是越喝酒思维越清楚，讲话越有条理。所以，他一见三水进门，就想起了当年让三水打断腿的事，心里不由得"咯噔"一下，冷汗顺着后背就下来了。可再一看三水手里是拿着礼品来的，马上就意识到这小子是从监狱出来了，这是来赔礼道歉来了，如今这村里我是大爷。

但毕竟是当年让三水给打怕了，还是很客气地把三水让进屋里，也不失他村官的大度。三水当年伤了青皮，自己也被判了八年大刑。如今回来了，青皮已经是村支书了，自然是要接受青皮的管理的，青皮在大面上也是要让他过得去的。但当三水说明了来意后，青皮的心里可翻腾开了。他心里转着，上回二水那事，上面就批评了我。这回这小子是在大牢里面认识了高人，到我这里来是要找个基地发大财呀。我要是不答应他，他也会找别处去，再说他家里就有地方呀。我要是答应了他，他会不会把我带沟里去呀？又一想，说不定是个发财的机会，没准这一宝押上，我也就跟着发了。

于是，他又招呼家里人重新摆上酒菜，三水就在青皮爷家喝起来了，二人你来我往的，就把这实验田的事定下来了。青皮爷给他村西边的一块熟土地，总共六十亩。事成之后，再给他拨别处的。二人喝了一下午，三水走的时候身体已经有些打晃了。当然，青皮爷有他自己的想法，那地是不会让你白用的。在以后的蔬菜实验利润中，他要加百分之五的股份。而且，那块地的水源在他侄子手里控制着，不怕你三水将来闹屁。

几天以后，林凡就来了白沙湾。他亲自视察了青皮给他的这块地，心里很满意，觉得三水是个干事的，于是就大张旗鼓地干起来。别说村里的乡亲们和青皮爷心里没底，这蔬菜到底能长成什么样，就是他三水的心里也没底。林凡到是信心百倍，劲头十足，这让三水心里踏实了许多。

3

林凡最近工作进展顺利，事业眼看着就要起来了，可三水却让他很挠头。自从三水回来后，没几天，就和他分居了，并提出了和他改变以前那种关系的意思，这让他很伤心。但眼前正处于实验阶段，不容他多想，更何况三水最近干得很卖力气，所以，这事就先放下了。由于使用了白沙湾的土地，有求于青皮爷，这青皮爷要在公司占有百分之五的股份，这让他心里不舒服，可是又不能不答应。林凡又借机会把公司的股份进行了分配：张大妈和青皮爷各占百分之五，林凡占百分之二十五，三水占百分之十五，街道占有百分之五十。将来实验成功了，由街道拿出百分之十五至百分之二十五的股份给土地所有者。

公司的第一步进展顺利，白沙湾的六十亩田地，经过改造和修整，很快就成为了六十亩菜地。接着，林凡就把实验室的秧苗移植到实验田里。经过他和三水的精心护理，第一茬蔬菜生长迅速，很快就到了收获季节。林凡的六十亩蔬菜还没到采摘季节，很快就被城里的菜商订购一空。无疑，林凡的第一步算是成功了，总体利润核算下来，一下就赚了好几万。他和三水商量，用这批销售蔬菜挣来的钱，把这六十亩菜地都装上大棚，并且赶快进行冬季蔬菜的种植。

林凡和三水把青皮爷请出来，他们来到街上的一个小饭馆里，要了几个菜，开了两瓶酒，就喝起来。青皮爷早就知道，这二位该找他了。林凡让三水把这次收入一一地向青皮爷进行了汇报，青皮爷早就知道他们这回干得不错，可就是没想到会挣这么多钱。按照合同，青皮爷这回要收入几千块钱哪。青皮爷看着桌上那一摞钞票，眼睛里冒着蓝光。可是，他没有伸手，因为，他要听听林凡的下面要干什么？

林凡把他的计划一说，青皮爷翻了一会儿眼珠，然后把眼前的钞票往林凡面前一推，说：我这回这钱就先不拿了，算是我的投资吧。然后，林凡又和青皮爷谈起继续租赁土地的事情，还有就是扩大使用土地的事情。青皮爷都一一答应了。并且说：只要是这白沙湾上有的，你可以随便挑，但有一样，你要使用我村的劳力。这条件林凡自然答应。由于林凡把所赚来的钱都用于了扩大再生产，由于张大妈全力以赴地支持他，由于青皮爷又给他二百亩地，并且在人力上支持他，所以，林凡的信心更足了，他要在这白沙湾创造出奇迹来。

林凡的认真，青皮爷的支持，全村村民的响应，一下，林凡就把二百六十亩地都建成了蔬菜大棚。村民把地里的庄稼都运回村里，准备这一冬天蔬菜大棚的取暖用。但大家都在为林凡捏一把汗，要是一旦失败的话，那就是几万块钱的损失呀？这几万块钱，把这整个村子卖了，也卖不回来几万块钱呀。所以，别说林凡，就是青皮爷也感觉到了身上的压力不小，真干不成，怎么向村民交代呀？这和泡村里的姑娘可不一样，这要是干砸了，那要有多少村民吃不上饭的，那是要有人和他玩命的。

三水这些日子，整天就泡在工地上了。整个的大棚施工，都是由他来监工的。林凡心疼他，给他送去一床被子，可没有见到他人，说是去县城拉塑料薄膜去了。林凡在工地上看了一会儿，觉得还行，虽然简陋一些，但这是过渡时期，怎么着也把今年冬天过去了。来年春天，赚了钱，就都换成钢骨结构的。而且，还能装上暖气，使蔬菜大棚变成现代的蔬菜生产基地。尤其是他的蔬菜生长剂，他是有十分信心的。那是稳产、超产的保障。

很快，大棚建设工程在十一之前就完工了。二百亩大棚呀，这对于林凡来说意味着什么？也许其他人还不知道它的价值。正在林凡高兴的时候，新的问题又来了，村里根本招不上人来。原来，村里的男女劳力都出去打工了，村里留下的都是些老弱病残，真正能够使用的人寥寥无几。三水看见青皮爷给介绍过来的这些人后，差点儿晕过去。

三水和青皮爷争执起来，最后，三水和青皮爷商量的结果是容许三水使用白沙湾以外的村民，但要与使用本村人数配比使用。对于这二百六十亩地的蔬菜大棚，三水是照顾得非常细致，就是林凡也没想到三水会这么细心。幸亏有三水这么个人，要不非乱套不可。可从另外一方面，他又对三水极为不满意。因为最近三水有意识疏远他，已经很长时间没有在一起了。他知道，三水在有意躲避他，不和他见面。他心里虽然不愿意，可为了事业，又不能表现得太过分。眼前这二百六十亩地，到明年开春，就是几十万元的收入，那可不是一件小事。到时候，来年的再扩大生产，这公司就发展起来了。

果然，林凡的蔬菜大棚刚一建好，县城的蔬菜公司就来人了，要和他签订购销合同。林凡说那要给一部分定金，对方也同意了。结果，刚刚投入的几万块钱又回来了。这回林凡没有盲目再投资扩大生产，而是回到县城，要把自己的实验室改造一下。于是，他和张大妈商量，要张大妈把街道现在妇女糊纸盒的地方给他腾出来，他要建成实验室。那几个街道妇女，就暂时成了实验室的工作人员，让她们管后勤，搞卫生，每月给她们开一份工资。就连张大妈也每月给她开一份工资，乐得张大妈整天合不上嘴。

很快实验室就按照林凡的要求装修好了。他还拿出两个大棚来作为实验室的实验大棚，他把主要精力都放在了研究上面，因为，生产这边的事情有三水就足可以让他放心了。想起了三水，他的心又烦乱起来。

由于实验室扩大了，就要有人来专门管理，哪怕是卫生、安全保卫，也是要有人来管的，于是，林凡就委托张大妈把实验室的日常工作管理起来。张大妈是个闲不住的人，这些碎事最适合她这种人干。可是，这天张大妈在收拾实验室的时候，把一个烧瓶的位置给放错了，原因是她把那个烧瓶上的标签给擦下来了，又忘记那个烧瓶原来的位置，结果后来出了很大的问题。

由于一冬天的耕耘劳作，在市场最为冷淡的时候，林凡他们拿出了鲜嫩的蔬菜上市，赢得了市场的欢迎。尤其是春节的时候，大家都挤破了门，给很高的价钱来收购他们的蔬菜。就光青皮爷就写了很多条子，要求林凡和三水照顾他的关系户。乡里和县里的领导也都写了很多条子，其中一张条子是县委书记写的，可是林凡就是不买账，青皮爷爷真为他拧一把汗。可事后，县委书记也没怎么样啊？林凡只是说了句：和人家有合同，我也无能为力。因为，他事先已经跟人家签订了合同，虽然价格比较低，但是有合约在先，没有办法。而青皮爷和三水都认为合约是可以改的，林凡却不以为然，他坚持执行原来的合同，虽然这样会使他们损失几十万元的收入。他坚持信誉第一，做生意要讲究信誉。

大家都欢天喜地地过了一个春节，公司的每个人都拿了一份不薄的收入。一开春，青皮爷就把林凡和三水请过来。以前都是林凡、三水他们请青皮爷喝酒，这回是青皮爷请林凡、三水喝酒。林凡自然知道这顿酒的分量。酒过三巡后，果然青皮爷有要事相商，青皮爷这回是和林凡商量股份合资的问题。条件是青皮爷再拿出来六百亩地和林凡进行合资经营，但要占有一定的股份。经过这两年的折腾，青皮爷已经看出来林凡的价值。就是今年春节前吧，他青皮爷拿着县委书记的条子，都从林凡那里搞不到蔬菜，你说这是什么分量？那就是说林凡的身价将来可不一般呀。现在如果和林凡进行合作，将来那自己可了不得。

在公司和白沙湾的股份上，林凡和青皮也产生了矛盾。青皮爷土地入股，坚持要拿百分之五十的股份，林凡坚持青皮爷的股份不能超过百分之四十。而且经过这一年多的经营情况，林凡想就这次和青皮爷的股份谈判，进一步调整公司的股份分配问题。他想把街道的集体股份也调整到百分之十以下，从自己和三水的股份中再各挤出百分之五。这样，每年就有百分之二十的资金进行扩大再生产和科研了。再说今年的大棚改造是大事情，他必须要把目前的蔬菜简易大棚，逐步改造成为先进的蔬菜产业基地。在各家股东都在的会议上，他把自己的想法对大家一说，并向他们展示了自己设计的蓝图，一下就赢得了全体股东们的同意，协议很快就形成了。按照协议的股份分配内容，无疑，青皮爷就成了公司的董事长。

林凡这人是个知识分子，不懂得抓权，只是搞业务，搞技术。他每天的精力都在业务和给村民讲课上面。他苦口婆心地给村民讲解科学种菜的好处。当然也有村民提出了不同意见，但都被他给一一解释清楚了。本来嘛，要想让农民改变几千年来的耕种习惯，那不是一件容易的事情。很快就进入了大棚改造期间，八百多亩地的蔬菜大棚，要建设起来那得是一笔重大的资金。这笔资金要是全靠自己投入，那还真是个大问题。弄不好连明年的生产资金都没有了。摊子一大，光开支就是一个大数。所以，林凡又敏感地认识到，要干大事情，就得有大的资金做保障。

周六晚上，林凡托青皮爷把银行的胡行长请出来，一起去一个高级酒店喝酒，并请青皮爷作陪。他和青皮爷仔细向胡行长汇报了他们目前的经营情况，由青皮爷为主，把目前的发展情况和困境和胡行长说了，并暗示胡行长其他条件可以商量。胡行长是个极其精明的人，很懂得这其中的道理，吃饭的时候，他自始至终不表态。快喝完酒的时候，青皮爷的女儿槐花来找青皮爷要学费。这槐花如今已经是高中生了，别看她爸爸长得不招人待见，女儿可出落得水灵灵的，人见人爱。胡行长一见，眼睛都直了。青皮爷赶紧说：花儿，快陪胡行长喝一杯。槐花把头一扬：爸，这月的学费你还没给我呢？你是给不给呀？青皮爷一边掏着钱一边说：来，快陪胡行长喝一杯。胡行长这时候也流着口水，一脸媚笑，浑身没了骨头地说：小姐，来。喝，喝一杯……说着，就要上前去和槐花近乎。谁想槐花把胡行长手的酒杯夺过来，然后猛地把里面的酒泼在他的头上：你妈才是小姐呢。说完，拿着青皮爷给她的钱，转身走了。林凡见这情景，简直就呆傻了。青皮爷也心里发跳地暗暗琢磨：完了，这下是完了，全让这丫头给搅了。然后，上前一个劲地给胡行长赔不是，林凡好像也反应过来了，也赶紧上前给胡行长擦头上的酒水。

胡行长望着往外走出去的槐花的背影，用舌头舔着从头上顺着脸流下来的酒水：够味，够味，好……这是你的女儿，够味。说着，当即就拍板，给他们公司贷款五百万。林凡一听高兴得差点跳起来，当即就和青皮爷商量，说给胡行长百分之五的股份。胡行长是个精明人，那能要什么股份的，那不是要麻烦吗？于是，端起酒杯说：各位，就冲这丫头这冲劲，我把款贷给你们，股份吗，就免了吧。可有一样，得让那丫头再陪我喝顿酒，要不我和她没完。青皮爷一听，赶忙说：胡行长，这事好办，就包在我身上了。

林凡和青皮爷从酒店里出来，送走了胡行长，他们一路走一路聊着。林凡神色有些难看地说：我看这个胡行长的钱不是那么好用的吧？青皮爷眼睛一瞪：怎么不好用？林凡说：他要槐花陪他喝酒……青皮爷脸色一变，冷笑着说：嘿嘿，到时候，不定谁的闺女出来陪酒呢。林凡有些不解他的话，但还是心里嘀咕着，有些不安。果然没过半个月，那五百万果然就到账了。

第五章　青皮爷

1

青皮爷是土皇上，村里的女人都占上，不是他的媳妇，就是他的丈母娘。

这是白沙湾街面上流传的一首歌谣，这也是三水刚刚讲给林凡听的，他的意思是让林凡认识一下青皮爷的人格。林凡和青皮爷打了这么多时日的交道，他何尝不知道呢？只是他这个人想的都是自己的科技成果，至于青皮爷的其他什么故事，他就不感兴趣了。自从青皮爷当了公司的董事长后，三水就感觉心里不舒服。再加上几次和青皮爷的冲突，他的工作兴趣就一下降下来了。公司的这次股份调整，是林凡的既定计划，他的主要目的就是把自己从事物当中解脱出来，好专心搞科研。可是谁想，一开始就是三水和青皮爷无法调和的矛盾，矛盾多次激化后，几经林凡的调解，都没有奏效。接着，就是三水正式提出来要退出公司。经过董事会研究，大家都同意了三水的退出。原因很简单，地是青皮爷的，没有地怎么行？

三水退出后，很快自己成立了一个公司。这是在乡长默许的情况下搞的，因为乡里也不希望青皮爷一枝独秀。基地就建在与白沙湾临近一个叫黄岗的村子里，也搞蔬菜种植，并且得到了林凡的暗中资金和技术上的支持。这天三水正在地里安装大棚，小红突然来了。小红自从三水走了后，就每天盼星星盼月亮似的盼着他回来接她。可是一等就是多半年，不但人没有来接她，就是连封信也没有。开始还以一个女孩的矜持支撑着，后来，见这事越来越没谱，实在支撑不住了，一生气，就买了张车票，来找三水。她在快见到三水的时候，就用衣服把自己的肚子给垫起来了。

小红一来到工地上，就见三水在拉着一车塑料薄膜在地里跑着，她让人给叫一声。那人扯着嗓子喊：牛总，你媳妇来了，牛总，你媳妇来了？三水一听，吓一跳，以为是春芽找来了呢。可是远远的一看，是小红，可她肚子怎么大起来了？他赶紧朝那瞎喊的人喝了一声：我知道了，别瞎喊了。说完话，他赶紧朝小红跑过来。来到小红跟前：小红，你怎么来了？小红一见他，眼泪就下来了：说好的你去接我，可你没有接我，我再不来，你可能都娶上媳妇了。三水知道自己无法解释，但还是说：你看我，一直这么忙。小红说：反正我来了，你说怎么办吧？三水把小红接到自己的住处，对小红说：我现在是处于创业阶段，条件简陋，你既然来了，就住下吧。小红看着他的住处：你这是自己的房？三水说：不是，是生产队给我的临时办公房。然后，三水就吧自己目前的情况对小红说了一下，接着看着她的肚子就又说：你的肚子怎么大了？小红不好意思地说：谁让你不去接我的呀？说着，她把一件衣服从肚子上的前襟里面拿出来。二人都笑了，小红在欢笑中说：你要是不认我，我就讹上你了。三水把她抱在怀里，亲吻着。热乎完以后说：你来的正好，我这里正缺人手呢。小红那颗提着的心，这时候才算是放下来。

三水是因为看不起青皮爷，和青皮爷闹翻的。他看不起青皮爷在村里的为人，觉得他太过分了，不是好人。青皮爷也看不起他三水，更重要的是青皮爷嫉恨他当年把自己的腿打瘸，所以，一有机会就想报复他。青皮爷自从和水丫儿离婚以后，就一直不结婚，一方面是在等春芽，另一方面也是他想风流风流，给水丫儿和看不起他的女人看看。

现在的青皮爷在村里和以前可不一样了，是有权、有钱又有势力。自己家里新盖的房子，是全村最好的地方建的最好的建筑，整天的宾客盈门，就是女儿槐花也搬过来住了。水丫儿再听了女儿槐花回来介绍了他爸爸的事情后，心里后悔得不得了，这么大的家业，自己怎么当初就鬼迷心似的上了他的当，和他离婚了呢。

离婚后水丫儿生活得一直不好，青皮爷发展起来后，水丫儿几次找青皮爷提出复婚，都被青皮爷拒绝了。水丫儿又提出来自己的生活没有着落，青皮爷说那好呀，就到我家来打工吧，干保母，每月二百元工资。二百元工资，那是个什么数，比县委书记还多呢。槐花又说：您就去吧，说不定什么时候就复婚了呢。水丫儿心里清楚，她明知道去了后，自己的日子不会好过，这是青皮爷在报复她，可自己生活困难，没办法，只好接受了这个工作。每天在青皮爷家，使用自己以前非常熟悉的家具，给青皮爷照料家务。她不但要伺候青皮爷的起居生活，还要伺候其他的青皮爷带回来的女人，如村里的二寡妇等。青皮爷给她规定了很多制度，如来什么人不能乱问呀，家里的事情不准出去乱说等。槐花曾就母亲的事情和爸爸交涉过，可是青皮爷总把当初水丫儿和他离婚的事情拿出来堵槐花的嘴。槐花被他堵得没有办法，也只好回来对水丫儿说：妈您也真是的，离婚是您提出来的，现在您让我怎么说？您就凑合着吧，反正都在一个家里，时间一长，他的火就下去了，我再给您和我爸商议。

水丫儿听了女儿的话，觉得在理，要不然他为什么把自己还留在家里呢？所以，心里还是充满希望的。但是，水丫儿渐渐感觉到，青皮爷不是在给她出路，而是在借机会羞辱她。她看着青皮爷的为人处世，和他一个一个地更换女人，感觉自己是根本无望了。村里大部分女孩子都被他睡过了，没有睡过的，也都结婚的结婚，要不就是借打工的机会跑到外面去了。渐渐地，水丫儿的心里复婚的念头就淡化了。青皮爷这样子，就是复了婚，也是把她活活地气死。但是，为了这不薄的生活费，也为了每天能看到女儿，她还要在这里屈辱地干下去。

村里有个女孩儿叫兰兰，今年十六，论起来还是青皮爷的远房侄女。人长得漂亮，身材也好。这几天她妈找了青皮爷好几次，说是要出去打工，让青皮爷给开打工证明。由于事先青皮爷有话，兰兰要是出去打工，得经过他批准，所以，村委会秘书一直没敢给她开，兰兰的妈只好来求青皮爷。青皮爷这几天因为蔬菜大棚改造的事情，有些忙，没有来得及考虑她的事情。兰兰妈来到他的家时，他没在家，就和水丫儿聊起来了。水丫儿谈话躲躲闪闪，然后就随便地说了句：还开什么证明呀？走了不就完了吗？兰兰妈说没有证明不行，在外面呆不了，让警察抓着就得送回来。

村委会这几天一直被村民围着，原因是去年安排农耕计划的时候，村里非要村民种棉花。等棉花产下来了，村里又说棉花卖不出去。村民找青皮爷要钱，青皮爷自己决定的事，自己没办法圆这场。大家围着他，和他讲理。直到晚上，青皮爷才回来，他见兰兰妈在，就把她叫到了自己的房间里。兰兰妈左一口她叔叔，又一口她叔叔地叫着，青皮爷就是不说正事。最后，兰兰妈没办法，就给他跪下了，说：好叔叔，我求您了，您就给兰兰开了吧？青皮爷赶忙把兰兰妈从地上拉起来，用手摸着兰兰妈的脸蛋说：瞧这老脸就是没有小脸好看呀？还是叫兰兰亲自来吧，那么漂亮的闺女，这一出去，就便宜外人了不是？说着，就把兰兰妈抱在怀里了。兰兰妈赶紧挣扎着，可是她嘴就被青皮爷的嘴给堵住了，他的双手在兰兰妈身上乱摸着。兰兰妈挣扎着从屋里跑出来，看见水丫儿在院里，脸色绯红地跑出院门。青皮爷在她的身后喊着：你别跑呀，你回去带个话儿，还是叫兰兰自己回来吧……他见水丫儿在院里，就朝她喊着：看什么看，快点给我炒俩菜去，我要喝酒。水丫儿无声地回到厨房里炒菜去了。晚上，青皮爷喝完酒后，心里闹得慌，就出去了。时间不长，就带了一个发廊女回来，进了自己的屋里。水丫儿在厨房收拾卫生的时候看见他们进来了，听着他房间里传出的嬉闹声，心里一阵的恶心。

青皮爷把三水挤出林凡的蔬菜公司，是最为开心的一件事情。林凡是个书呆子，只知道搞科研，没有什么心计。这以后，他对于国英科技发展公司就大权独揽了。张大妈那个街道干部，简单得很，一个老太太蹦不了哪儿去。想这蔬菜的种植收入，每年就是几百万元，几年以后，这村里得富成什么样呀？光有钱管什么用？还得有权，有名。他琢磨着，怎么样才能把自己的名声搞起来，让全国都知道自己。

是呀，你林凡一个劳改犯，怎么能上报纸呢？这白沙湾发生了这么大的变化，这功劳还不都是自己的？马上我就会成为典型了，你没看乡里吴书记和乡长这些日子的脸色都不好看了吗？那是在嫉妒，是在吃干醋。哈哈，你吴成功也有难受的时候，让你心里烦去吧，说不定什么时候你那宝座就是我的了。瘸子，瘸子怎么了？这是本事，你还别看不起瘸子，早晚我让你知道瘸子的厉害。再过两年，这白沙湾还真的就搁不下我了，所以，我要趁着这两年，在白沙湾好好享受一下。想到这里，他突然想起了春芽，唉，心烦。

有人告诉他，说三水在临村又搞了一个蔬菜基地，青皮爷不以为然。只是和林凡打了声招呼，让他不要给三水提供化肥。林凡对于三水的新公司很是关注，他不知道三水能否成功。因为他从心里来讲，不希望三水栽跟头，如果三水在技术上有求于他，他会义不容辞地帮助他。和青皮爷的合作，是他迫不得已，如果没有这种合作，他也干不成事情。所以，他还是珍重和青皮爷的合作，但更珍重他和三水之间的关系。可他和三水之间的关系毕竟是人情，而和青皮爷之间的合作是事业。青皮爷也就是看透了这一点，才敢跟三水叫板的。他谅你林凡也没有敢和他认真的胆量，而三水恰恰就看走了眼，没有感觉到事情的发展会是自己想象的相反方向。

这年夏天，青皮爷的女儿槐花考上了一所大学的法律系，这让青皮爷很高兴。而胡行长昨天还来电话，要青皮的女儿槐花去陪他喝酒。青皮爷心里很不痛快，但没有说什么，也没有不答应，只是说：好，好，等我安排时间。他心里已经恨死了胡行长，发誓非要出这口气不可。正在他心存怨恨，喝闷酒的时候，二寡妇来了，说是有事情找他。

村里的二寡妇和青皮爷本来就有些扯不清的关系，青皮爷正在烦恼的时候，见来了个解心宽的，就放下了手中的酒杯，一把把二寡妇搂过来。按在了床上，二寡妇嘴里还在说着事情，裤子就已经被青皮爷给扒下来了。就在她还没完全反应过来的时候，青皮爷已经骑在了她的身上。她的一个远房亲戚的儿子想在青皮爷这里找个事情做，于是，二寡妇就找青皮爷来拉关系说情。而今的青皮爷已经很久都看不上二寡妇这样的女人了，可他毕竟和她有过那么一段，今天又是临时出火。完事后，自然还是要给二寡妇一个面子的。

新来的小伙子姓钱，叫德全。他一来就对青皮爷干爹长干爹短的，把个青皮爷叫得心里舒舒服服的。混熟了以后，这钱德全得寸进尺，非要把自己的女朋友给带过来，并求青皮爷给安排个工作。这钱德全的女朋友叫小玉，聪明伶俐，是个长相挺甜的女孩子，青皮爷第一眼就看上这女孩子了。当即就把她安排在村委行政办公室当秘书，好离他近一点。这钱德全还觉得青皮爷很给他面子，脸上还挺荣光。可是周围的人都感觉他这顶绿帽子算是戴上了。自从小玉来了以后，青皮爷明显的在办公室里的时间多起来。平时，没人的时候，他就好对小玉动手动脚的。那小玉也不在乎，反正她也是和男人干过事的人了，说话有时候也就没把门的。经常是顺着青皮爷的挑斗话说，把个青皮爷挠的心里怪痒痒的。总想着怎么才能把德全调开，和这小玉舒服一晚上，可就是没有机会。这天村会计说有一笔河北的账目该收了，他听了眼珠一转，就心里冷笑了一下。第二天上班时，他安排德全去河北去收这笔蔬菜款，那是要第二天回来的。德全安排好家里的事情后，就起程了。

晚上下班时，青皮爷借口小玉回去没人做饭，就到我家吃来吧。就把小玉叫到了家里。水丫儿一见青皮爷把小玉带回来了，心里老大不舒服，因为她和德全关系处得不错。这孩子见面总是大婶长大婶短的，她一直拿他当侄子看。可今天这小玉跟着青皮爷回来了，就知道事情有些不妙了。唉，自己哪管得了这事呀？再说了，对于青皮爷来说，这已经是常事了，于是她就去厨房给他们做饭。青皮爷和小玉在上房吃饭，他打开了一瓶酒，要小玉喝，小玉说不会喝，青皮爷说什么不会喝，你不是和德全常喝吗？到我这儿就不会喝了？小玉被他揭了底，就让青皮爷给满上一杯。

三杯酒下肚后，小玉的脸色已经发红，水丫儿上菜的时候，就说了句:孩子，不成就别喝了，天不早了。青皮爷一听，就瞪了她一眼。接着，就又劝小玉继续喝酒。小玉和他碰杯，青皮爷这时候却耍滑头，他每次都喝半杯。小玉喝着喝着就不行了，她身体瘫软地趴在了炕上。青皮爷把炕桌往边上一推，就把小玉给扒光了。

第二天，小玉醒过来时，发现自己一丝不挂地躺在青皮爷的炕上，和青皮爷钻在了一个被窝里。顿时就感到了不妙，她一边哭着一边穿衣服，说德全回来怎么交代，没脸见他了，这大婶肯定会告诉他的。青皮爷说：她敢？你就直当没有这回事，他什么也看不出来。你要是说出去，那可就有麻烦了。说着他又把一丝不挂的小玉抱在了怀里，并压在了身下。小玉害怕德全和她断绝关系，所以，对于这事情始终没敢吐口，德全也一直蒙在鼓里。可是，有了第一次，就有第二次。青皮爷接二连三地和小玉干那事，最终使小玉怀孕了。德全本来是个打工的，哪来的经济条件成家呀？青皮爷给他们安排了一间房子，又给他们一笔钱，买了家具。德全高兴地和小玉把婚事给办了，结婚那天，青皮爷还亲自到场主持了婚礼。村里来喝酒的人在青皮爷的主使下，把德全给灌醉了。就在他酒醉不醒躺在新婚的房间里的时候，就在他的新婚炕上，就在德全醉酒熟睡的呼噜声中，青皮爷又一次和小玉干了那事。

2

由于青皮爷轻而易举地拿下了林凡公司的经营权，如今他对于国英公司已经是大权在握了。他要行使董事长的权力，他要把股份重新划分一下。因为目前的股份划分，对于村里有利，对于他青皮爷不利。他要均分股份，把村里的百分之四十股份，减少成百分之二十，把张大妈和街道的百分之十五增加成百分之二十。这样一来，国家所有股份就成为了百分之四十。他个人掌握百分之三十，林凡掌握百分之三十。具体的张大妈怎么和街道去分，他就不管了。这次股份的划分，是青皮爷彻底夺取国英公司权力的前幕，也是必要的一步。这样划分以后，不管从那个角度讲，他都占主动权。首先，他和村里的股份加在一起，那是百分之五十。街道才百分之二十，林凡是百分之三十。他们二人一个公一个私，是不可能弄到一起的。即使弄到一起，也是个平手。另外，他和其他任何一家弄到一起，他都是多数。不管将来股份怎么变化，他都是说了算的人物，谁也奈何不了他。即使是将来村里的职位没有了，他还是说话算数的人物，在这白沙湾村里面还是大权在握。

现在的青皮爷在白沙湾，那是经济、行政、党务一手抓，正是如日中天的时候。今天的电视台又报道了白沙湾的先进事迹，经济发展方面，他给全县，全市，全国都起到了领头的作用，他是全市的标杆。晚上七点钟的节目，才五点的时候，他就把全村的老弱病残社员都集中在了村委会里，天还大亮的时候，他就打开了电视机。节目开始的时候，电视里面一边播放着节目，他在一边解说着。什么你们看，这是市委李书记，这是县委赵书记，这是公社吴书记，你们大家看他那脸色，要多难看有多难看呀。我讲的怎么样？够水平吧？这是对全国讲的，我现在是全国的名人了。你们大家以后可得跟着我走，要不你们是要受罪的。

他正在兴高采烈地讲着，一阵警车叫唤声，接着村秘书小玉跑过来，说公安局来人了，在门口找他。他吓了一跳，赶紧把大家遣散了，然后把公安局的人请进办公室。公安局的人从警车上下来，带进一个人来，不是别人，是他们村的兰兰。

他赶紧让公安局的人坐下，公安局的人不坐，说让他签字，签完字就走。青皮爷接过那张单子一看，是治安接受担保单。他这一签字就等于担保了，可不签字又不成。他只好硬着头皮签了字，然后，公安人员把人往他面前一推：这人我们交给你了，以后要是再没有证明到处乱跑，我们可要治安罚款了，这回是头一回，我们就先放你一马。说着，这几个警察上了警车，闪着警灯，响着警笛，开走了。

青皮爷看着垂头丧气的兰兰，觉得好笑：哈哈，怎么着，坐专车回来了，好呀，这回我看你还走不走了。兰兰没理他，看了他一眼，起身就走出门，回家了。青皮爷招呼了她一声，她头也不回地走了。第二天，有人告诉他说兰兰又走了，这回说永远不回来了。青皮爷说：走往哪走？普天之下莫非王土，你看着，过两天公安还得把她给送回来。

还真让他给说中了，没过半个月，兰兰又被警察给送回来了，原因还是没有务工证明。这回警察没客气，罚了村里五百块治安费。警察临走时，兰兰拉着警察不让走，说自己一定要跟他们走，非要警察把她送监狱里面去不可。警察觉得奇怪，这女孩子怎么宁可进监狱也不愿意在村里呆呀？

警察扔下兰兰开车走了。青皮爷这回也没对兰兰客气，他带着人抄了兰兰的家。可是，抄了半天，也没抄出来五百块钱。于是，他要兰兰从明天起，到大棚上班，以工抵债，交齐五百元罚款。兰兰没办法，只好去大棚上班，但她说：我可告诉你青皮，你要是再敢碰我一下，我就死给你看。

兰兰在大棚上了二十天的班，顶了五百块钱的罚款，青皮爷就让她回家去了。并且还是那句话，务工证明，我就是不给你开，有本事你还走呀？兰兰回到家，放声大哭，出又出不去，回又回不来，没有生活来源，不能自食其力，以后这日子可怎么过呢？这真是叫天天不应，叫地地不鸣。兰兰她妈伤心地哭着劝她，之后说：要不找个人家嫁了算了。兰兰说我才十六岁，怎么嫁呀？真是的呀，兰兰才十六岁呀。

小玉和青皮爷的事情，德全风言风语地听到一些。德全是个有心计的人，他表面上装做什么都不知道，然后，他对水丫儿下工夫，表现出对水丫儿极端的好，把水丫儿给感动得不知道天南地北了，就把自己和青皮的关系都对德全说了。青皮爷的目的是让水丫调解一下德全的情绪，可德全是个心胸狭窄的人。听了水丫儿的话后，觉得有机可乘，决定实施一个复仇计划。

有一天，德全趁青皮爷不在家的时候，他把水丫儿叫到水丫儿的家里。而后向水丫儿仔细询问了小玉和青皮爷的事情，水丫儿在这时候，不得不对他讲实话。于是，德全就泪水横流地向水丫儿哭诉。并言之凿凿地说他心里就水丫儿婶子这一个亲人，要婶子照顾他。水丫想起自己的身世，被青皮爷欺负，也情绪激动起来，于是，二人抱头痛哭。德全就势一头扎在了水丫儿的怀里，水丫儿也把他抱住了。德全紧紧地抱着水丫儿，见时机成熟，就拉着水丫儿的手，要水丫儿和他好。水丫儿听了他的话，大惊。感觉自己比他年纪大那么多，这怎么个好法呢？又一想，自己每天守活寡，这日子也不好过，心里一阵难受，就愣起了神。德全见她没有异议，突然，就又把水丫儿抱住了，而且这回他是一下就吻住了她的嘴。水丫儿突然被一个比自己小好多岁的小伙子给抱住了，哪里见过这些个，再加上自己这几年又没有男人，心里正难受呢，就晕倒在德全的怀里。于是，德全就顺势脱了她的衣服，水丫儿也半推半就地和他钻了被窝。水丫儿毕竟比德全大那么多，所以，清醒过来后，觉得不妥。可德全死追不放，水丫儿也没办法，谁让他们已经生米煮成熟饭了呢。

这样一来，德全就有了经常去水丫儿家的机会，基本上每天都过去，去了后就和水丫儿喝酒，喝了酒就钻被窝。由于槐花在城里上学，每天不回来，所以，这就给了他们一个空间。二人老妻少夫，还挺热乎。慢慢地村里就起了议论，说水丫儿给槐花找了一个和她岁数差不多的后爹。还有更难听的呢：那不单是后爹，还是女婿。

小玉发现最近德全晚上总不回家，即使回来也是对她冷言冷语的。她心里预感到德全可能察觉到了什么。所以，她这些日子也是精神紧张，办事情丢三落四的。很长一段时间她总是躲着青皮爷，尽量不和他单独在一起。可在一个办公室，怎么能躲得开呢？她把这种担心在青皮爷抱着她乱吻的时候讲了出来，青皮爷不以为然地说那怕什么，大不了离婚。最近青皮爷也感觉到了德全对他的变化，德全对他的笑容多了，而且笑得那么难看。

当村里又传出了德全经常出入水丫儿家的传闻时，青皮爷还真有点慌了。水丫儿是他的前妻，他之所以把水丫儿收在家里，那是他不想让人家给他戴绿帽子。总给人家戴绿帽子的人，最不想自己戴上绿帽子。再有就是报复水丫儿和他离婚这件事情，他对此至今耿耿于怀的。青皮爷就是不讲理，离婚是他跟人家离的，他还要报复人家。他更不愿意槐花有个后爹，那会让他心里很不舒服。而今出现了这种传闻，使他很难堪。他要想方设法地证实这事是真的，他要对当事人实行报复，他的眼睛里面是不揉沙子的。

槐花放暑假了，这是她大学生活的最后一个暑假，在家里等待工作分配的通知。她的意愿是做一名法官，这是她上大学的本意。回到家后，她就发现家里凭空多了一口人，每天晚上德全都过来，不是给家里挑水就是给家里收拾院子。她反感家里有男人，就问母亲，他是谁，母亲说是村里来的工人，在大棚上班，小伙子挺好的。槐花说不许往家里招男人。母亲说没事的，这人我都考验过了，你放心吧。槐花说那也不行，影响不好。

自从槐花回来后，德全没有和她讲过一句话，槐花也没有理过他，而且大多数时间她是在父亲那边住。夏天天气热，槐花吃了不干净的生蔬菜，晚上睡觉又着了凉，结果犯了阑尾炎，医生让她做手术。在住院动手术期间，德全每天给她送饭，可就是一句话也不说。有几次槐花看他挺热的，和他说句感激的话，他都不理她。槐花气了，说你是哑巴呀？德全冒出一句：你才是哑巴呢。说完，他收拾东西就走了。槐花感觉这人挺有意思，就对他注意起来。水丫儿感觉到了槐花对德全的偏见，经常对槐花进行解释，总想调节他们之间的紧张关系，没想到这种调节过了头。

槐花出院了，是德全把她背回来的，直到把槐花放到屋里的炕上，他都一句话没有对槐花讲。气得槐花直骂他，要他以后滚远一点儿。可是，一会儿，德全就端着一碗热乎面进来了，弄得槐花哭笑不得。槐花虽然出院了，可是，伤口的愈合还要一段时间，她要在家里养几天。水丫儿每天都要去青皮爷家上班，德全在大棚上班，没事的时候，他就回来看看，把槐花照顾得无微不至，使槐花从心里感激他。但德全在槐花心里，还一直是个怪人，因为他到现在为止，从来都是对槐花一句话没有。

六月天气小孩子脸，这天突然阴沉得厉害，一会儿的工夫就电闪雷鸣，接着就下起了暴雨。槐花一个人在家有些害怕，正在她焦虑的时候，德全回来了。德全浑身都被雨水湿透了，槐花让他把上衣脱下来，槐花给他擦着上身。德全健壮的身体，使她一时的神迷起来，她突然抱住了德全。德全稍一愣神，也把槐花抱住了。二人一阵热吻，德全毕竟是过来人，人不知、鬼不觉地就把槐花给扒光了。窗外，外面是雷雨交加，窗里面二人在炕上滚起来。槐花激情四溢，德全雄壮有力，一丝不挂的一对男女，紧紧地抱在了一起。德全给了槐花无限的爱，槐花也是初涉风雨，完全地体验着性爱，她完全地沉浸在德全给她的性爱当中，她会什么都不顾的。

当他们都完了事，冷静下来后，槐花问德全，为什么会对她那么好，为什么会对她母亲那么好。德全说完全是为了小玉。于是德全把小玉和青皮爷的事情都说了出来，然后，德全又说他完全是想通过对她们母女好，利用她们母女给小玉说说情，让青皮爷放过小玉。槐花一听心里就凉了，眼泪顺着眼角流下来。自己父亲的那点事，她是再清楚不过了。如今自己把身体都给了人家，人家爱得却不是我，这可怎么办呢?

青皮爷正式地找德全谈了一次，他要德全以后不要再去水丫儿家，他还不知道德全和水丫儿、槐花母子的关系。德全说以后再也不去了，因为，他要走了，他要永远地离开这个地方。青皮爷说那很好，他还给德全五千块钱车费。德全临走的那天，他和水丫儿作最后告别，他们在床上正干着的时候，槐花从外面回来，正好撞见，槐花哭着跑进自己的房间里。二人赶紧穿好衣服，水丫儿以为槐花是在生她的气，没想到女儿和德全也有关系。于是，就进到槐花的房里，对着趴在炕上哭的槐花，把德全与小玉的关系，和青皮爷霸占小玉的事情对槐花讲了，其实槐花已经都知道了。

村里人来找青皮爷报告，说德全走了。青皮爷说走就走了吧，村子这么大，每天走几个人还不是常事?村里人说德全给他留了一封信。青皮爷接过来，打开看看。信还没看完，他眼睛就直了，差点儿晕过去。他气得浑身乱颤，赶快起身朝家里走去。

水丫正在厨房给青皮爷做饭，青皮爷一进家门，就把水丫儿叫到正屋来。他把德全的那封信往水丫儿脸上一摔，就大骂起来。水丫儿把信一看，就晕过去了。家里的人把水丫儿给叫醒过来，人虽然醒了，可是神志却不清楚了。青皮爷让人把她送回家，顺便把女儿叫来。槐花一进门，什么都没说的时候，一看槐花的神态，青皮爷心里就已经都清楚了。完了，全完了，整个的让那个德全给耍了。自己绿帽子戴上了不说，女儿也赔进去了。他照着槐花的脸就是一个大巴掌，打得槐花尖叫一声，就跑出去了。

3

青皮爷这一天，真是灰暗。他去死的心都有了，从来没有受过这么大的委屈呀？朝谁发泄去呢？德全？已经跑了。小玉？她那里还委屈着呢。水丫儿？那是个傻子。槐花，是自己的亲闺女呀？倒霉到家了，心里那个气呀，到什么地方出去呢？

晚上，青皮爷回到家，尽管没有什么可口的酒菜，他还是喝了很多酒。正在他余怒未消，无处发泄的时候，兰兰进来了。兰兰一进门就说：只要你给我开外出打工证明，我什么都答应你。青皮爷一听，马上喜上眉梢，一天的烦恼都没了。他把兰兰抱进里屋，扔在炕上，扒光了她身上的衣服，就骑在她的身上干起来。兰兰就像个僵尸一样，任凭他摆布。等他把一天的怒气都发泄完了，就哈哈哈大笑着穿好衣服，嘴里大叫着：痛快，痛快。兰兰忍着下身的疼痛，起身穿好衣服后，让他给开打工证明。他说你还外出打什么工，就在我这里干吧，一个月给你一千五百块钱。兰兰坚持要他给开，青皮爷没办法，只得给兰兰开了证明。开完证明了，他才想起来，自己尽顾得发泄怒气了，还没有仔细欣赏兰兰雪白的身体呢。

兰兰拿着打工证明，满脸泪水地回到家，母亲一见她那模样，什么都明白了，母女二人抱头痛哭。外出打工，就是为了躲避青皮爷的糟蹋，可为了这打工证明，又必须接受青皮爷的糟蹋。天理昭彰啊。

水丫儿在家犯疯病，这几天小玉也不见了。水丫儿是给青皮爷在家里照顾他生活的人，小玉是在办公室照顾青皮爷生活的人。如今这二人都不见了，青皮爷的生活可想而知。可以说是在家里不舒服，在办公室也不舒服，哪都不挨哪，哪都不自在，整天的要吃没吃是要喝没喝。在加上对兰兰的余兴未尽，那叫一个难受。晚上实在憋不住了，又去了兰兰家，让兰兰妈一痛棍子给打出来了。

这几天青皮爷正在烦闷头儿上，村里又传出了大棚闹鬼的事情。头一次是大棚发大水，把一个大棚的菜都给淹了。第二次是大棚着火，一个新大棚，烧得干干净净。还有人说看见一个白衣女鬼，经常在大棚那里哭。尤其是晚上，有很多村民都说听见了白衣女鬼的哭声，大家都恨青皮爷，没听见的也说听见过，没见到的也说见到过。说得青皮爷心里发毛，晚上睡觉都不安宁。让人给他买了好几根桃木棍，挂在家里，还是不行。他又找来几个村里的铁哥们商量该怎么办，胖子歪和二混蛋都说要他作法事，请神驱鬼。

于是，青皮爷召开村民大会，要全体村民和他一起驱鬼。村里的人知道他又要钱，就说我们不驱鬼，谁招来的鬼谁去驱。我们又没有做缺德事，我们驱那门子鬼呀？青皮爷转了半天眼珠，也没想出来好办法，只好自己掏钱，请了一个大仙，举行驱鬼仪式，作法驱鬼。

驱鬼那天，全村的人都来看热闹。仪式的现场设在那两个出事的蔬菜大棚附近，香案上摆放着一个猪头和两只羊头作为祭祀礼物。由胖子歪和二混蛋给操持。大仙要青皮爷身穿孝服，青皮爷开始还不愿意穿，大仙说你不穿孝服，不管事。青皮爷才不得不穿上了，乡亲们见他穿着一身雪白洁净的孝服一瘸一拐地出来时，都取笑他。大家都知道，他亲爹死的时候，他都没穿孝服。

本来是要请林凡主持仪式的，可是林凡说什么也不来，他还不主张青皮爷这么搞，说这是封建迷信。青皮爷可不管他那一套，说他不懂事，但还是由他去吧。这种书呆子没办法和他治气。所以才让那几个泼皮无赖给操持，反正也不是自己一个人丢人。

说来也怪，在举行驱鬼的仪式现场，就在仪式刚开始的时候，大仙正在焚烧表章，突然刮起了大风。一阵黄沙裹着大风刮过来，把香案和祭品都刮翻在地上，众人一看，也都惊慌四散了。于是，村里又有了个说法，青皮爷得罪了鬼神，上天要收他了。青皮爷坏事干多了，他是相信有报应的。所以，一连几天他都没出门，说是在家里躲事，这是大仙在走之前给他出的主意。在家里每天和几个哥们喝酒，喝得天昏地暗的。

在家里躲灾这几天，他把自己前后的事情都想了一遍，最后，他把注意力集中在了水丫儿身上。为什么呢？因为所有的一切都是因为水丫儿。你看，是水丫儿先提出来和他离婚，是水丫儿说生活有困难来到青皮爷家的，是水丫儿把那德全介绍过来的，是水丫儿把德全引到家里和他有染，是水丫儿把女儿推给了德全，是水丫儿……总之，一切都是水丫儿引起的。这是个不祥的女人，当初就不应当把她留在家里。

他想了几天后，心里咽不下这口气。就拄着拐棍，一瘸一拐地来到水丫儿家，他是来教训水丫儿的。水丫儿的身体刚好一点，槐花正在给她做饭吃。见他爹进来，也没言语，就转身进里屋了，青皮爷也跟了进来。水丫儿见他来了，就说了句，你来干什么？青皮爷说：你还有脸说我来干什么？你说我来干什么呀？我来找你算账。水丫儿说：你就别再闹了，你再闹下去，让我们娘俩个怎么活？青皮爷说你还有脸活着？你们把我的脸都给丢尽了。水丫儿说：槐花刚刚接到法院的录取通知书，孩子就要去市法院上班了，你就积点德吧。青皮爷一听槐花要去法院上班，马上脸色一变。可又一想，女儿毕竟已经是人家的人了，而且娘俩个跟了人家一个人，还让人家给甩了，这气怎么能咽得下去。

看在槐花要去法院上班的份上，青皮爷虽然没有再纠缠下去，但嘴里还是骂骂咧咧地走了。槐花趴在炕上哭得死去活来，觉得自己没脸去法院上班。有这样一个爸爸，将来也不名誉。水丫儿说孩子，你就忍了吧，谁让我们摊上了呢。槐花又埋怨母亲，说她不负责任，把德全那样的人领进家来，被人占了便宜不说，还把自己的女儿给搭上了。水丫儿听到这里，心里非常难受，就说：孩子，妈自己做的错事，妈会给你一个交代的。

槐花的工作分配到法院后，被分配到民厅做书记员，工作很顺利，槐花的心情也好了许多。家里的烦心事正在逐渐淡忘，反正事情也是这样了，一切都随它去吧。这天她正在为一个民事案件开厅，下来后，厅长就把她叫过去了，说让她赶紧去医院，她母亲出事了，正在医院抢救。医院说可能有生命危险，要她有思想准备。

槐花赶到医院，母亲已经去世了。医生说我们尽力了，可是由于耽搁的时间太长，延误了医治时间，没有抢救过来。她悲痛欲绝，放声大哭。正在她哭得死去活来的时候，突然有有人告诉她，他父亲由于牵扯到母亲的死，被警方拘留了。又是一个晴天霹雳，槐花晕过去了。

警方怀疑水丫儿的死与青皮爷有关，不要说警方，村里的人都怀疑是青皮爷所为，就是槐花也有同样的感觉。因为，水丫儿是死在了青皮爷的家里，而且是头部带伤。槐花的一个同学是法医，她请那个同学给母亲验尸，那个同学说母亲的死因很可能是自杀，但没有理论根据。

槐花恨父亲，恨不能他永远在监狱里面住着才好呢。可是，现在情况这么复杂，母亲没有了，父亲又进了监狱，让她怎么办呢？她是最了解母亲和父亲情况的人，由于涉及家庭的隐私，她没办法对任何人讲。现场的情况来看，很显然，母亲是自杀的，而要嫁祸于父亲。她刚干法官，正是需要公正的时候，决不能为了私情让法律失去公正。

于是她到了公安局，把自己所能讲的事情都讲给了警方，于是警方就把青皮爷给放了。青皮爷出来后知道是女儿把自己保出来的，万分感激，觉得还是女儿好。可女儿自从他出来后，一次也没来看过他。他本意是要把女儿接过来的，可谁想女儿根本不领情。即使他们是偶然见面后，她也都不理他。青皮爷为此懊恼之极，但是水丫儿的死，也给他带来了一些轻松的感觉。

青皮爷出狱后，最要紧的一件事情就是给水丫儿出殡。因为这事关系到槐花对他的看法，直接影响到他和槐花的父女之间的关系。所以，他要做得尽量不让槐花挑出毛病来，让她没有话说，从而缓和他们之间的紧张关系。毕竟现在槐花的亲生母亲死了，毕竟是槐花忍着丧母的悲痛，感念着父女之情，把他从监狱里保出来的。

在槐花的心目中，母亲肯定是父亲逼死的，因为，父亲从来没有原谅过母亲，母亲的死某种意义上讲是父亲的本意，这是槐花再清楚不过的事情了。可是在法律上没有证据，无法证实父亲的犯罪行为。再有，作为法官的她，有这样一个背景的父亲，是件很麻烦的事情。但要再和父亲保持着那种纯粹的父女之情，已经是万难的事了。

银行的第一笔贷款期限已经到了，林凡说我们已经发展起来了，现在资金也不缺，就把贷款还了吧，胡行长已经催过几次了。青皮爷心里的那口气还没有出，他的心里还存在着怨恨。于是就顺口说：先等一等吧，我还要再用一用这笔钱。林凡对他的做法大为不解，因为自家的账户上已经有足够他使用的款项了，为什么还非要使用贷款的钱呢？但还是没有多说什么。青皮爷的这笔贷款，涉及到了今年胡行长的业绩考核，如果过不了关的话，他这个行长就得下来。所以，青皮爷知道了他的难处后，要在这上面做文章，以报当年胡行长要他女儿陪胡行长喝酒的怨恨。

几经周折后，青皮爷的贷款就是不还，胡行长是真的有点急了。他几次请青皮爷喝酒，都没有请成。青皮爷不是今天有事就是明天开会的，总也没工夫。最后，胡行长托到了一个能跟青皮爷说上话的公社副书记，青皮爷才把以前的事情对那个副书记说了。副书记说：那你说怎么圆这场呀？青皮爷说：我听说他胡行长也有个女儿啊……

副书记一听，青皮爷这话是要胡行长的女儿出来陪他喝酒呀？这话怎么给胡行长回呢？没办法，只好原话照回了。于是，副书记就把当年谈贷款的时候，胡行长要他青皮爷女儿陪喝酒的那句话，回了胡行长了。胡行长一听，就说：那是当年一句玩笑话嘛，再说也没有真的实现过呀？副书记说：现在青皮爷又认真了，和他有什么理好讲呀，我们公社里的头都和他没有理可讲。你这事还是你自己看着办吧，我实在是无能为力了。是呀，这青皮爷谁也管不了他，管得了他就不是青皮爷了。

结果，这青皮爷还就是愣让胡行长和他的女儿出来，陪着他喝了一回酒，喝酒那天，父女两个极尽小心。但还是让青皮爷把他女儿屁股给摸了，胡行长心里虽然难受，但关乎自己的职业，没办法。喝完这顿酒之后，青皮爷才把那五百万的贷款给胡行长还上。大伙儿都说这青皮爷，真是够青皮的。也有说胡行长当年做得过分，这叫一报还一报。很快，胡行长这事在县里就传成笑话，第二年，胡行长就调走了。

第六章　二水回来了

1

三水的公司正式营业了，他直接向林凡购买蔬菜肥料，他的生产技术和范围与林凡的一样，就是没有林凡的公司规模大。业务量也不如林凡的业务量广泛，青皮爷根本没有把他当回事。三水这个人办事情总是不紧不慢的，他也不着急自己的公司将来怎么样。小红是个很能干的人，她一个人的业务量每天都在增长，三水心疼她，让她别太累了。小红却觉得自己和三水本身就是个奇缘，再加上三水现有的公司这么好，就是要把它搞起来。这是她自己的福分，谁让她选择三水来着，眼前就是要吃点苦，将来还会有好日子过。

三水有三水的想法，别说是自己现在的公司，就是林凡的公司，他也想过，目前就是再干下去，无非是扩大生产，没有别的出路。可他就是想琢磨出一条别的出路来，把这农业的蔬菜种植业的出路，彻底地从农村走出来，把它变成城市化的工业生产。

三水有一次和小红出去跑业务，他顺便到菜市场转了一转，结果发现，菜市场的人在卖菜的时候，都把他送去的菜进行了二次加工。他问人家服务员为什么要这么做？服务员说现在城里人都懒得很，他们都舍不得在做饭上面花费时间，你不给他们弄仔细了，他们不买。这话提醒了三水，这就是说要把注意力放在二次加工上。可是二次加工，怎么个加工法呢，加工什么呢？这个问题让三水很伤脑筋。如果真的能把二次加工搞好的话，那这市场都得是他三水的，就是林凡的市场，他也能给做过来。

三水有自己的实验基地，他和林凡不一样，他不受什么约束，自己想到什么就实验什么。他想西红柿应该长得和冬瓜一样大，他就把西红柿嫁接成冬瓜。他想茄子应该长成南瓜那么大，于是他的茄子就长到南瓜的大小。他幻想着柿子椒和西红柿都长成树，随时可采摘。可是他嫁接出来的蔬菜都不上口，口感极差，自己都觉得没办法吃，只能当样子看。对此，他也请教过林凡，林凡说你不能把不相干的两个物种进行杂交，更不能使两个不相干的物种进行优化杂交。但是，在三水的实验室里，总是在进行着一些五花八门的实验。不是今天弄出来一个人脑袋大的西红柿，就是明天搞出个黄瓜大的豆角来。这些奇奇怪怪的东西，在吸引着人们的眼球。

就在他展示着他的西瓜茄子的时候，二水回来了。二水带着幸子看望了母亲以后，又和大水和春芽道别，就来到了三水的实验室。二水他们在三水的实验室看完那些离奇的东西后，就和三水聊起来。三水问二哥想干些什么事情，二水说想搞房地产开发，给那些没有房子住的人们解决房子问题。三水想到自己现在还没有住房，就高兴地说这个想法可行。于是二水在县城成立了自己的房地产开发公司，对县城周边地区的空地进行房地产开发。

二水经过考察和调研，在和三水进行多次协商以后，觉得白沙湾一带最适合搞房地产开发。于是，二水找到了青皮爷，谈了自己的想法。青皮爷见是二水回来了，就说：我这几年正找你呢？这是好事呀。于是，青皮爷给二水划出五百亩地来，让他搞房地产开发。

二水回到家，和母亲商量，他想利用白沙滩开发项目的想法。可是，马上就遭到了母亲非常严厉的拒绝。二水本来想就开发那五百亩地的同时，把自己的地方也搞起来，谁承想母亲不同意。不但不同意，还直白地告诉他，永远别打这块地的主意。二水没办法，只好自己先干起来了。于是，二水就进入了繁琐的项目报批阶段，青皮爷也帮着他跑。花了半年时间，总算把所有的章都盖下来了。于是，就按照惯例进行项目招标。这下青皮爷又成了热点，大家把注意力都集中在了青皮爷的身上，就是县委书记也给他写来了条子。其实青皮爷对于房地产行业一点也不懂，他听说二水要在他的土地上盖房子，马上觉得是好事，因为土地你搬不走，一旦开发商失败了，自己的土地上长着现成的房子，比种庄稼稳当，是好事情，自己吃不了亏。大不了村民搬进去住，没有什么可怕的。自从二水的工程一招标，他又感觉到了以前和林凡建大棚时的优越感，他的手里拿了一大把有权有势人的条子，心里好不舒畅。

大家都把注意力集中在青皮爷和二水的身上，其实这其中的关键人物是幸子。她是一个非常精明的女性，而且经验丰富。二水的一切都按照她的意思办，对于她的想法，二水是言听计从。所以，招标一开始，青皮爷就感觉有些不对劲了。紧跟着，二水他们就把目标锁定在一个青皮爷的手里没有条子说情的建筑公司那里。青皮爷问二水能不能考虑县委书记推荐的那家建筑公司，二水说县委书记能给写个担保吗？青皮爷一想也是呀，你县委书记写个条我就照办，万一出了错，谁负责？青皮爷领教了二水的厉害。同时，也看到了房地产开发业的前景，他又和二水商量，能不能给他弄套房住？二水说工程完了以后，给你一套别墅。青皮爷问他什么叫别墅？二水说就是一座带院子的三层独栋的小楼。青皮爷听直了眼，感觉自己已经住上了。

房地产开发的第一期工程项目还没有建设完，建筑物就已经都销售一空，青皮爷的手里又有一大堆各种人物写来的条子。这青皮爷就想，要是这么干下去，我这村支书的权力可不是一般的权力了，县长、市长的都求我办事，那还了得？想起来，心里那叫一个美。

在楼群的建筑附近，有一片独栋小别墅楼，二水带着青皮爷去看了一圈，最后锁定一处条件最好的房子，说是给青皮爷的奖励。青皮爷这才知道是真的，于是就请他们到家里仔细商量过户问题。来到青皮爷的家里，二水拿出了二期工程的合同。青皮爷已经知道了房地产开发的好处，他还想象以前和林凡签订合同那样，把对方绕里面，最后自己成为大股东。可是，他的方案一谈出来，就被二水给否了，还是要他考虑二水他们的合同内容。

青皮爷没办法，你不签合同，他们不给你那别墅的钥匙，那栋小楼别提多诱惑人了。青皮爷说：如果要是按照你们的这份合同签了，我就等于拿村子给低价卖了，村民是会找我算账的。二水说：那你也可以不签，如果不和我们签的话，我们就到别的村去，你会什么也得不着。你也看了，这房屋开发已经完成，我们一拍屁股走人，和我们一点关系也没有，可是钞票我已经到手了。再说了，以后这新建小区的管理工作，我们就全权委托给你们了，你们再成立一个物业管理公司，把全村的村民都变成工作人员，大家都有饭吃。

青皮爷没办法，只好和他们签订了二期的开发工程协议书。但有一个条件，就是要给他另找地方盖个别墅，二水自然答应了。按照二期的工程开发内容，白沙湾的村民除去白沙滩以外，都是二水他们公司的开发内容，村民都要搬进拆迁楼里面居住。当然，大多数村民是不愿意搬的，他们说我们住进楼里后，地也没了，我们靠什么生活呀？开发商说给他们一定的补贴，还给他们安排工作。以后就变成城市户口了。并且说：你们不是看见村支书的住房了吗？以后你们都是住那样的房子，村民这才集体签字。但他们要二水的公司担保，因为，他们是让青皮爷给骗怕了。

三水是白沙湾小区的第一代居民，他的新房是三室二厅双卫生间，一百二十平方米。把小红给喜欢的，整夜地看着新房不睡觉，她马上就把父母给接来了。要父母给他们照看家里，并给他们做饭。小区里的商店都是配套而建的，卖什么的都有，而且价格比较便宜。居民都住进来以后，天气凉了，却发现这楼房里的暖气供应不到位，根本没有和热力公司进行对接。于是，大家一起找开发公司，开发公司说已经委托了物业公司，物业公司就归青皮爷管了。大家觉得可能是上当了，因为青皮爷是什么人他们是最清楚不过的了，大家虽然找青皮爷闹了几次，没有用的。最后的结果是大家再拿出一笔钱来，和热力公司接洽，让他们把暖气给通上。

青皮爷作为小区管理者，按照农村的管理程序和方式进行社区管理，那是非常的管理方式。每天早上天刚亮，除草机就开始在院里除草。接着，大高音喇叭就开始高唱革命歌曲，叫大家起床了。因为他认为早上睡懒觉那是资本主义作风，大家不应该睡懒觉。然后是他的早上动员讲话，每天都是老一套。星期六、日的上午还有歌舞。他的讲话每天都一样，无非是谁家的水电煤气费要是不交的话，那就要采取无产阶级专政了，不是断电就是停水，要不然把你们家门口的路给堵上。天天都是这一套，被手下人标榜：管理有方，治民有术。而他自己每天上午折腾累了以后，还要回家去睡一个回笼觉。

由于一期工程交工，后面的服务软件跟不上，居民住进去以后的反映不太好，二期工程的销售出现了问题。大家都来看房，看的时候都要问一问已经买房住进去的居民。可是，大部分居民都说自己住进来后感觉不好，这里面的管理极其的差，是青皮爷在按照他管理农村的方法进行管理。于是，大家都持观望态度，谁也不买。眼看着经营上出现了意想不到的问题，二水和青皮爷都没有了办法，回家后二水向幸子请教，幸子了解了情况后，给他们出了一个对外地人销售的办法，条件是给他们办理入住户口。二水说我们能办理入住户口吗？幸子说我们只是答应给他们办，至于办得了办不了那是另外的问题，再说了，出了什么事情有青皮爷呢。

二水把幸子的想法对青皮爷一说，青皮爷就说：可行。只要他们人一住进来，我就有办法治理他们。于是，房屋买卖又热销起来。时间不长，所有的房屋基本上都卖出去了。要不是青皮爷接到了市委下发的国务院关于不准随便占用农耕地的文件，林凡那几百亩菜地早就让青皮爷给开发了。白沙湾也再没有房地产可开发的项目了，但是，除去白沙滩瞎妈的那块地方。

2

由于林凡和三水搞什么蔬菜生长剂，长出来的蔬菜又大又脆，市场上特别紧俏。一段时间以来，春芽种的蔬菜，在市场上卖不上价钱去。所以春芽的菜就种得特别的少了，有的时候干脆就弄点鱼干到城里去，换点儿油盐酱醋钱就行了。因为她自己都知道，她种的菜，没办法和人家种的菜比。于是她就建议瞎妈，是不是我们也向三水要点那种生长水，也把菜种成那种模样。可瞎妈说了：我就爱吃这么种出来的菜，他们那拿药水泡出来的，早晚是要吃死人的。春芽就听婆婆的，也就信婆婆的。你们不买，我不会少种？大不了我就种够我们家自己吃的就行了。反正我们不喜欢吃用药水泡大的蔬菜。

几年以后，也可能是大家吃腻了那种蔬菜，也可能是大家掌握了知识。那些化肥蔬菜在市场上开始走下坡路了。最近几个月不知道怎么了，一些人专门买春芽种的菜，而且还是预订，有几户是机关里的人。开始春芽还问他们：我这菜没有街上的菜好看，你们怎么也要啊？人家说我们就喜欢你种的菜。春芽把这事和瞎妈说了，瞎妈说：看来呀，还是有明白人。最近，就是二水他们来，有时候也往外一框一框地搬，说是现在实行绿色食品。总之大家现在很少吃林凡他们种植的蔬菜了。国英公司的蔬菜只是往外地销售，本地人是不再吃了。

还有一件奇怪的事情，就是县里的领导经常到白沙滩上参观，每次来，走的时候都要拿走一些蔬菜。而且还向媒体介绍春芽种植绿色食品的先进经验，要不是春芽紧躲慢躲的，就给她上电视了。无疑，对于春芽的肯定，就是对林凡的彻底否定。

所以，最近林凡的心情有些不好，自己辛辛苦苦钻研出来的蔬菜肥料，怎么还没几年的时间就被人家给淘汰了呢？原来自己是教授农民种植的专家，现在怎么实践证明人家农民原来的那套是不能改的了呢？那这科学，还科什么？先进技术，在哪呢？闹不明白了。青皮爷还以为他是在为三水他们的公司发展对自己形成威胁发愁呢，所以，有时候还给他吃个宽心丸。

传统的劳作种植，是延续了几千年的耕种习惯，即落后又不科学。可是为什么偏偏市场却选择了他们呢？为什么说他们那是无公害食品，说我这是污染种植呢？我这是科学呀？我为了科学，牺牲了青春，牺牲了婚姻，牺牲个人的一切享受。我无权欲，无钱欲，无色欲，我……真是活得冤呀。

林凡现在才明白，二水那个公司为什么不要他种植的蔬菜，因为，他的产品不能达到出口指标。原因就是因为他的产品使用了他发明研制的蔬菜生长剂，使他的产品里面带有化学元素。可这怎么跟青皮爷这个混蛋讲呢？如果让青皮爷知道了，那会是什么后果呢？他越想越觉得后怕。

林凡每天回家的时候要自己做饭，可是自从知道自己的蔬菜没有春芽种植的蔬菜安全以后，好长时间就再也没有吃过菜。后来，实在是承受不过去了，就在一天天黑的时候，偷偷到菜市场买了一次春芽种植的蔬菜。回来自己做好，吃了以后，结果感觉确实比自己种植的蔬菜好吃。

二水的舅舅山本来了，还带来一个女秘书，看样子年龄比幸子还年轻。山本拜望了妹妹以后，就来到了二水的家。他是来向二水和幸子要那一千万美金的，二水说已经给您准备好了，只等您一来把手续办完，我们就给您打款。山本对于二水和幸子所干的事情非常满意，不断地表扬他们。他还提出来，要二水的房地产公司并入山本集团。二水看了一眼幸子后，说考虑一下再答复他。

由于二水的开发公司在白沙湾的开发暂时要告一段落，所以，三水的蔬菜公司就成为了幸子关注的对象。幸子把自己的想法和山本谈了，山本很赞赏幸子的远见卓识，很支持她。当即就要求幸子把二水的开发公司并入山本集团，幸子也没有答应，说要和二水商议一下。兼并二水的房地产公司，是山本这次来的唯一目的，他在广州的时候，已经调查清楚了，二水和幸子干得不错，他非常需要这样的人才。可是，当他和二水幸子接触以后，才感觉到，这二人已经不是当初他所想象的那两个人了。

对于二水和幸子来讲，他们是已经挣脱绳索的小鸟，怎么可能再回到牢笼里去呢？所以，山本是在枉费心机。如今二水的实力已经在这一地区是老大了，谁还能管的了他呢？幸子是个有野心的人，他和二水把这个公司做成现在这样的规模，那是件容易的事吗？但是，幸子和山本还是单独的在一起谈了三个多小时，具体谈话内容，谁也不知道。

现在对于幸子和二水来讲，就是怎么样才能说服三水和他们合作，把三水的公司搞成合资企业。因为只有兼并了三水以后，在条件成熟的情况下，才能兼并青皮爷。要想兼并青皮爷，只有先把三水的企业兼并过来，利用三水的企业，打败青皮爷，到那时候再兼并它。二水和幸子又都深知，青皮爷可不是那么好对付的，而且是要伤了他的根本，弄不好他会玩命的。所以，幸子一直是劝二水，对此事不可操之过急。

二水和三水的谈判很顺利，因为三水正在思考经营方式呢，二水一说，他就同意了。双方共同成立合资公司，合资企业无偿使用三水的商标。二水向三水的企业注入两千万人民币，进行公司整合。然后，再注入五千万人民币，建造蔬菜罐头厂，生产出来的产品，由二水保证向日本出口。项目一公布，青皮爷和林凡马上反应过来了，自己企业的市场，将来要控制在二水的手里了。这样一来，自己产业的发展就要受到对方的限制，而对方很快就会发展成为大企业，弄不好还要被对方兼并掉。

二水的公司发展势头很猛，很快就进入了生产阶段。周边的蔬菜市场都被他们给垄断了，可是，他唯独不要国英企业的产品。原因是什么，谁也不知道。用青皮爷的话说，二水是在报复他。林凡说三水不是那种人，肯定是有什么说法在里面。但是，目前国英集团的产品不愁销售，所以也无关大碍。

可是没过多长时间，一些大的单位就不从他们这里进货了，尤其是一些政府部门，以前上赶着要货，现在却不再进国英公司的货了。青皮爷一直以为是市场竞争造成的，没有当回事，还在电视上加大宣传他们的先进肥料，力争把市场夺回来。而林凡此时的心里已经感觉到了事情的严重性，但他还是不好直接和青皮爷说。

随着二水公司第一批产品的出口，他们的企业在本地也一下打响了，成为这个地区的龙头企业。做报告，接受媒体采访，领导接见，立功受奖这些荣誉顷刻之间都从青皮爷的身上转移到二水的身上了。这让青皮爷大感失落，眼看着二水成为了这方土地的明星，自己有被遗弃的感觉。青皮爷在这段时间里郁闷得很，在家里足足待了一个星期没有出门。这到底是为什么呢？青皮爷好长时间也不得其解，只是在心里盘算着，是风水轮流转吧？

二水和幸子商量公司下一步的发展，幸子说现在该是和青皮爷谈兼并的事情的时候了。于是，二水约青皮爷在酒店喝酒，青皮爷如期赶到。二水把自己的想法和青皮爷一说，青皮爷就跳起来了，他破口大骂二水，说他忘恩负义，不近人情，吃里扒外，过河拆桥等。二水也不和他计较，任凭他骂，然后，自己把账付清，说：你先回去想一想，下次再谈吧。青皮爷正在气头上：有什么可想的，只要有我活着一天，你就别想了。

青皮爷回到公司，把二水请他喝酒的事情对林凡说了，然后，在公司里又破口大骂。林凡陷入了沉思，好长时间，没有说话。青皮爷还在继续骂着，心里的火总也出不完。林凡给他倒了一杯水，让他下下火，然后说：您先压压火气，我们没有必要和他生气。青皮爷见林凡不上火，觉得奇怪，就问他：你不生气呀？林凡说：这不是生气就能解决的问题。

接着，林凡给他分析了企业发展的市场前景：你看，人家现在直接对日本出口产品，我们没有这个先机。以前我们规模比人家大，现在人家发展得比我们厉害，规模比我们大。这不是赌气的事情，三水我是了解的，他就是和我学了那么点本事，可是最近据说他还不用了，等等。他为什么不用了呢，我怎么就没有早点儿动动脑子呢？

林凡讲到这里，赶紧回自己的实验室去了，青皮爷被他弄得莫名其妙。在后面叫了他两声，他也没回头。青皮爷也觉得自己发脾气不是事，解决不了什么问题，还是和林凡好好商量一下下一步怎么走法吧。可这林凡又神经病似的走了，这到底是怎么回事呢？

二水和青皮爷谈完话后，就来到白沙滩，他想看望一下母亲。刚一来到河边，就看见白沙滩的渡口停了很多船，河岸两边还来了好多人，他奇怪，这些人是来干什么的呢？他来到院外后，远远地看见春芽带着好几个人在卖菜，大水在给那些买菜的人登记。二水近前问大哥是不是也想到市场上去卖呀？大水说：还用到市场上去，这不都找上门来了。

二水这才想起来，最近流行食用绿色食品，蔬菜也是食用绿色的。近一段时间春芽种植的蔬菜价格上涨得厉害，因为要货的太多，已经形成了紧俏货。瞎妈就说给他们涨价，把以前的价钱都涨回来。春芽还找人花钱在院外打了一眼深水井，深水井的水种植出来的蔬菜，更加青嫩、好吃。水井打好后，有人说装上一个水泵接上电，抽水浇地。瞎妈说不行，她非要让人给她装一架老水车，每天让那头草驴车水。大水抽着烟，吐出浓浓的烟雾，听了瞎妈的话以后，呛得他直咳嗽。

3

整个的白沙湾，就白沙滩这块地方是没有被开发的了。无论是从种植还是从建筑，这块地方都已经成为了引人注目的地方。二水几次和母亲商量，要开发这块地方，瞎妈就是不同意，而且说他要是再提这事情，就把他驱逐出家门。二水没办法，只好先把精力用在兼并国英公司上面。他已经看出来林凡的意志已经完全垮掉了，只是青皮爷还在硬撑着。

一过春节，放假回来，青皮爷就感觉到国英公司今年的订单非常不好，连维持都维持不下来。青皮爷在林凡那里大骂二水，并说自己看错了眼，引狼入室。林凡心里明镜似的，可他就是没办法劝青皮爷投降，因为，那样一来，他就在这白沙湾没办法待了。可是硬撑下去，又不是事呀，那不是混吃等死吗？林凡和三水谈了一次，三水目前也不好说什么，可能是居于他们之间的面子，三水作为林凡的学生不能开口。但三水倒是说了，搞经济不能在一个项目上吊死，可以开发新的项目呀。这道理林凡何尝不知道呢，可他目前的项目开发已经走入了死胡同，再加上有青皮爷这么个合作伙伴，想走新的道路希望不大。

二水不紧不慢地对青皮爷和林凡进行逼宫，这都是幸子在后面操作的。二水自从上次请青皮爷喝过酒之后，就再也没有找过青皮爷，好像把这事情给忘了。即使是见到青皮爷，他也不提这事情。只是耐心地等待着青皮爷和林凡的承受极限。国英公司眼见得今年是撑不下去了，要么被人兼并，要么破产。用青皮爷的话说，就是破了产，我也不能便宜你二水。

可是，事实证明，只有和二水合作，他才不会吃亏。而且也只有二水敢于接他这个烂摊子，也只有二水能接他这烂摊子。这几天，林凡算把这事情看透了，人家早在进来之前，就已经算好了，都是自己太信奉什么科学，搞什么狗屁技术，完全是在自己蒙自己。再加上青皮爷这只蠢猪，愚蠢的让人笑掉牙的主儿，还再做着春秋大梦呢。

事实上青皮爷现在也不敢再做梦了，今年的定单一回来，他的心里就毛了。这几年他享福、舒服惯了。那些个钱，他自己都不知道是怎么挣来的。市场经济的老虎就要让他先交点儿学费了，他现在还只是有点危机感，还没认识到问题的严重性呢。

大批的工人都被二水的公司给招走了，今年国英公司要是开业的话，可以说连上班的工人都没有。所以，国英公司今年必须要彻底整顿、改组，否则，这公司就真的要倒闭了。林凡在经过一番思考后，决定和青皮爷彻底谈一谈，让他早做准备。二人在青皮爷的家里，炒了几个菜，打开一瓶白酒，三杯酒下肚，青皮爷就诉起了委屈，先是埋怨林凡过节连面都不露，再就是说今年的定单不好，要林凡有个思想准备。林凡说我早就有思想准备，目前是我们下一步，你打算怎么走。青皮爷说怎么走也得走呀，不能便宜二水那小子吧?

林凡把现在的形势给他讲一遍，然后把自己的想法也讲了。青皮爷一听就跳起来了，大骂林凡：你是软骨头，你是叛徒，你让我看错了你……林凡知道他会暴跳起来，没有和他争辩，还是苦口婆心地解释着。并把二水的势头也给他讲了，然后又分析了被外人合并和被二水合并的差距。青皮爷是个聪明人，一点就透，他听着听着，酒劲就下去了，汗也下来了。

原来这国英公司已经是濒危了。这二水可够狠的，林凡说这就是商战，没办法。青皮爷说那你说现在我该怎么办？林凡说只有和二水去谈条件了，没办法，人家把我们给算计到家了。青皮爷说我心不甘呀？林凡说我心也不甘，但我们要输得起。

第二天，青皮爷在家宴请二水，林凡作陪。二水非常客气，在青皮爷没有提及兼并的事情之前，他一个字都不说。青皮爷说了他和牛家的关系，又说了他和白沙湾的关系，他希望自己还能在白沙湾发挥作用。二水明白他的意思，是想继续在合资公司里担任职务。马上说他可以提条件，林凡也可以提条件。林凡说我就免了吧。看得出来，他的神情很灰暗。青皮爷心里话，瘦死的骆驼比马大，我的公司就是再不成，也是一份家业呀，怎么就能轻易放手呢？

让青皮爷感到意外的是，二水并没有兼并他的公司，而是只要了一小部分股份。在条件方面非常优厚，由二水投入一个罐头流水线的资金，再建一个和二水那里一模一样的蔬菜罐头厂，只是为了保护投资方的利益，协议规定国英公司的商标使用权归国英合资公司所有，青皮爷对此也是无可质疑。这些优厚的条件让青皮爷很不理解，林凡到是理解了，他说这是竞争中求生存，人家西方的先进管理办法。青皮爷一头雾水，觉得有些心里不踏实，但好赖是自己还继续担任公司的董事长。是的，这事就是二水的心里也不踏实，还是幸子说得好，我们不能以亲情来管理企业，三水虽然是你的兄弟，但我们这是企业，不是家庭过日子，必须按照企业管理的规矩行事。

不管怎么说，青皮爷的心里还是高兴的，因为他摇身一变，又成为国英合资企业的董事长了，而且是鸟枪换炮，原来的拉达轿车，换了现在的奥迪。今后这白沙湾还是他是老大，而且权力更大，更威风了。这不，昨天刚签订完协议，电视台的记者就来采访，他又对着话筒说了半天，管它给不给播出呢。

三水对于二哥的做法真是不理解，这不是自己拆自己的台吗？给青皮爷上一套生产线，还不如给自己加一道生产线呢。那青皮爷怎么管理得了这样的先进生产线呢？二哥是不是发疯了？虽然是二水和他解释了一阵，可就连二水自己都没有理解呢，怎么能给三水解释的通呢？但是二水有一点他是信服的，那就是听幸子的，没错。

三水是搞企业的，这么多年来，已经有了足够的经验，但他还是没有理解二水的做法。晚上，他给林凡打了电话，要和他谈谈。见面后，三水谈了自己的疑虑。林凡说表面上看这是企业管理上的竞争机制，可这回我也是有些看不明白，但你还是相信你二哥，毕竟他不会欺骗你。林凡还是说:这回二水的做法确实费解。三水没有得到明确的答案，但林凡那句相信二哥的话，又给了他信心。林凡的神态不太好，三水也没有再深说什么。林凡知道三水已经成家，就没再提以前的事情。分手时二人还是相互地看了一眼，那意思是说多保重。

二水在一天晚上睡觉的时候，又一次询问幸子，问她怎么能明确地对三弟有个解释。幸子说：企业管理不是每个人都能明白的，现在我们是两家企业的管理者，没有竞争怎么行？再说，我们必须要让两个企业牢牢地牵制在我们的手里。二水说那为什么还给青皮爷一个董事长？幸子说这件事情你以后就会明白了。果然，流水线的基建工程刚一开始，资金就呈现了缺口。公司和银行商量贷款的事情，总经理是二水，二水出面协商贷款一事，人家银行不认头。非要董事长出面不可。由于青皮爷是董事长，可青皮爷不想出面，因为，这还不只是承担责任的事情，要是由他来贷款的话，那当初这协议就不能这么签了。可是，事到如今他不出面还不行，银行只认他青皮爷。你不出面，这就是违约，而且所有因此给公司带来的经济后果，都要由他来承担。这样一来，青皮爷就不得不去签字，由他来承担贷款的全部责任，而且没有增加任何效益。你说这青皮爷心里是多恶心？晚上回来后，他一边喝着酒，一边扇自己的嘴巴。二水这时候心里由衷地对幸子佩服得五体投地，以后对她更是言听计从。

由于三水的企业和青皮爷的企业形成了竞争，这就使掌握出口权的二水完全控制了局面，使他无形中就站到了裁判的位置上。不但三水失去了对自己公司的控制权，就是青皮爷也完全失去了在白沙湾的龙头主导地位。不光是经济上他要完全听命于二水，就是村里出去个人，他也要向二水汇报一下。因为这牵扯到公司用人部门的人事安排。到这时候，青皮爷才看出点儿道道来，这是入了日本人的圈套了。于是，他和林凡商量，怎么办，林凡想了想说：如果我们在合资公司以外，再另行注册一个公司，那定会是受我们与二水合同的限制，很可能要被二水认为是违约。但是，不另行注册体外公司，自己无异于等死。注册体外公司同样，也是死，既然都是死，那还不如拼个鱼死网破，就是将来上了法庭，我们也不至于穷死。同样，三水也面临着这样的局面，自从二水和青皮爷合资以后，自己的企业利润指标直线下滑。心里憋了一肚子对二哥的不满，可又有苦说不出来。如今商标的使用权和市场都在二哥的手里，自己一点自主权也没有，再这样下去，这企业就和自己没什么关系了。

三水和青皮爷是两个竞争企业的对手，在共同利益方面是无法交流的。即使是心里明白是怎么回事，也只能是听从于二水的安排和摆布。而恰恰在他们这两个竞争对手之间，却没有真正地感觉到对方是自己的竞争对手。同时，他们到都不约而同地感觉到，他们真正的竞争对手应该是二水。可他们明明知道他们的对手是二水，又没办法和二水进行竞争。因为，二水控制着他们企业的市场和有效的经营权，并且都是被他们认可的，受法律保护的。这就像一个家长把自己的儿子给养在别人那里，而这个人在欺负他的儿子，他却没有监护权一样。到这时候，青皮爷和三水，包括林凡也都看明白了，可谁又都无能为力，因为，已经签订了法律文书。也就是说，二水的所为已经得到了法律保护，青皮爷和三水的利益，已经完全要靠二水的施舍才能获得。他们必须要服从二水的安排，什么都要听命于二水的，否则他们的利益就不受法律保护。

二水在和幸子聊天的时候，他不时地流露出重权在握的感觉，每到这时候，他总是要抱着幸子亲吻一下。而每当这时候，幸子总是要说上一句：我们还做得不成，起码比起你妈妈来，还差得远。这话的意思是说，白沙滩我们还没有拿到手，我们的目的还没有达到。第二天，二水告诉青皮爷说，你赶快找地方吧，你那别墅盖在哪里呀？

第七章　男孩儿继祖

1

自从三水入狱之后，大水的神情就不正常。尤其是春芽的怀孕，使大水的心态向一个无形的地方转变了。变得谁都不知道他要干什么，谁也不知道他在想什么。就是他的亲妈——瞎妈也琢磨不透她这个儿子了，虽然她还在时不常地教训他，可她心里知道，这个儿子已经心不属于她了。像瞎妈这岁数的人，眼睛又不好使，已经到了得过且过的时候了。可大水的事情让瞎妈十分放心不下，因为，他最近和那头草驴黏糊上了，搞得他们形影不离。更为不能让瞎妈接受的是大水居然与春芽分居，很长时间不去春芽的房间。三水进了监狱，二水出走，就剩下大水，他又不和春芽在一起，这老牛家的后代找谁要去？难道真的让外人来给老牛家传宗接代？

虽然瞎妈教训了两次大水，可她心里清楚，大水并没有听她的话，按照她的意思和那头驴彻底断绝关系，而是更加变本加厉地自行其是，更加频繁地和那头驴没完没了地黏糊。瞎妈气得晚上整宿睡不着觉，可又没办法。因为家里的力气活都要指望大水呢，而且他干得还不错。

可这事要是让春芽知道了，说不好春芽就得跑掉，这是近来瞎妈最为担心的一件事。因为在瞎妈眼里，春芽是她唯一的希望，也是他们老牛家唯一的希望。只有春芽，才能使他们家延续香火，也只有能把他们的家业继承下去。可如今家里出了这样的事情，怎么能不让她瞎妈担心。

时光如梭，河水流逝。就在二水出走的几个月以后，那天春芽就要临产了，这件事在白沙滩来说可是件天大的事情。因为，白沙滩上就这么几个人，就这么几头牲口。大水里里外外地忙着，高兴得整天合不上嘴。晚上给瞎妈洗脚的时候，瞎妈说了他一句：有什么可高兴的？大水说再过几天，咱们白沙滩就又要添丁了。瞎妈知道他说的是什么，但心里很是不踏实。晚上，又加了一课神事，直到很晚她才睡觉。从这以后的几天中，直到春芽分娩，每晚上她都要加一课诵神的事情。好像不这样她就睡不着觉。时间很快，春芽分娩的那天到了，大水和瞎妈整天地盯在春芽那边，准备了一切必要措施，就等她的分娩。瞎妈一大早就起来了，饭也没吃，一直在神堂打坐。手里的木鱼在急速地敲着，就像她的心情一样。

就在春芽临产的时候，那头草驴却先下了一头小驴，可是，奇怪的是晚上那头小驴就死了。瞎妈认为这事不吉利，就让大水把那小驴埋了。瞎妈还烧了一炷香，接着，就是整晚地念经。

白沙滩的上空回荡着从神堂里传出的木鱼声，大水的两只眼睛紧盯着春芽的动静，终于要分娩了。在春芽撕心裂肺的叫唤声中，春芽一下就生出一个大肉包来，大水拿着一把刀子，上前，照着那个肉包就是一下，大水心里一惊，嘴上仍旧说了句：看看到底是什么？那个肉包被大水一刀刺破后，里面很快就滚出了一个东西来，那个东西一出来，就把大水吓了一跳。原来，大水把包衣刺破之后，里面滚出来的是个小男孩。"哇"的一声，他哭出来了，是个小人，这不是出现奇迹了吗？春芽当时就吓傻了，看着地上的小孩儿，半天说不出话来。倒是大水赶紧上前，把那个小孩抱起来，剪断了脐带，然后放进温水盆里洗了洗，就用布包起来，抱走了。随着那个小孩清澈的哭声，神堂里的木鱼声一下就停止了。

大水回过神来，赶紧回到春芽的床前。春芽眼睛直直地望着大水手里的那个小孩，心里充满了惊奇。她赶紧帮大水把那小孩用布包好，然后，问大水：这是怎么回事呢？是不是去跟妈说一声呀？大水说：我还以为是怪胎呢，原来是一个大儿子，不把妈乐坏了才怪呢。春芽高兴地说，那你还不赶紧向妈报喜去？

大水抱着小孩儿，来到母亲的房中。瞎妈已经正襟危坐，在等他们了。大水进来，一脸的喜兴：妈，春芽生了个小男孩儿？瞎妈听了后，虽然心里有所准备，但还是一愣神。大水抱着小孩儿进来，他把小孩子递给瞎妈，瞎妈抱过去，一只手在摸那孩子。她用手在小孩的脸上身上一个劲地摸。最后，她停下来，一挥手，示意春芽把孩子抱走。然后，示意大水近前来。大水近前后，跪在瞎妈面前。瞎妈用手摸着他的头，然后，突然抬手，照着大水的脸上就是一巴掌。吓得大水抱着小孩儿，一下就跪在了地上。大水一声不吭，他有些莫名其妙地望着瞎妈，又望着孩子。瞎妈沉思了一阵后说：以后这孩子就是你的儿子，你就是他的爹，春芽就是他的妈，他的名字就叫继祖。我们家有后了。

大水一听，高兴地起来抱着儿子就回自己房里去了。春芽虽然心里委屈，可又没有办法说什么。一方面，这白沙滩上新添了一个男孩儿，不管她叫妈，那管谁叫妈呀？可她毕竟是个没有生养过孩子的女人，虽说这是突如其来的男孩儿，怎么能没有感情呢，毕竟是自己身上掉下来的肉。只是瞎妈有话，她又不得不遵从。但从心里来讲，她还是喜欢小孩儿的。可是从另一方面来讲，她又有苦说不出。

自从这孩子来了后，就一直在大水的房间里，从来没有进过她的房间，也没有让她真正照顾过，大水对他真是无微不至地关怀。这小继祖自从会说话那天起，就一直管她叫妈。叫妈是叫妈，可他总是和大水一样，整天地泡在那头草驴棚里。基本上这孩子每天都在那头草驴的背上，那头草驴也是对他百般的温顺和祥和。这让管她叫妈的春芽看见，心里很不舒服。可当大水或者春芽把这孩子抱到瞎妈那里的时候，瞎妈从来没有吱过一声。但在小孩子幼小的心灵中，这个被他叫奶奶的人，是个厉害的瞎老太婆。因为，她总是在挑自己的毛病。

眼看着这孩子已经三岁了，为了给继祖过三岁生日，大水亲自到县城里去买东西，一大早，他就起来走了，而且是带着孩子走的。瞎妈早上做完神事后，就把春芽叫过来。她让春芽给她弄了一碗黄豆，她从身后拿出来一个纸包，打开后，把纸包里面的白粉倒在黄豆上。然后，让春芽扶着她，来到了驴棚。她让春芽把那头草驴拉出来，她把那碗黄豆递给春芽，然后，自己用手摸着那头驴的头。那头驴跟她显然是有很深感情的，它用嘴舔着瞎妈的手。瞎妈伸手从春芽的手里要过那只装着半碗黄豆的碗，拿到那只驴的嘴前。那头草驴犹豫了一下，然后眼泪就下来了。瞎妈用手拍着它的头，它就张开口，慢慢地吃起了那半碗黄豆。春芽看着瞎妈和草驴，心里难受，但强压制住自己的感情。

那头驴一口一口地吃完碗里的黄豆，然后，用哀求的目光看着瞎妈。身体在晃了一下后，就缓缓地倒下去了。那头草驴倒下去后，一直用眼睛望着瞎妈，好像在诉求着什么，可是瞎妈是看不见的。春芽拿来一块布，盖在草驴的头上，遮住了它的眼睛，只等大水回来后，再处理它的尸体。

大水抱着继祖在城里玩了一圈，该买的东西都买了。小孩子还没玩够，他被一个卖糖稀的吸引住。要不是大水突然感到身体发冷，他们还不回来呢。大水突然感觉自己的身体一阵阵发冷，心里慌得有些把持不住。他赶紧抱起小孩儿，上了往回赶的公共汽车，到家的时候，天已经擦黑了。

回来后，瞎妈把他叫到了自己的房间里，瞎妈让春芽把孩子抱到她自己的房间，然后母子二人就交谈起来。春芽把继祖抱回自己屋里，她哄着小孩儿玩儿，可她的心一直在瞎妈那边。正在她放心不下的时候，突然听见瞎妈的房里传出大水“嗷”的一声叫唤，接着就听见他大哭起来，然后，就看见他跑出了瞎妈的房间，直接朝驴棚跑过去。

这一晚上，继祖是在春芽的房间里睡的，这是他头一次在被他叫妈妈的人的房间里睡觉。这一晚，大水是在草驴的身边度过的，天一亮，就见大水在河边挖坑，然后，他把草驴的尸体拉到板车上，拉到河边他挖好的坑里，埋了。他还在那里栽了一棵树，以后的日子里，每天没事的时候，都见他在那里坐着发呆。而小继祖，每天都和春芽住在一起，出来进去的，由春芽照顾。大水有时候见到他，也就是抱一抱，再没有过分的亲近过。

继祖到了上学年龄时候，春芽每天都划着船送他去临村上学。白沙湾村里也有小学，还不错，可是，瞎妈说还是临村的学校好。但，一来二去的，白沙滩大水和春芽有个儿子的事情，还是传了出去。首先令听到这个消息后，不安的人，就是青皮爷。

青皮爷一直怀疑自己和春芽的那次结合可能会有结果，而且春芽一直就有怀孕的风言风语。上次春芽住院，说是流产，可是真流没有，还很难说。而今，突然间白沙滩上冒出来这么大一个儿子来，这可是件让他心里不踏实的事。为此，他托人到临村的小学校去，反复查了那个孩子的履历表。时间上有些对不上，差了将近一年。他和春芽有事那年，槐花三岁多，按时间推断，这孩子应该是八岁，怎么登记表上的年龄会是七岁呢？青皮爷是什么人呀，他是骗人的人，怎么能轻易被人给骗了呢？所以，他又到了派出所，查了一下户口登记，结果让他查出来了漏洞。那户口登记上明明写着“出生具体日期不详”的字样。这就增加了青皮爷的疑心，他一定要把这事情弄个水落石出。

然而，事情没有那么简单，瞎妈是什么人呀，瞎妈自从知道了青皮爷要纠缠这事情之后，就和大水、春芽都交代了，以后，凡是青皮爷过来纠缠，你们都不要言语，就让他闹，闹得越厉害越好。大水和春芽都明白母亲的意思，他们很佩服母亲的老到，坚决执行着母亲的计划。任凭青皮爷怎么闹，他们都是以理相待，这样就更加增加了青皮爷的疑虑，他的想法就更加丰富了。

于是，白沙湾就传起了继祖是青皮爷的私生子的说法。由于白沙滩上人员对此事态度的暧昧，就更加引起了人们的好奇和猜测，就更加壮大了青皮爷的胆色。于是在青皮爷的脑海里，正在酝酿着一个夺回儿子的计划。可这总归是个没有证据的事情，而且还涉及法律问题。如今这事情要是闹起来的话，从法律角度讲赢的可能性不大。于是他就暂时把这事先给压下来了，等待时机，对准机会再说。

可是，在白沙湾的村里，瞎妈的目的达到了。大家都以为继祖是春芽生的，又都以为这孩子不是大水就是青皮爷的。所以，这孩子可以名正言顺地在社会上混了。瞎妈每每在诵神的时候，总是把这一功劳归功于神祖。是神祖给了她一个大孙子，又是神祖给了她孙子一个名誉的身份，又是神祖保佑着她的孙子长大成人。

牛继祖的成长和其他白沙滩上人不一样，他是在无拘无束的环境里成长的，而且他还有很多别的人没有的优惠条件。他可以在白沙滩以外的地方自由地来往，甚至可以随便出入青皮爷的家。这一点对于青皮爷来说感激非常，他几次想去感谢瞎妈，都被瞎妈谢绝了。在他的心里已经确信无疑地认为这孩子就是他的，要不然，瞎妈为什么对与他与继祖的来往不加阻拦呢?

最初一次是继祖到村里的一个同学家里玩，回来的时候正好路过青皮爷的家门口。青皮爷正好撞见，就把他拉回了自己家里。二人谈了一会儿话，青皮爷见这孩子聪明伶俐，心里就喜欢上了，觉得这才是自己真正的儿子。于是，以后就总是想办法把他往自己家引。一来二去的时间一长，瞎妈就知道了，谁承想，瞎妈根本就不干涉。于是，青皮爷的胆量就越来越大。

有时候，继祖从青皮爷这里走，顺便带点儿东西回去，瞎妈也是不声不响地收下了。就是春芽有时候到村里来，他们见面后，也比以前温柔多了。总之，就是一条，只要他不去白沙滩上，什么都好说了。所以，青皮爷对继祖的成长非常上心，总是悄悄给他钱花。这小继祖也是聪明过人，口齿非常伶俐，见什么人说什么话，把个青皮爷给弄得团团转。有时候可以说是小继祖要什么，青皮爷就会给什么。不知不觉中继祖就长大了，他初中毕业了。

2

槐花十分珍惜自己的工作，一般情况下都住在单位里。有几个星期没回家了，想回来看看，周末放假回来休息一下。顺便看看父亲在电话里说的那个小伙子是怎么回事，父亲是从来不夸奖人的，这回他说这人不错，肯定是有什么特殊的地方。她心里有些好奇。就问父亲这是怎么回事？因为，她心里想这不会是父亲给自己找的对象吧？就是找对象也不能在村里找呀？父亲是不是又在犯神经呢？可是回家一问，父亲说这孩子很招父亲喜欢，自己有意要收一个干儿子。槐花心里的疑虑虽然打消了，可又有些不平衡。虽然居于自己和父亲的关系，不便干预，还是闹了一段时间的气。当她和继祖接触了几次以后，感觉这小弟弟还不错，跟她挺说得来的，于是就喜欢上了这个小弟弟。这时候继祖岁数还小，不懂人间之事。二人连玩带闹的，就这么亲姐姐热弟弟地叫着，槐花倒也没有往别处想过，毕竟他比自己小那么多，他们之间发生什么事情是不可能的。但她心里还真是喜欢这个小弟弟，因为她确实缺个弟弟。继祖的出现，某种程度上讲正好弥补了这一点。他们亲亲热热的样子，青皮爷看着挺开心。觉得自己女儿虽然不一心了，可这儿子将来会错不了。

槐花毕竟是过来人，情窦已开，看见家里这么一个聪明可爱的小弟弟，就想起了以前和德全的情素，有时候心里不免要动一动。可听说是父亲要认继祖为干儿子，她心里有些不舒服，可又没办法和父亲讲。另一方面，继祖又确实比她小那么多，这还是个不好逾越的难关。可这事一放在心里，单位的班就没办法集中精力上了。只要一有空，她就往回跑，自己也不知道是怎么回事，大多有些不由自主的，她的心已经被小继祖给挂上了。然而，继祖毕竟年岁比较小，把她只是当个姐姐看，在她面前撒撒娇什么的。可一这样，就更加使得槐花心里有想法了，尤其是他们单独在一起的时候，她总是拿出一些好吃的给继祖。总之，她有什么好吃的，好玩的都想着继祖，于是继祖也对她有了感情，产生了依赖性。继祖有时候回家还把这些事情和母亲谈。春芽可是过来人了，她从继祖的言谈话语中，已经看出来槐花对他的感情。于是，她就把这事情和自己的想法对瞎妈讲了，瞎妈听了后，没想到却说：年轻人，就由他们去吧，管他们干什么？春芽见瞎妈是这么个意思，也就不再多话了。所以，继祖在家里享受母爱，在外面又有了一个姐姐的爱，让他每每想起来，心里甜滋滋的。

二水的女儿叫佳子，她比继祖小几个月，所以，要叫继祖表哥。三水的儿子叫大圣，是小红发洪水那年怀上的，算起来比继祖小两岁。可这大圣是个先天残疾，长了三只脚，只等医院医生的安排，时机一对上，就要做手术。二水从日本带回来两辆雅马哈牌的摩托车，给自己女儿一辆，给了继祖一辆。给大圣一辆三轮摩托，也是世界上最好的三轮摩托车。此后，这白沙湾就经常看见一对金童玉女开着两辆摩托车在街道上穿行，这也在当时成为村里的一道风景。

这佳子和继祖是两小无猜的叔伯兄妹，双方都比较简单。然而，槐花可不这么想，自从她看见继祖他们兄妹骑着摩托车穿行在大街小巷之后，心里就有了一种醋意。有一次她从外面回来，对父亲说：继祖每天都骑一辆摩托车在街上乱跑，您也不管管？青皮爷说：小孩子家玩玩闹闹的，管什么？槐花说：他和那个女孩子在一起，都传出闲话来了。青皮爷说：那怕什么？他有本事把她娶家里来才好呢。槐花见和父亲说不通，转身回自己房间生闷气去了。

当然，槐花有她自己的想法，她现在是情窦已开，经历了一些人间的男女之事，自己的生理变化，也在促使她介入男女结交问题。可她并不想找一个比自己小那么多的男人做丈夫，这继祖的出现，实在是个误会。这误会又时常左右着这个情窦已开的女孩儿的心，让她不能自拔。本来父亲可以帮助她，可这父亲又不是什么正经人，这方面很难说上话。所以，就使得她在这条畸形的情感轨道上越走越偏，至今不能自拔。

三伏天，热得不的了，单位放了一个星期的假，当天槐花就从单位里跑了回来。出办公室之前，她打了个电话，要继祖开着摩托车去车站接她。虽然天气很热，但她还是紧紧地抱住继祖的后腰。继祖为了在她的面前炫耀技术，车开得飞快，弄得槐花在后面一阵阵惊叫着，使她的双臂抱得更紧，她的胸紧贴在继祖的后背上。继祖爽朗地笑着。他们回到家的时候，摩托车一直开进了屋里，青皮爷不在家。由于天气炎热，他们身上的衣服都被汗水湿透了。于是槐花建议洗个澡，继祖也感觉身上汗出的难受，就让槐花去烧水。水烧好后，槐花让继祖先洗，继祖就不客气，脱掉衣服洗起来。槐花等继祖进到浴室后，把热水关上了，于是，继祖在里面喊没有热水了。槐花又打开阀门，然后来到浴室门口，看着里面一丝不挂的继祖说：你是不是把阀门弄错了。继祖说没有错，不信你进来看看。槐花推开门进去后，拧着阀门说：你看怎么会没有热水呢？是你在说谎。于是打开了水门，调好了温度，可是自己的身上仅有的一件薄背心已经被水淋透了，面对一丝不挂的继祖，面对槐花已经透明的成熟女性身体，那一对尖挺的乳房和在湿透的白背心下映出的乳晕，已经使继祖心神激荡无暇自顾。继祖和槐花他们在相互盯着对方的身体看了一阵后，突然紧紧地抱在了一起。

槐花是过来人，懂得风情之事，很快就把继祖给弄得寐迷三道了。槐花的这一个星期假，继祖都泡在青皮爷的家里。而最近在百忙中的青皮爷，一直就没想到这继祖会和自己的女儿有事，在他眼里继祖还是个孩子，他们年岁又差那么多，再有就是继祖一直跟他的小表妹关系不错。自己的女儿岁数那么大，又是一个破烂货，谁要她呀。可这离奇的事情就这么发生了，而且完全是在青皮爷的眼皮底下发生的。这个打雁的主儿，这回又一次让雁给啄了一只眼。谁让他最近那么忙呢。在泡别人的女人的同时，自己的女人也在被别人泡着。

幸子要回日本一趟，二水由于最近脱不开身，不能跟幸子一起回去。幸子只好带佳子走。佳子提出了要带继祖一起走的要求，二水和幸子都同意了。于是，二水和大水、春芽商量，二人不敢做主，只好去请示瞎妈。瞎妈同意继祖跟幸子去日本玩一玩，开开眼界也好。于是，他们就定好了机票，准备后天动身。这事情槐花知道后，心里很不高兴。尤其是听说继祖和佳子一起去，想起父亲说的那句话，这让她心里如同打翻了醋瓶。晚上回来和继祖好一阵闹，临了，还是没办法阻止继祖出去。但她给继祖定了三规六律，要他一路上要注意，不许和佳子发展关系。

当青皮爷听说继祖要去日本的时候，心里一动。那是槐花出于醋意，向父亲说的。青皮爷感觉这里面别再有事吧？因为此时，正是他和二水的公司争斗白热化时期，这继祖要是被弄到日本去，那不就等于送去个人质吗？他赶紧找到三水，把事情经过一说，三水觉得二哥没有那个意思。再说了，他把人弄走了。企业还在这里呢，又搬不走。至此，青皮爷才将信将疑地听从了三水的话，但心里还是不踏实。于是，他把继祖叫来，说要他记住，到了日本后，什么条件都可以答应他们，就是一条，不能长期在那里逗留。唯独这一条不能答应，一定要回来，要尽快回来。说着，他把继祖抱在了怀里。这慈父般的温暖，他只有在大水那里享受过。于是，他的心里对青皮爷也产生了那种情感。

继祖和幸子来到日本，幸子的家乡在东京。东京是个大城市，继祖一到，就感觉眼花缭乱的。幸子这次回来是工作需要，她在安排了和自己的家人见面后，就一心忙工作去了，把佳子和继祖二人扔在了家里。佳子是个纯真的女孩子，对继祖也是感情很深。在陪着继祖游玩了几个地方后，大家都感觉有些累了，就决定休息一天。

佳子是个感情丰富的女孩儿，对她这位表哥可以说是一往情深。这次回日本就是她竭力主张带表哥回来的。她要使表哥的眼界彻底开阔起来，让他尽早走出那个小村落，干一翻大事业。同时，也带着一种朦朦胧胧的情素，让她无所适从。来到东京后，继祖的眼界大为开阔，感觉也非常好。佳子的目的达到了，而且感觉表哥是个聪明人，心里很欣慰，可又有些惆怅。

二人一起在东京最好的一家料理店，吃了一顿正宗的日本料理。虽然继祖对生鱼生肉还有些不适应，但吃起来还是感觉蛮好的。他们又喝了日本的清酒，二人都喝得满脸通红。回到家里的时候，二人都不知道是怎么回来的，最后也不知道是怎么睡着的了。

早上，继祖还没有起床。佳子就进来了。说给他做好了早餐，要他赶紧起床吃早餐。继祖还沉浸在自己的睡梦中，他在和佳子游戏，佳子和他在荡秋千,二人荡到了天上，在白云里飞。他们来到了一个开满鲜花的地方，降落下来后，他们沐浴在花雨中。突然，槐花出现在他们面前，槐花在朝他招手，佳子拉着他不松手，槐花哭了，佳子也哭了……他惊醒了。

星期六，幸子没有出去，说今天陪继祖办一些事情。吃过早餐后，幸子就带他们出去了。他们来到一所学校里，幸子是来给他们报名的。

她说要继祖和佳子一起在这里上学。学成后，回国去参与公司的高层管理工作。可是，此时的继祖脑海里想起了青皮爷的那句话，他不能答应幸子长期留在这里上学的要求。回到家后，他对幸子婶婶讲了自己的想法，幸子对于这么年轻的孩子不能上学，很感到失望。

晚上，幸子又带着继祖和佳子去洗了温泉浴。继祖感觉今天拒绝了幸子去上学，很对不住佳子和幸子婶婶，可又无法违背青皮爷给他规定的界线，他只能等机会回报她们。

他们又在东京玩了几天，幸子的工作完成后，他们就回国了。继祖按照幸子的要求，把从日本带回来的礼物分成了几份，分别送给奶奶、爸爸、妈妈和叔叔等人。最后，他来到青皮爷的家里，当他把礼品送上去的时候，青皮爷高兴得流了眼泪。青皮爷给他办的接风宴席最丰富，也最隆重。第二天，青皮爷就来到了白沙滩，他和瞎妈进行交涉，说要委任继祖为白沙湾的副村长，并向上级提议作为白沙湾的村长接班人。瞎妈听了青皮爷的意见后，没有反对。青皮爷很高兴，临走时瞎妈却突然留青皮爷在家里吃饭，这让青皮爷受宠若惊。

晚饭是在大水和春芽的陪同下吃的，瞎妈没有过来。春芽的神色很冷淡，大水也是客气了几句话后，就沉默不语了。虽然晚饭吃得有些尴尬，但这对于青皮爷来说已经是很不错了。起身告别的时候，大水和春芽都没有送出来。这青皮爷也可以理解，二人都有不便的地方。

晚上，瞎妈把继祖叫到跟前，反复询问了他在日本的情况，并对他以后的发展提出了要求。要他把握好眼前的时机，和青皮爷搞好关系，学会当好村里的领导干部，最后还有一点就是不许动白沙滩上的一草一木。继祖都一一对奶奶做了保证。而后继祖对奶奶讲了自己和槐花的关系，奶奶没有言语。他又讲了自己和佳子的关系，奶奶说不能再和佳子发展关系了。继祖向来对奶奶言听计从，决定从此和佳子断绝关系。

奶奶又告诉他，他的母亲永远是春芽，他的父亲永远是大水。别听外人瞎说，要自己把握住。更不要对外人讲的话认真，要学会利用各种关系，达到自己的目的。瞎妈对于有这么一个听话的孙子感到很自豪，她决心利用有生之年，帮孙子做成几件大事，同时也完善一下自己。把自己以前在三个儿子那里失去的东西，在继祖这里找回来。但是继祖与佳子的关系倒是让她心里不踏实了，因为这事毕竟牵扯到了二水。

3

继祖当上副村长的事情，是村里人预料之中的，只是没有料到会这么快。而完全没有预料到的倒是二水和幸子，他们认为继祖的决定太过轻率了。年轻轻的不去国外留学，反而回到这村里面当什么副村长，没有大出息。最难受的当然还是佳子了，继祖已经明确表示不再和她来往，而且是为了公司的利益。佳子简直有些痛不欲生的感觉，在家里哭了好几天。当然，还有幸子，她对于继祖的留恋程度也不比佳子差，可是，继祖就这样决定了，这是谁也更改不了的。

十九岁的继祖当上了村里的副村长，这是白沙湾的一件大事。从瞎妈的角度讲，这是一件非常反常的事情。春芽在白沙滩上这么多年了，她印象中，一直是白沙滩的人不过问河那边的事情，可这回瞎妈在继祖身上却一反常态，什么事情都是和以往反着。春芽有时候有些不明白，可又没办法和大水交流。这大水近来一直是很少说话，有时候一个月也说不了一句话，简直就是个植物人。而继祖每天回来就和奶奶在一起，好像和奶奶有说不完的话，有时候还在奶奶的房间里睡了，即使是回屋里来，也是很晚了。尤其是继祖当上了这个副村长以后，几乎和她没有什么话可说了。他的眼睛里，除了奶奶就是青皮爷，每天都是在和村里的人打交道，吃饭都在村里吃。大水是个木头人，无所谓，可春芽不成，由于她和继祖这些年的接触，使她对继祖有了感情。她是他名义上的母亲，也是他实际上真正的母亲。春芽正是需要爱与释放爱的时候，她从生理上和心理上都需要继祖。于是她决定改变这个现状，要把继祖拉回来。

晚上吃完饭后，她把继祖叫到了自己的房里，问他最近都在干什么，继祖说：妈您就别管了，这些事情您也管不了。春芽让他去看看他的爸爸，他硬着头皮去了，见到大水以后，叫了声爸，大水看了他一眼，没理他。他坐了一会儿，又说了几句话，大水还是不言语。他见无趣，就转身出来了。临出门时，大水说了句：外面天凉了，注意多穿衣服。继祖尴尬地应了一声。

回到房间后，春芽问他为什么不和母亲说说心里话？继祖说：您整天在家里闷着，外面的事情什么都不知道，怎么和您说？春芽一想也是，可自己心里又需要继祖的感情。于是，就一把抱住继祖，哭起来。继祖见母亲激动了，就赶紧说以后多和母亲聊天，不再冷落母亲了。于是，二人就抱在一起睡觉了，继祖把头扎在了母亲的怀里，大有相依为命的感觉。

第二天是星期五，他要去接槐花，可是上午槐花从法院打来电话，说今天不回来了，要去外地开案情分析会。一下午都没事干，他就来到了街上的小吃店，要了一盘菜，让服务员给拿了一瓶啤酒，就一个人喝起来。正喝着，就听见外面一声叫喊：哟，副村长，怎么一个人喝起闷酒来了？说话的是村里西菜园张顺的女儿，叫张丽。这张丽是才从外面打工回来，在外面挣了点钱，回家后想在家乡搞个买卖。她一进来就坐在了继祖的对面，并说今天的酒菜钱都由她付了，又要了两个菜和两瓶啤酒，说今天她要陪副村长喝酒。继祖知道她有事要求他，就也没推让。

两瓶酒喝完了，继祖问她有什么事，张丽说想在村里开个洗头房，能不能给批块地方。继祖说那是好事呀，回头村里开会时我给你说说。张丽一听高兴得还要上酒，继祖说今天喝够了。于是，二人结账就出来了。张丽见继祖这么给面子就拉他去家里喝茶，继祖也没推辞，就跟着她走了。

这张丽在外面打工好几年，是见过世面的人物。继祖跟她回到家里后，她就把继祖让到了里屋的炕上，给他沏了一壶浓茶。接着就聊起了她的洗头房将来的规划，还承诺说将来继祖要是去洗头，保证挑最漂亮的女孩给他洗。继祖由于心里有事，有些不痛快，又喝了点酒，就和她聊起来。张丽见副村长这么知心，就也没把他当外人。聊着聊着，二人投了机，竟然拜起了干兄妹。这张丽是何等的聪明，趁着酒劲儿，赶快烧起了两炷香，二人磕头拜了把子。

事后，果然在村委会上，继祖就把这张丽要批一块洗头房的地方的事情提出来了，青皮爷觉得没多大的事，就在会上通过了，没过多久这事就批下来了。张丽觉得自己这回这干哥哥没白拜，于是就又请继祖喝了一回酒，这回酒喝的可跟上一回不一样，这回是在县城里边喝的。有陪酒的女孩儿，可继祖是见过世面的人，哪会在乎这些个，张丽觉得自己这回还真走了眼。

之后，没几天，这丽丽洗头房就开张了。继祖一趟也没去过，虽然是张丽请了他几回，这青皮爷可没少去。自从张丽和青皮爷搭上后，就很少再去找继祖了，自从这张丽在村里开了洗头房，青皮爷是一有空就往那里跑。自己的家简直都不回了，槐花最近有个案子，总是脱不开身，也总是很少回家。所以，继祖近来去青皮爷的家里也次数少了。

张丽虽然和继祖拜了干兄妹，那是一时的权宜之计。如今把青皮爷给黏上了，那可是白沙湾的实权人物，不要说在村里，就是在公社，在县里，也得让他三分的人。她是在外面闯荡出来的人，心里分得出来轻重。所以，她把全部的心思都用在了青皮爷的身上。绑定一个青皮爷，就不怕买卖做不起来。更何况他青皮爷也好这一口。

这青皮爷本来就是一只爱粘腥的猫，这张丽又是浑身腥味的臊狐狸。所以，只要青皮爷一见到张丽，就浑身酥软酸麻，那个贱劲儿就上来了。张丽一个媚眼儿，青皮爷的脚就往别处走不动了，会不由自主地往张丽的身边跑。几次下来，张丽就找到了他的软肋，把他治的舒舒服服。张丽这洗头房已经成了青皮爷的甜蜜窝，别说进来享受，就是每每想起来，他心里都麻酥酥的。心里那叫一个爽，从心里感激继祖，这孩子真孝顺。

最近，片警小刘对她这里盯得特别紧，几次过来检查她的毛病。她几次提出来请他吃饭，小刘都没应。没办法，张丽只好把这事和青皮爷说了，青皮爷当即就说那还行，还反了他了，他这身警服还想不想穿了？于是，把派出所长叫来了，由青皮爷吃喝玩乐地陪了一个晚上，张丽就把派出所搞定了。

槐花回家来了几次，都没有见到继祖，就是连自己的亲爹也没见着。开始还以为是为他们公司那官司的事情忙，后来就听见村里有议论，说洗头房什么的。她就多了个心眼儿。因为这村里就是青皮爷和继祖说了算，村里建个洗头房，少不了他们爷两个去。果然，她在村里一细问，才知道，这洗头房老板是继祖最近新认的干妹妹，这下她的火就上来了。她风风火火地来到洗头房，进里面一看，正好看见青皮爷搂着一个比她还小的女孩儿在亲嘴。她上前就把里面的桌子给掀翻了，接着就大闹起来。青皮爷见是自己的女儿来了，惊慌得赶紧推开那个女孩儿，跑回了家。槐花不管她父亲的事情，却和店员不依不饶起来。她挨个地房间找人，她是在看继祖是不是也在这儿。结果没找到，正赶上张丽进来，就和张丽吵起来，还扬言要烧了她的洗头房，吓得张丽直说好听的，赔不是。槐花见她软了，就趁机问起了她和继祖的事情。张丽说我和继祖是干兄妹，她的话音刚落，槐花就给了她一个大嘴巴，打得张丽晕头转向的。槐花闹了一阵，火气也出了，这才转身出去了。张丽受了委屈，知道这槐花是青皮爷的女儿，又是法院的法官，得罪不得，可自己也是继祖的干妹妹呀？于是，她找到继祖，就从前到后地诉起苦来了。继祖听了后，心里很为她不平，可事情涉及青皮爷和槐花的事情，又不好多说。只好说等我回去给你疏通一下，你还是先开你的店。

最近继祖又接了青皮爷的一件难事，就是和二叔的官司。青皮爷与二水的官司，最近要进入审理阶段了。由于青皮爷私自成立与合资公司同名的同类企业，违反了当初和二水公司的协议合同，二水把他青皮爷告上了法庭。在这白沙湾，在他的管辖范围内，竟然有人敢告他，这让他很恼火。可居于二水在白沙湾盘根错节的关系，他一时还拿不出什么好办法来对付这场官司。继祖是自告奋勇承接这个官司的，他要为青皮爷排忧解难。青皮爷经过反复思考，觉得继祖说得有理。继祖来出面打这场官司是再合适不过了。因为，这样来说就把一件扯不清的事情明朗化了。也使他从公私不分的尴尬境遇当中解脱了出来。更深一点来说，这场官司由于继祖的介入，就演变成了他们牛氏家族之间的利益之争，他青皮爷只有渔翁得利的份儿了。

二水不明白继祖为什么非要搅到这场官司的浑水当中来，更没有想到瞎妈居然支持他继祖搅和进来。二水对瞎妈的介入，心里感到恐惧。因为，他知道母亲的厉害。这也许就意味着他二水这场官司已经输定了。可是，他就不明白，母亲为什么要看他输呢？这是不合常理的呀？左思右想的，琢磨不透。为此他特意回家，看望了母亲，想从母亲那里知道一些母亲的真正用意。可当他回来见到母亲后，瞎妈并没有给他明确的意思。大多数时间都是在静默中过去的。他临走的时候，瞎妈说了句：把心思用在正地方上，法庭上要依法行使自己的权利，别走歪门邪道。二水有些一头雾水地从白沙滩回来，把经过和幸子说了，幸子也没有想出来什么好办法。

瞎妈之所以同意继祖替青皮爷来料理这场官司，也是经过深思熟虑的。首先，二水是她的亲生儿子，虽然有外商这棵树靠着，但毕竟是和青皮爷这个坐地虎打官司，是输是赢都不好。再有就是三水和二水的官司也是迟早的事，两个兄弟都是自己身上的骨肉，伤了谁都不好。继祖的介入，首先把二水和青皮爷的利益冲突就化解掉了，变成了家庭内部的冲突。这样也给未来的三水和二水的官司制造了一个缓冲，使得矛盾都变成了家庭问题。另外一方面最为重要，就是让继祖在她瞎妈的全部掌控之下，进行了一次实战演练。

事实上，按照瞎妈的想法，二水起诉青皮爷也跟起诉继祖差不多。因为继祖现在无论是于公还是于私，都已经是这白沙湾的半个主人了。所以，继祖来应诉这场官司，明着是为青皮爷解难，实际上是在为自己将来正式接管白沙湾的掌控权做预热准备。即使是继祖来打这场官司，实际责任人和决策人也只能还是青皮爷，只不过脸面上要比青皮爷自己来打好看些。而对于继祖来说，这场官司的结果不管怎么样，都会因为这个事件，奠定了他在白沙湾的位置和威望，从而给牛家人在白沙湾的影响力增加不少的点数。这一点，在整个的白沙湾也只有瞎妈看得透。

三水和二水的官司是三水起诉二水，但这场官司的诉讼一直没有进行，其原因就是三水考虑到瞎妈的承受能力问题。当他看到继祖要替青皮爷打官司的时候，他心里已经有了底。他通过和林凡交换意见，也看出来一些瞎妈的想法，但又吃不准。最起码能感觉到，瞎妈是在有意地培养继祖，这就使本来已经扑朔迷离的案情，显得更加复杂。其复杂的主要原因，就是因为瞎妈又搅和进来了。林凡要三水注意，说弄不好你们会自己跟自己打起来官司来。三水也感到自己的事情面临挑战，而且是和亲情的挑战。

继祖晚上回到家里，把村里的事情对春芽讲了。春芽宽慰他，并给他出主意。继祖感觉母亲并不像他想象的那样无知，而且有些问题看得很在点上。于是就和母亲聊起来。上床睡觉的时候，二人聊了大半夜，聊得继祖深感母亲知心，不由得和母亲在感情上又近了一层。天太晚了，春芽说别聊了，该睡觉了，继祖说有些心里不踏实，就和春芽撒起娇来。春芽也是好几天没见到他了，心里本来就想得厉害，再加上母子二人又聊得这么投机，就把他搂到自己怀里。继祖把头埋在她雪白的胸上，充分享受着别的女人给予他不了的母爱。他的头在她的怀里蹭着，她的奶头在他的脸上滚着，继祖顺口把乳头儿含在嘴里。因为他毕竟经历过了男女之事，他的手在她的胸上搓揉着。春芽毕竟是他的亲生母亲，在如此强烈的刺激下，神智马上就有些晕眩。继祖把自己的身体紧紧地贴在她的身上，双手紧紧地抱着她的身体。她的身体有些瘫软，当继祖的手又要往别处摸的时候，她把他推出了被窝。然而，继祖回到自己的被窝后，就低声哭起来，春芽见继祖哭了，就赶紧又把他拉回来。因为，继祖一直都是和她一个被窝睡觉的。如今继祖长大了，有时才分开被窝睡，但有时候也还是她搂着他一个被窝睡。所以，又把他搂进自己被窝里来。继祖老实地睡着了。春芽抚摸着熟睡的继祖，像个大孩子一样，看到他这么听话，心里感到一阵安慰。

第八章　春芽的烦心事

1

从城里的人都到白沙滩买春芽种的菜开始，春芽和大水就开始在院外的菜地旁打水井。按照瞎妈的要求，他们打了一眼深水井，水质非常好，三伏天打上水来后，拔凉拔凉的，而且是甜口。用这眼井水种出来的菜又一个味儿，那是清香甜脆。那些城里人别说挺早就来排队，就是提前几天来，也买不上货了。因为，春芽种的菜早就让城里的机关和老干部局给预先定完了。不要说现在，就是以后几年的货都定出去了。

市科协还专门派人来向春芽学习取经，总结蔬菜种植经验，还要把春芽的经验写成教材，进行全面推广。这样折腾了一段时间后，他们又把目光瞄准了春芽打的这眼机井上。他们把这眼井的水样取走化验，结果回来后，说是这眼井的水里面含有多种矿物质，可以延年益寿。这下可不得了了，大小小的人物都往白沙滩上跑，这个要喝长寿水，那个要吃延年菜。还有的要开发矿泉水的，也有要搞度假村的，有的更干脆，要和她联合建河神庙。总之，只要你吐口，干什么的都有。

河神庙以前本来就是乞讨人员的聚集地，如今这里人气旺盛了，那些乞讨人员也就又回来了。春芽本身就是乞讨出身，而且以前就是这群人里的一员，看见这些人就想起了过去的自己和死去的妈。于是，她就在门口支了一口大锅，每天都熬一锅粥，只要有乞丐过来，就给他们吃粥。一来二去的她和这些乞丐就混熟了，这帮人认为春芽人心眼好，和她还挺近乎，从来也不在这里给她捣乱，人多的时候，还帮助春芽维持秩序。所以，有时候领导来参观，做神事的时候，春芽就用这些乞丐给她充当虾兵蟹将。过后，给他们一些工钱，再管一顿饭吃。时间一长，难免这些乞丐就被人认出来了，村里人就有了议论，说白沙滩的河神庙里是一帮乞丐在装神弄鬼，不可信。你爱信不信，你爱来不来，春芽本身就没指望谁信，也没指望谁来，没人来更清静。他们实际上也就是借着这河神庙连神像都没有的几间破房子，混个栖身的地方而已，谁也没想诚心供奉什么神鬼。

这些乞丐也是跟着人气走，河神庙这几间破屋，在瞎妈他们没来之前，只不过是他们栖身的临时场所。瞎妈一家来了后，他们就走了。现在这里人气旺盛起来，他们认为这里有饭吃，就又回来了。凭着这几间破屋，凭着春芽的好心眼，他们就能有饭吃，就能活着，什么神不神的，他们才不管那些呢。

白沙湾由于土地开发过头，已经没有什么可再开发的地方了。唯独白沙滩这几十亩地，还是坑是坑草是草的。所以，很多部门，很多机构都在动白沙滩这块地的脑子，最活跃的要说是二水。他就是干这行业的，上面也有一些关系，消息蛮灵通的。他深知眼前的形势，如果瞎妈不把这地方早点开发出来的话，迟了那就会成为别人的碗中肉。谁知道哪块云彩有雨呀？可瞎妈就是不让步，说什么也不让二水动。二水是急得直跺脚，因为他已经知道有一家房地产开发公司在上面运动这事呢，可瞎妈就是不吐口。眼看着这块肥肉就要进别人的嘴里了，可自己家里人还不知晓呢？

由于春芽打的井是甜水井，这就招来了村里的打井热。整个白沙湾家家都在打井，户户全在挖坑。可这事也奇怪了，不管是谁家打井，只要挖出水来，不是苦的就是咸的，没一家是甜水。大家都说这白沙湾的龙脉被瞎妈这家人给占了。于是村委会的干部就翻旧账找资料，来核实瞎妈这一家占据这块地盘的合法性，最后什么资料也没查着。

最近，有一家有来头的涉外房地产开发公司，通过上面的关系，调动了管理部门和法律部门，正式地给瞎妈下了一个文件，要瞎妈一家限期搬出白沙滩，瞎妈接到后，看都没看，就给撕了。紧接着，又连续地接到了一系列的文件和公告，瞎妈还是没理会。二水是深知内情的人，这时候已经绷不住劲了，回到家里告诉瞎妈说对方的公司已经取得了强行占地的合法手续，要母亲赶快想办法。瞎妈把二水给骂走了，瞎妈就是不信那一套。

突然有一天，一群拆迁人员在警方的带领下闯上了白沙滩，要他们赶快搬家的时候，瞎妈才感到这世界变了，不是她想象的那样了。于是，她对带头儿的拆迁人员许下一个考虑一周的方案。对方还挺通情达理，就把人给撤了，但是，说好了，一周后强行拆迁。

瞎妈第二天收拾了一下，就带着春芽去了市里，她要找相关领导讲理。可是，找谁谁都不在家，吃了几个闭门羹。瞎妈这才感觉到事情还真很严重，回来后，就把大水、二水和三水都叫来了。她把自己这一天的活动情况对三个儿子讲了，三个儿子大眼瞪小眼地看着，谁也没了办法。瞎妈自言自语道：难道这政府也不讲理了不成？最后，还是继祖说了句，这家房地产开发公司是外国人投资的，我就不信他外国人在中国就没人管的了。说着，他就给那家房地产公司打电话，问他们是哪国人投资的，对方告诉了他。他接着就查询那个国家住中国大使馆的电话，电话打到了那个国家的大使馆，继祖把情况说了，对方说他们是在中国的土地上，中国政府认为他合法，他就是合法。我们管不了。继祖说，你要是管不了，我就到国际法庭上去起诉，连你国家政府一起告。

那国家的大使馆人员一听这话，马上口气就软了，说给他一点时间，他想办法处理。

果然，在第二天，瞎妈就接到了那家房地产公司的道歉信，并说他们公司已经终止了该项目的开发。瞎妈一听，感觉自己这孙子就是不一般，赶快和继祖商量下一步的对策。二水和三水见那家房地产公司撤了，就回来还想和瞎妈商量以后的事情，二人都被瞎妈轰走了。瞎妈说这事不可能就这么完了，要继祖拿个主意。继祖说他们下一步肯定是要换一家中国公司来谈。瞎妈说，那好呀，我可是外国侨民。继祖一听就说：那就好办了，我们到外交部告他去。

果然，过了半个月后，一天，原来的那伙人又来了。他们商量都没商量，进来后，就搬东西、拆房。瞎妈对那帮人说自己是外国人，那帮人根本不买账。瞎妈赶紧让人把继祖叫来了，继祖接到消息后，马上给外交部打了电话，把自己祖母的情况一说，并威胁说要马上通报本国大使馆。外交部的人说我们马上了解情况，如果属实，立刻给他解决问题。

时间不到两个小时，就听见河对岸警车叫唤，接着，就有一队武警坐船过来了，把拆迁人员全部给赶跑了。这可能是改革开放以来，政府干的最利落的一件事情。经过这两次反反复复的折腾后，外界也不知道瞎妈的道行有多深，在加上前一个房地产公司前期为这事赔进去一个大数，就没人再提白沙滩的拆迁之事了，从此这拆迁的事总算是安静下来了。瞎妈经过这事后，琢磨着，以前这地方是让谁来谁都不来，我住进来了，你们还说我是神经。如今，都看着我这地方眼热，总想把我赶出去才好。这世道怎么变成这样了？

白沙滩处在这个经济集中的地区，总是一个招人关注的地方。它地势优越，水质出名，人气又旺盛，是方圆多少公里唯一的没有被污染的地方，种植的蔬菜延年益寿，西面环水是整个地区的一块肥肉。由于谁也摸不清瞎妈的背景，强占的事就没人再敢动了。于是，大家又都把目光集中在了继祖身上。

首先是青皮爷要认继祖为干儿子，这遭到了槐花的极力反对。爷儿俩这一争执，青皮爷才反应过来，觉得女儿和继祖之间是不是有什么事情。稍微仔细一观察，才知道是女儿爱上了继祖。这下青皮爷大发雷霆，说什么也不同意女儿的意见，决不能让她嫁给继祖为妻。可槐花说什么也不听，是非要嫁给继祖不可。青皮爷没办法，又不能对槐花讲出继祖可能是我的私生子。这个难受呀，索性一甩袖子，不管了，去了洗头房。

最近上门来给继祖提亲的事情也多起来，继祖个子高，人长得帅气，本来就招姑娘喜欢。再加上自身的条件又好，一时提亲的人门庭若市，把春芽给烦得躲都没地方躲，藏没地方藏的。瞎妈倒是脸上有了笑容，说话比以前和善多了。为了感谢前来提亲的人，瞎妈还让春芽给每一位提亲者倒一碗水井的水喝，大家高兴而来，高兴而去。每天继祖一回来，一大堆照片等着他呢。晚上娘俩个吃完饭后，就躺进被窝里看照片。对这个品品首，对那个论论足的，开始他还图个新鲜，时间一长就习惯了，后来也看烦了，也看不过来了。索性就不看了。时间一长，也就不再谈这事了，大家只当没有这事一样。可全家最关心的事，还真是这事。按瞎妈的意思，还就是青皮爷的闺女了。可大水不愿意，说那孩子太疯，口风不好，再说年岁也不合适。春芽一般说来是不谈意见的，可这继祖是她一口水一口饭给喂大的，所以也不同意娶槐花，原因是什么，那只有她心里清楚了。再说了，继祖还小，还要他陪着自己多过两年呢。

最近有一家公司的经理总是来谈那眼井合作的事情，瞎妈本来和他谈了不合作的意思，可他还是总来闲聊，有时候还带着他的女儿一起来。这经理姓郭，他的女儿叫郭英英，二十出头，风情万种的样子。每次来了后，她都和继祖一起到河边划船。她说她喜欢划船，而继祖看样子也喜欢和她在一起。这郭英英，用继祖的话说比佳子沉稳，比槐花风趣。人长得漂亮，接人待物有文化，简直就是天上掉下来的一样。瞎妈却不以为然，她反复嘱咐继祖不可认真，这郭经理来的太突然。所以，郭英英来了几次，和继祖一直没有进展。

那天二水突然回来了，说是自己要办日本签证了，也顺手给大家办个外国护照，到时候他办签证的时候，也把大伙的签证办了，要大家提供身份证和照片。三水把自己和小红、大圣的照片和身份证给二水了。大水说什么也不办，继祖本来就有护照，想办签证，可瞎妈不让他办。二水说动了春芽，说给春芽办一个，春芽觉得大家都办，自己也没多想，那也就办一个吧，于是就把照片和身份证给了二水。

果然，不久后，二水就把护照拿回来了，接着，没多长时间签证又办完了。二水和三水已经是日本公民了，小红在削户口的时候还哭了一鼻子，觉得自己怎么连中国人都不是了呢？继祖没办成日本人，心里虽然有些遗憾，但他还是觉得听奶奶的没错。尽管他对东京的感觉不错，对日本人的生活习惯还能接受。而且从心里喜欢佳子和幸子，但他还是听了奶奶的，没有再去发展那一层关系。为了断绝继祖和佳子的来往，瞎妈正式和二水谈了一次，作为信守诺言的条件，瞎妈承认了佳子的孙女身份，全家还在一起吃了一顿饭。但继祖却要永远信守诺言，不再和佳子有任何牵挂。倒是春芽有些心里不舒服，自己怎么就突然成了日本人了呢？这村里人以前骂的日本鬼子、日本鬼子的，自己如今也成鬼子了？这可怎么好，怎么把中国人给混没了呢？到是瞎妈开导了她，说你别管是什么国的人，只要过上好日子，就行了。我年岁大了，怕你受罪，那天你要办护照，我也没拦你，是想给你留条后路。以后这日子呀，还长着呢，你知道你这辈子怎么过？春芽让瞎妈这么一说，心里倒安稳了些，可晚上一躺在床上的时候，还是觉得自己变成了日本人，心里不舒服。

继祖最近有些忙，原因是和二叔的那场官司已经到了白热化的程度。二叔虽然几次来家里和他探讨官司的结果，但继祖始终留着心眼，不和二叔讲实话。瞎妈有时候晚上也开导他，要他别太过分，可这继祖就是不把自己的底牌亮出来。他基本上每天都和青皮爷在一起，商量着每一步的进展程度。他还和青皮爷去了土地资源局，土地资源局的人说他公司的土地是集体所有权的地，是要受法律保护的，不能随便进行转让交易，尤其是对外国人，更是不容许的。这下青皮爷的心里有了底。

三水也在这时候起诉了二水，三水和二水的官司不涉及土地问题，可涉及商标问题。二水和三水的官司，按照他们之间的合同内容，三水的商标使用权是要转让给二水的。可由于当初他们签订合同的时候，没有到工商局去办手续。三水这一起诉，二水去工商局去办手续时，工商局以二水企业是外资，不符合相关法律为由，拒绝给他办手续。这下二水可傻了眼，感觉自己这场官司赢的可能性不大了。三水起诉二水的主要原因是他的企业要在国外上市，二水说在国外上市的主导权应该在二水手里。三水不干，非要争这董事长的位置不可。

二水在幸子的策划下，觉得上市公司的董事长是不能让的，这是主权问题。而三水和青皮爷也是寸土必争，这事还真是让有些忘乎所以的二水感到有些头疼了。但他又清醒地认识到，这场官司不能输，如果输了，那后果将不堪设想。首先是和幸子无法交代，再有就是以后在白沙湾和白沙滩都将抬不起头来。对于自己以后在白沙湾的发展将遭到毁灭性的打击，太可怕了。想到这里他的冷汗都下来了。也是的，没事我好好的中国人不当，非要变什么日本人，这不是没事找事吗？没办法，只好向老娘求救。

正好春芽给他打电话，要他给拉一车包装盒过来。就想借给春芽送包装盒的机会，和老娘聊一下。来到白沙滩后，他就进了母亲的房间，母亲正在料理神事，他只好等在一边。母亲的神事完了，问他有事呀？他把自己的想法和母亲说了。母亲想了想，说庸人总是自扰。你们打官司这是正常的商业行为，你怎么想到别处去了？这国英公司和三水公司哪个公司能离得开你呀？二水一听母亲的话，心里一亮。是呀，我是这两个公司销售的总承包商，谁能替代的了我的位置。他赶紧谢过母亲的点拨。又和母亲说了几句别的话，就告辞走了。

2

春芽这一整天都精神不集中，在蔬菜装箱的时候，她走了几次神，心里在为那个日本签证不安。大水看出了她的心思，就有意识烧她。在吃饭的时候说以后我们可是两国交往了，我们的婚姻，那可是跨国婚姻了。你要是想回来，那还得找一个中国人重新结婚。继祖可不能随你，如果随你的话，那继祖也是日本人了。本来春芽的心里就不好受，大水这一天把一年的话都说出来了，弄得她心里更不舒服。

是呀，怎么就稀里糊涂地把中国户口给削了呢？春芽这些天都是神色萎靡不振的，就好像和以前换了一个人。而且从大水的话里面，好像有她已经不是大水的媳妇了的意思。细想起这几年她和大水的生活，实际上也确实早就没有什么夫妻名分了。可这话不能那么说呀，他们毕竟还是以夫妻名义共存着。那天在干完活后，洗脸的时候，她和大水说：我们把结婚登记办了，我也就这机会把户口办回来，你看怎么样？大水没有说话。到晚上喝茶的时候，她又和大水提起了这事，大水说有那必要吗？听了他这话后，春芽心里极为不舒服。晚上躺在床上后，她翻来覆去地睡不着。她想起了老公公魏瘸子，那条瘸腿听说就是让日本人给打伤的。又想起了大水的父亲，听说是被日本人打死的。虽然瞎妈是日本人，可她就是为了给日本人还债，才嫁到牛家的。如今自己稀里糊涂地变成了日本人，这怎么对得起祖宗呀？将来怎么去见祖宗呢？

夜已经很深了，外面又传来大水的嚎叫声，她知道大水也没睡呢。

这深深的夜里，伴随这大水的嚎叫声，她感到无边的寂寞。大水，二水，三水，这是她经历过的三个作为她的丈夫的男人，为这三个男人，她要对瞎妈感恩一辈子。还有青皮，这是她曾经钟情的男人，也是深爱着她的男人。曾经为了这爱，付出过惨痛的代价的男人。而今，这些男人都与自己天各一方，没有了缘分。二水和三水与自己已经划清了界线，他们都有了自己的妻子、孩子。大水人虽在眼前，可咫尺天涯，心已经不在相向。青皮虽然还爱着自己，可又相隔着这比白沙河还深的人世间的世俗鸿沟，怎么能够跨越得了呢。

自从她来到白沙滩后，可以说是过上了无忧的生活，也经历了好多她没法理解的事情。比如，平地起惊雷，她父亲突然去世，母亲带着她沿街要饭。接着，母亲又倒毙在贫困交加中。母亲去世后，本应该和青皮好，可她又阴差阳错地嫁给了一个残废人。后来，又被好心的瘸公公送到白沙滩，与人为妻。一来到白沙滩，她不但过上了富裕的日子，还一下嫁给了兄弟三个，这让她是又惊又喜，又觉得离奇。一下找了三个年轻体壮的小伙子作丈夫，真是前世修来的福分。接着就是和青皮的这段奇缘，青皮的断腿，三水的入狱，大水和草驴的孽缘，继祖的出世，这都是些什么事情呀？怎么都让她赶上了呢？如今这世上的事情她更看不明白了，三水告二水，二水告青皮，继祖也帮青皮和二叔、三叔打官司，这世上怎么会有这么多离奇的事情呢？这么多离奇的事情怎么都让她赶上了呢？最让她不理解的是瞎妈，居然还支持他们互相打官司，让他们兄弟之间、亲情之间告来告去的。

真是头疼，没办法再去想了，昏昏沉沉的春芽不知道是在什么时候睡去的。她被一阵吵闹声惊醒，原来是外面运菜的人们在往船上装货。大水在清点件数，见春芽起来了，说了句：你睡吧，没睡够就接着睡吧。最近大水的话让人听起来总是阴阳怪气的。

春芽见大水那里活不是很多，他一个人就可以干了，她就去了厨房，她要把中午饭做出来。刚进门，就听见外面有人叫她，她从厨房出来见是三水媳妇小红跑来了。心里虽然有些不舒服，但还是迎上前客气地让她进屋喝茶。小红说有急事找她，二人朝客厅走去。春芽看了一眼大水，大水这时候也在拿眼睛瞟她们。二人来到堂屋，还没落座，小红就说林凡死了。春芽听了吓一跳，忙问是怎么死的？小红说是自杀。说着从口袋里掏出一封信递给春芽，并说这是林凡给你的遗书。春芽觉得奇怪，林凡死了给我遗书干什么呀，自己跟他也没有什么关系呀？春芽来白沙湾之前，上过几天学，认识几个字，打开遗书看着。遗书的大概意思是林凡自己是农林专业的专家，花了多年时间，还为此把自己弄监狱里去了，整个的青春都搭进去了，进行科技研究。可研究出来的科研成果，却在市场经济面前被春芽的原始耕作法击败了。此生此世一事无成，枉费了几十年的工夫，白吃了那么多苦头。而今自己种出来的菜，连自己都不喜欢吃，感觉对不起世人。是自己欺骗了民众，还骗取了大量的钱财，已经没有颜面再见死去的父母和活着的人。自觉无地自容，不能在这世界上苟活了……

春芽看着遗书，眼睛就模糊了，眼泪就流下来了。是自己无意中种了一些蔬菜，没想到就弄出人命来了。这是怎么说的呢？这林凡她是见过的，挺好的一个人，都是自己不好，可自己也没有做错什么呀？这人也真是的，开始大家都不买她的菜，都去买林凡的蔬菜，说他的蔬菜个大，清脆。后来大家又都买她的菜，不买林凡的菜，说他的菜是污染菜，不环保。说春芽的菜是环保菜，是绿色蔬菜。菜不是绿色的还是什么颜色？还说她的菜干净卫生，其实干净不干净她春芽还不知道，还不都是用人粪浇灌出来的？卫生个屁。这些个城里人，简直不知道怎么活着好了。

小红和春芽说了一会儿话，就起身去看了看婆婆，然后告辞，说三天后举行追悼会，到时候她来接春芽。送走了小红，春芽又陷入了沉思之中，林凡虽然自杀了，但是，春芽觉得他倒不愧为一条汉子。人活着就得像他这样才对，否则，整天浑浑噩噩的，和死人有什么区别。突然她的脑海里又蹦出了自己户籍的问题，想起来人活着也是挺没意思的，死倒不失为一种解脱。想到这里，她突然冷静了，她回想起了以前的一切，觉得身上有一种前所未有的轻松。就在她胡思乱想的时候，瞎妈把她叫了过去，问她小红为什么而来，有什么事没有。春芽说没事，只是好长时间，没见面的了，她过来看看。瞎妈说没事别胡思乱想的，那样容易钻牛角尖。春芽说知道了。晚上，春芽睡得很早，她给瞎妈洗完脚以后，就回屋睡了。

后半夜，大水从河边那头草驴的坟地回来，看见院外的树上吊着一个东西在晃动，近前一看是个人，他赶紧上前把她抱下来，仔细一看，原来是春芽，这下可吓坏大水了。这不是上吊自杀吗？这是为什么呀？他把春芽抱回她自己的房里，把她弄醒了，然后给她弄了点儿水喝。春芽喝了口水后，感觉已经清醒过来了，见自己没死，又见身边站着大水，就知道是大水救了她。大水问她为什么，她就是不说。大水被她弄得莫名其妙，可又不敢离开她，怕她还自杀。等春芽安静下来后，睡着了，他才离开春芽的房间，来到母亲的房里，把春芽自杀的事和母亲说了。瞎妈一听就知道是怎么回事了，说等二水回来，让他把春芽的户籍给改回来不就行了。

大水来到春芽的身边，她还在睡觉，大水就一直在她身边坐等。下午春芽睡醒了，大水把母亲的话和她说了，春芽感觉这事又让母亲操心了，就赶紧去瞎妈那里认错赔罪。瞎妈是个老于世故的人，几句话就让春芽释去了包袱。春芽向瞎妈保证以后不会再出现这种事情了，瞎妈说那就看你是不是孝顺了，你不能让我这白发人送黑发人吧？从瞎妈那里出来，大水一直跟着她，二人又在春芽的房间里聊了一阵，晚饭是二人一起做的。大水晚上又陪了她半夜，直到春芽困了，睡觉后，大水才走。

由于春芽出了事，继祖回来看她，她不让继祖进门。继祖在门外求了半天都不行，春芽就是不让他进来。继祖无奈，只好去了奶奶的房里，奶奶说你妈没事了，回去吧。继祖只好回村里，因为这几天他实在是忙。春芽是没事了，可她添了脾气了。春芽身体恢复好以后，在白沙滩立了很多规矩。例如：来白沙滩河神庙烧香的人，要主动奉献香火钱。由于瞎妈的年事已高，以后在做神事，由大水来装扮河神。白沙滩从此再也不对外销售任何蔬菜和产品。白沙滩实行人口管制，非白沙滩的常驻人口不得留宿白沙滩。这样就把大水、瞎妈、春芽和继祖以外的人员都限制在白沙滩以外了，就是二水和三水他们回来，也不能住白沙滩了。还有就是外来人员只能在河神庙的会客厅里见客，为此春芽在东厢房腾出来一个单间做会客室，专门接待来访者。还要求白沙滩上的所有经营资料任何人不得对外泄密。白沙滩的常驻人口和非常驻人口，都不得对外泄露白沙滩的历史文献及其人物关系。白沙滩上的一草一木都不许任何人出售交易。

奇怪的是这些条款居然赢得了瞎妈的赞赏，并予以支持。此后，春芽也在自己的房间里设了一个神龛，每天在瞎妈诵神的时候，她也诵神。平时白沙滩上只有瞎妈、春芽和大水，春芽一开始诵神，这里就更加宁静了。每天一到晚上，沉静的有些吓人，漆黑的夜晚降临后，这里就再也没有人声，只有深夜的时候，空中回荡起大水的吼声。那一声声近似于狼叫的声音，给黑夜增添了无限的恐怖和狰狞。

然而，这里又是充满了神秘的地方，白沙湾的人们对这里充满了向往。他们非常想了解这里面到底在发生着什么样的事情，他们想了解这里面的人是怎么样的生活。然而，这里已经几乎过上了与世隔绝的生活，不再和外面有所往来。人们很少能见到春芽，也很少能见到大水，至于瞎妈那就更见不到了。唯一的消息来源与联络线索就是继祖，可继祖又是一个守口如瓶的人，任何人都别想从他嘴里得到点什么消息。

春芽把厨房的事情全部承担下来，大水负责全家的力气活。春芽和瞎妈算过一笔账，就是他们全家以后不再干任何事情，他们的生活都可以过得很富裕，何况他们还有二水、三水和继祖的资源。春芽和大水利用一年的时间，在原来种菜的地方挖了一个大水塘，他们又把白沙河的水放进来，储存了满满的一池水。用春芽的话说，将来在水面上建一个庄园，以后让全家人在上面居住，免得遭受拜神的香客骚扰。在那里形成一个岛中之岛，人上去的时候需要乘船过去。当然，现在还只是个大池塘，养鱼的话可以养几十万斤。

今年一开春，春芽就重新修建了两座死人墓和一座死驴墓，每年按季节对三座陵墓进行朝拜。但是她在继祖结婚的事情上面和瞎妈却都产生了犹豫，她们都无法确定让不让继祖在这里结婚。也就是说继祖一旦结婚，能不能在这里居住。瞎妈没有明确表态，春芽也吃不准这事该怎么办。而且天知道继祖会娶回一个什么样的媳妇回来，要是像槐花那样的，娶到这里来，还真有点麻烦。那闺女天生不是省油的灯。

大水最近除去干活以外，几乎就是一尊泥菩萨。以前三水和二水的房间都改成了仓库，里面存放着各种生活必需品。仓库的账目是由春芽亲自掌管的，而仓库的钥匙却掌握在大水手里，缺什么东西都要大水去里面拿。继祖有时候给他的仓库里搬进来一两件物品，如电视机、电冰箱、洗衣机等，可瞎妈和春芽都不会使用，大水更是不动那脑子，时间一长，那电冰箱和洗衣机就被春芽用作装粮食的箱子了，电视机被大水接上电，当仓库里面的照明灯用，难怪继祖总是埋怨他们不能接受新鲜事物。

3

大水最近一没事了，就去神龛上打坐，他简直就成为了一尊肉身神像了。有时候他整夜在那里坐着，那闭目养神的样子还真跟一尊泥塑的神像差不多。说来也怪，自从大水上去打坐之后，前来拜神的人就开始多起来，大部分都是新建小区里居住的外来户。尤其是一到节假日，把个庙门都拥挤得出不去、进不来的。春芽有时候一天光收香火钱，就成千上万的，把个春芽乐得晚上睡不着觉。一个秋季下来，春芽一合算，这简直就是一个天文数字。瞎妈说既然有钱了，羊毛还要出在羊身上，把这钱还要还回去。她让春芽找人塑几尊神像，也省得大水整天坐在那里难受。大水倒是说自己没什么，愿意当河神，整天在那里打坐，享受香火。可瞎妈说那是个损寿的差事，长期干不行。

春芽依照瞎妈的嘱咐，找来了雕塑师，正式给河神塑像。据说这雕塑师是城里古建公司有名的神像雕塑家，很多寺庙里的神像都是他雕塑的，当然，报酬也不会低的。经过几个月的折腾，神像雕塑完了，开幕典礼那天，来了很多人。大家都说这座神像雕塑得好，像河神。宗教局的人来了，要对神像进行存档认证，看看是不是按照传统的要求雕塑的，暂时不能接待香客。春芽无奈，只好请他们吃饭喝酒，最后，还给他们拿走很多礼物。刚送走宗教局的，文物局的又来了，要把这庙的建筑和雕塑登记成文物。春芽又请他们吃饭喝酒，走的时候又是每人一份礼物。文物局的刚走，工商局的又来了…… 接着，税务局的来了…… 物价局的来了，青皮爷来了等等，可就是没看出春芽烦来。她一个部门一个部门地接待，安排，打发，都对付得很到位，这让瞎妈很惊讶。

大水由于失去了装扮河神的工作，基本上没有事情干了。他就在自己的房间里弄了一堆木头，没事就雕着玩。这还是他跟那个雕塑师学的呢。他把雕刻好的物件挂在自己的窗户上。没几天就被前来烧香的人看上了，大家都争着买，这下，大水又成了众人追逐的目标。

说来也巧，有一对夫妻，来烧香时求了一件大水刻的物件，回去后，不到半年，就又回来了。说是他们结婚好几年了都没有怀孕，半年前来烧香，求了大水一个物件，回去后，就怀上了，今天是来还愿的。他们管大水叫河伯，还和大水照了相，说是和河伯照相。这事一来二去的一传，把大水给传神了，结果，有一个地方举行开工典礼，硬要大水去给典礼，人家给一次性佣金就是一万元，把春芽给吓了一跳，人家把大水当神仙了。但此事之后，春芽就又定了一条规矩，白沙滩上的人，不许在外出料理河神庙的事物。此决定一出，就得到了瞎妈的支持。原因是那个工程项目的老板是个少妇，后来又来了一次，说是请大水去休闲，以示对上次典礼的答谢。

春芽还正处于青壮年，对于大水虽然失望至极，可还是满怀希望的，因为这白沙滩上就这么一个男性了，要是再把大水放过去，她这下半辈子可怎么过。这种绝望中的希望在无时无刻地左右着她，使她每每想起来才干劲十足。她要用时间这块砺石，慢慢地消磨大水的性格，使他从无边无际的放纵中，逐渐地收回来。再有就是春芽经过这些年与瞎妈的接触，已经耳闻目睹地从瞎妈那里学到了一些平常人学不到的东西。她要在这白沙滩上实践她的梦想，完善她的人生。她眼见得继祖的成功，二水的成功，三水的成功，她自信也能成功。可是，她不愿意像瞎妈那样把自己圈在一个小天地里，戴发修行，她要实现她的远景规划，她要在这白沙滩上建立起别人都无法想象的辉煌业绩。

可是，目前她的处境很让她尴尬，来拜神的人都以为她是庙里的女妮，以为她是个出家人。这对她来说，是很不公平的。她的这一闪念没有逃过瞎妈的感觉，瞎妈有一天吃饭的时候说你有丈夫，有儿子，就不要再去图那些虚名了，你应该懂得实惠最重要。这是瞎妈在给她敲警钟，是不让她有非分之想。也给她指出了未来的远景，那就是当第二个瞎妈。兢兢业业地把这个家给撑起来，在这白沙滩上生儿育女，繁衍后代。生生世世别离开这个地方，永永远远做这地方的主人。春芽想到这里，心里充满了茫然，那得多寂寞呀。

春芽的心里对继祖充满了羡慕，觉得继祖活得才像个人样。她看不起大水，觉得他活得太窝囊，他对不起自己。她又觉得二水和三水活得累，总之，就是继祖活得潇洒。她感觉自己要是干起来，绝对不会比二水、三水、青皮爷他们差。可她的时机在哪呢？她心里很坦然，也很矛盾。但她坚信，只要她学会等待，那就一定会有时机。

如今，这河神庙的香火旺盛，又让她看到了希望，等聚集了一大笔财富之后，她自信有能力说服瞎妈，让她干一件大事。正在胡思乱想着，突然看见青皮爷进了庙门。他来干什么呢？她的心里一见到他的身影，还是一动，但她赶紧起身回自己屋里去了。

原来，二水告青皮爷那场官司，青皮爷通过法院的关系，给办了一个延期开庭。所以三水告二水的官司，就提前开庭了。开庭以后，法官一验明正身，发现两个企业是一家企业，原告和被告都是外国人。法官当时就问，你们是一家企业，而且都是外国人，为什么打起了官司呀？三水说被告方侵害了他的经营权。原告说被告是无理诉讼，法庭不应予以支持。法官还说你们两个外国人，到我们国家的法院来打官司，我们不予支持，还是回你们自己国家去告吧？三水一听，就急了眼，这就是我的国家呀。法官说你看你的护照写的很清楚，去回自己国家打官司去吧。

三水稀里糊涂的就输了这场官司，二水从法院出来后，对三水说，你看看，都是自己家人，你还要打官司，多丢人。三水说你这是使诈，开庭之前你把我的户口给变了，你这是阴谋。二水说我可没想那么多，这事是赶巧了吧？三水见法院不支持，就在法院提出申诉，并再上一级法院提出上诉。二水说你就别瞎耽误工夫了，没用的。继祖给三叔出了一个主意，让三叔把法人换成中国人。三水一想有道理，这继祖是个人才，于是说那就换成你吧。结果，没过一个月，继祖就成了三水公司的董事长。二审法庭开庭后，继祖据理力争，非要拿下合资企业的法人不可。

结果，法院判决二水的公司应该遵照协议，保护好中国民营企业的主权。尊重中国人的生活传统与企业经营习惯，遵守中国商标法和商标使用权。二水不服，又进行上诉。青皮爷见继祖能办事，就也把国英公司的法人换成了他。可是，要是再当一家公司的法人，要把前一家公司的法人辞掉。于是，他又辞了三水公司的法人，又给国英公司当法人。这一切就像是在变戏法一样，让继祖觉得是在玩游戏。

法院开庭审理二水公司告国英公司一案，法官一看，又是前面那两个人，只是原告和被告的位置调了一下。法官开庭后，审判长问被告方问题，被告方什么都不知道，说自己才当上法人。由于这是一场涉外诉讼，为慎重起见，法官宣布休庭，传被告方的原法人到庭。传票发到白沙湾村委会，是秘书小玉接的，她跟法警说，青皮爷出去旅游去了，什么时候回来，没准。法院只好等青皮爷回来开庭。二水跟法官说青皮爷根本就没出村子，法官说既然他人没出村子，你就把他叫来吧。二水就答应了，可当他去找青皮爷的时候，青皮爷说不认识他。法院催二水赶紧把人找来，二水找到青皮爷，一跟青皮爷说话，青皮爷就说不认识二水。弄得二水没办法，他只好回法院说没找着青皮爷，因为他要是说见着青皮爷的话，那法官就会问他：你怎么没把人带来呀？那样他就没办法解释了，气得二水没辙。

反正二水这法庭暂时是开不了了，二水心里烦，就回家来找瞎妈诉苦。瞎妈说人家法院里有人。二水一想，也是呀。那我怎么办？也去打这层关系？瞎妈说那倒不一定，他青皮自身就不干净。二水恍然大悟，对呀，我就揭他青皮的疤，看他还怎么打这场官司。二水又问三水告他这场官司，能不能让三水撤诉？瞎妈说你们哥俩，谁当家还不是一样？二水说那不行，那样没办法向幸子交代。瞎妈一听这话就火了，脸色一变，就不再言语了。二水知道自己话里有毛病了，就赶紧从母亲的房间退出来。瞎妈最讨厌自己的儿子没本事，听媳妇的。

第九章　瞎妈的遗嘱

1

白沙湾小区坐落在白沙河沿岸，风景秀丽，云水交融。不要说住在这里，就是从这里路过也如同路过仙境一般。所有见过白沙湾小区的人，都会被这里的景色迷住，都会喜欢上这个地方。所以，小区还没建设完的时候，就已经销售完了。

白沙湾建设的小区是一流的。因为这里地理环境优越，建筑质量好，所以这里的房价卖的比别处都高。这里的居民素质也比别的小区好，因为他们都是从城里搬过来的。很多都是大公司的高层主管人员和社会名流，也有一部分政府公务员和高校老师。但不管你是谁，是从哪来的，都要服从青皮爷的管理，因为这地方是白沙湾的地方，青皮爷是这地方的一方诸侯，最高的地方长官，他是有威信的。

青皮爷是想要小区的居民像白沙湾村里的村民一样服从他，这是他青皮爷的心理和生理需要。可这新来的小区居民就是不理解他这些想法，总是和他对立。这让青皮爷很不高兴。村里村民在他的告示一贴出来时，大家都会响应。而这些小区居民就不同意，起码他感觉他们没有拿他的告示当回事，而且有的人是连看都不看。这简直就是对他的权威的挑战，他不能不应战。

青皮爷是白沙湾小区物业管理公司的法人，这是一个让他头疼的差事。就是由于这些居民的素质高，才不好管理。一切鸡毛蒜皮的事情都找他，但也是他炫耀权力的好时候。既然大家都拿他当个领导，他也十分负责。每天早上，他要像以往社员们上工前一样，给小区的居民训话。他在小区了装了十几个高音喇叭，成立了白沙湾小区广播站。在小区的中央广场，还修建了一个会场，搭建了一个舞台。早上五点开始广播，先是革命歌曲联唱节目，他要给这些吃城里饭的人普及传统教育，不能让他们太安逸了。接着就是他的工作讲话实况直播，也是他对于社区工作的一天安排。完了就是歌舞节目，由白沙湾村的妇女演出队演出。一般情况下，要到上午十点左右结束。青皮爷可等不到那个时间，九点的时候他的眼睛就开始打架了，他要赶紧回去睡个回笼觉。

由于来小区居住的人，人员情况比较复杂，不好管理。青皮爷专门给小区的工作人员开会，布置工作要领，要他们一定要拿出切实可行的管理计划来。并说非常时期，要有非常时期的手段。那些来居住的人，什么地方的都有，来到我们这个地界上来，你知道他们要干什么？所以，在青皮爷看来，白沙滩已经进入了非常时期。已经进入了战争阶段，要打好这个战役，就得全民动员。于是，一份现代化的小区管理计划，就由白沙滩的农民给制订出来了。小区要实行军事化管理，首先是，小区居民要实行入住登记制，每个居民一张居住卡。然后再拿着这张卡，去办理出入证，进入小区要出示出入证件。小区居民每天晚上十点钟以前必须要回家，回来晚了，大门就上锁了。每天晚上十一点要关灯，否则，由小区管理人员统一拉闸断电。小区居民要按时交纳各种费用，不得延误，如果造成延误缴纳，小区管理人员就按延误的天数断电断水。小区的居民必须到管委会指定的商场采购，否则居民的安全将不受保障。小区居民同意由管委会安装阳台，否则管委会有权予以拆除。小区居民的窗帘要由管委会统一定做，否则……小区居民的汽车……否则……

计划出来后，青皮爷感到很满意，这回要彻底整治一下那些不服管制的小区居民了。在他手下的人，还没有这么不服管教过呢。最让他心里痒的还是那些从城里搬过来的女孩儿，有几个真让他心动。可这些个女孩不像他村里的女孩儿那么听话，这些女孩儿都是让他看着干着急，吃不着。所以他下决心要整治一下她们，让她们知道青皮爷的厉害，然后一个一个再收拾她们。

小区的二号楼三门住着一个外地姓黄的女孩儿。她在附近上班工作，经常回来得很晚，有时候和门卫发生冲突。一方说对方回来晚了，不给开门。另一方说我要回家，你不开不行。一来二去的，青皮爷就关注上这人了。那天黄小姐又回来晚了，门卫不让她进，二人争执起来，门卫就把青皮爷叫来了。青皮爷一见到黄小姐，就浑身不自在，当即他就批评了那个保安，要他放黄小姐进去。黄小姐对他心存感激，也是为了缓和关系，就把他让到了家里，给他倒了一杯茶，就大叔长大叔短地和他聊起来。谁想，他错会了黄小姐的意思，竟然和人家黄小姐动手动脚的，黄小姐忍无可忍，给他一个嘴巴，把他给轰出去了。所以，青皮爷嫉恨黄小姐，经常找她的麻烦。时间一长，把那个黄小姐弄得无法忍受，就找了几个人，在一天青皮爷走单的时候，把他给打了一顿，并说以后还要打他。青皮爷有所猜疑这是黄小姐的报复，心里又没办法确定，也又没法和她讲理，就吃了一个哑巴亏。此事之后，他在这方面收敛了许多。

由于青皮爷的这种管理方式，在小区里闹出许多事来，小区居民经常往上面反映，还有的居民告到了法院。但是，青皮爷在本地区手眼通天，谁也拿他奈何不得，法院也只得向着他说话。是呀，就是乡长也拿他没办法，乡长说他是长了角的猫，整天上蹿下跳地不拿耗子，还净享清福。最近继祖一来，他更轻松了，简直就是什么事都不管了，当起了甩手书记。当然，是那些不触及权力的事情他才甩手，只要是触及权力的事情，他还是当仁不让的。

最近些日子，青皮爷心里就是一件烦心事。他和二水的这场官司他是有理的，可是，他是不能打的，因为一打官司，就要进行公司的账目清理，目前在国英公司，他是最怕算账的。幸亏林凡这个傻大头死了，要不然他要有大麻烦。所以，尽管他有理，但他也不能讲这个理，他都想好了，只要继祖这官司一输，他就找二水摊牌，答应二水的所有条件。他也想过，如果答应了二水的条件，由二水来充任国英合资上市公司的董事长，就等于把半个白沙湾白给外国人了。要是让乡亲们知道了，非把他活扒皮不可。可是，如果跟二水较真儿，那最后的结局就是自己进监狱。与其自己进监狱，不如让二水得到便宜。管他白沙湾是谁的呢，国家都不操这心，我操心干什么？到时候和春芽拿上钱一远走高飞，说不定在那国安家呢。一想到春芽，他就来精神，心里顿时麻酥酥的。可是最近他感觉春芽可有点不大对劲，怎么和以前好像是换了一个人似的，她看自己的那眼光也不对了，透着一股寒气。使他感到春芽的那副面孔即熟悉又陌生，陌生的让他觉得被阻隔在千里之外了。熟悉的就好像是他又看见了瞎妈，春芽的脸面是瞎妈的另一副面孔。让他感到一阵阵心里发寒，感到和春芽的距离在一点点变远。他感到了孤单，这白沙湾上，他感到没有一个人和他贴心。

上午，他突然接到瞎妈的邀请，要他参加瞎妈的立遗嘱仪式。这让青皮爷很好奇，他倒要看看这瞎妈的遗嘱怎么个立法，而且更主要的是借机会好接近一下春芽。一大早他就来了，继祖一直陪着他喝茶，谈论着河神庙的事情，他的眼睛在四处踅摸着。继祖还说借河神庙的香火旺盛，把这一带的旅游带动起来。接着来的有律师和公证处的人。二水和三水也都来了，二水见青皮爷在坐，有意识和他套近乎，青皮爷觉得现在还没到和二水套近乎的时候，就把话给扯开了。二水见话不投机，就走开了。青皮爷虽然和继祖这里谈着话，心里一直都在琢磨着一个事，就是瞎妈会给继祖一个什么说法。再有就是春芽会怎么看待他，将来会是个什么样的结局？

瞎妈要立遗嘱，那可不是她心血来潮，她是经过了很长时间的考虑，也是没有办法的事情。眼看着她年事已高，身体一天不如一天。她怕那天自己突然不行了就来不及了，尤其是最近几年，时事变化飞快，人情世故极为不可靠。春芽眼看着成长起来了，而且是那么成熟。她自己趁着身体还行，还说话算数，要把大事定下来。你也不能说春芽长本事了，就不好，就要防着人家。春芽也不容易，自从她到牛家以后，吃了不少苦，受了人所不能受的委屈，做了很多对牛家有益的事情。可是，她总归不是牛家人呀。尤其是她和青皮爷的关系，让瞎妈始终心里不踏实。要不是有这一个让她心里安慰的孙子，她可就要愁死了，谁让他这几个儿子都不顶事呢。可是，春芽是唯一知道继祖身世的外人，这让她很不放心。因为这继祖的身后，牵扯着这一大片家业呢。如果没有继祖的话，她也就不认真了，可如今继祖这么要强，自己怎么可能给他留下祸患一走了之呢？可不这样又能怎么办呢？要不把春芽也带走？这个想法一出现，她连自己都是一惊。

是的，春芽最近几年和她学的不善，瞎妈感觉得出来。春芽是事事都在向她瞎妈靠拢，心里早就以她瞎妈为榜样了。可眼前大水是个顶事，继祖年岁又这么小，再加上春芽和青皮爷这关系，怎么能让她放心的去呢？也难怪她有要把春芽带走的意识。那还不容易吗，一包药就够了，可是她又觉得这样一来就太对不起春芽了。可不这样又让她心里实在是不放心。

这个老奸巨猾的青皮爷，这几年瞎妈把他忽悠的不善，让他始终以为继祖是他的儿子。就是由于这个用心，才使春芽觉醒的，也就是这个用心，才使春芽成熟的。春芽知道得太多了，在白沙滩没有事情可以瞒得了春芽。可是，没有春芽将来大水怎么办呢？瞎妈一直陷于这个苦闷之中。大水是个善良的孩子，不知道世事的艰辛，也不知道人心的险恶，所以要是有春芽这样的女人来照顾他，这是最让瞎妈放心的了。要不为什么春芽办护照的时候，她没拦呢。要是春芽能带着大水出去的话，那是再好不过的了。可是偏偏这个大水又是个死心眼，认准这块地方了。

瞎妈今天之所以要把青皮爷请来，一是要他认识一下今天的春芽已经不是以往的春芽了。再有就是让他也知道继祖是牛家的后人，不要再做非分之想了。瞎妈还想让青皮爷知道，他只有扶持继祖，才是他唯一的活路，否则，那将是他的死期到了。任何一个人都不会为他保险，任何一个接班人都会清理他的账目，而继祖不会。因为，继祖名义上是他的干儿子，实际上是众人心里都清楚是他和春芽的私生子，只是要委屈一下大水了。而大水必须要戴这顶绿帽子，谁让他没本事呢？春芽也必须要忍辱认可这个事实，谁让她是牛家的媳妇呢，再说她确实又和青皮爷有一腿。

大水没有一点自我生存能力，这也是瞎妈最为担心的地方，他要把大水的后顾之忧也一并给解决掉。如今这老牛家在白沙湾已经不是以前的老牛家了，继祖是村里的副村长，二水是国英合资公司的总经理，当着青皮爷的半个家。三水是三水公司的总经理，也支撑着一片云天。白沙滩上的河神庙也已经不是以前的河神庙了，别看这庙里连尊泥像也没有，可在这一方也是一尊神了。别说在白沙湾，就是在乡里，县里谁敢不拿河神庙当回事？所以，他们老牛家的人转眼之间都是这白沙湾的主人了，而瞎妈又是这些当家人的家长。

所以，瞎妈今天才想跟青皮爷摊牌，她还有一张牌打，就是青皮爷的女儿现在也正在追继祖，青皮爷是彻底没有拿手了。瞎妈所要的是从今往后你青皮爷要听我的，我们老牛家保证你的养老问题。否则，你青皮爷就会没有善终。瞎妈眼睛虽瞎，心里可比那些长着眼睛的明亮着呢。她心里很清楚，她的两个儿子和一个孙子，那是人中之龙。那是白沙湾的顶梁柱，是白沙湾的当家人。

她今天也要给春芽点儿颜色看看，要让她永远地忠于老牛家，没事别尽胡思乱想。春芽也感觉到了瞎妈今天的脸色不太好，知道她要借题发挥什么事情。所以，她也是格外地加了小心，尽量不让瞎妈感觉出来她有什么异常。尤其是见到青皮爷来了后，她感到很震惊，这是一件非常反常的事情。她心里在盘算着今天所能发生的事情，想着几种可能性，瞎妈有可能做出来什么？但她看了看大水，又看了看继祖，他们都很正常，没有什么不安定的因素。可是瞎妈今天她要干什么呢？

2

二水和三水在来的道上，就商量了半天，觉得母亲这次兴师动众搞什么立遗嘱仪式，肯定是有什么事情要说。否则，以他们对母亲的了解，她是不会这么大张旗鼓的。因为，瞎妈所要立的遗嘱肯定是不能让外人知道的，这次瞎妈之所以这么做，肯定是有她的道理。至于有什么道理，他们二人就想不通了。所以，他们双方都没有带家里人来，怕有什么不方便的地方。哥俩个一边说着话就到了河神庙，见青皮爷也在座，更是让他们惊讶不已。

今天，瞎妈要求家里人都上装，所谓上装，就是都穿上庙里的服饰，可是，瞎妈自己却没有上装，还是她平常的服饰。河神已经有雕像了，所以，谁也不能再坐河神的位置，其他人都是虾兵蟹将的位置。人都到齐之后，瞎妈说给大家演练一下，让大家开开眼。于是，在瞎妈的口令指挥下，大家演练了一场祭拜河神的仪式，把青皮爷和律师都看得目瞪口呆。这青皮爷心里纳闷了，总说拜祭河神庙，虽然以前也来过两回，可谁知道这里面还有这么多的道道呢？就是三水、二水也看得一惊一乍的，虽然他们是家里人，以前也参与过河神的祭拜仪式，可谁想现在搞成这么复杂的样子了。

紧接着，大家在瞎妈的带领之下，都来参拜河神。他们按照瞎妈的动作，摹仿着她烧香、磕头。这是一套奇怪的参拜仪式，尽管青皮是这里的土著，也从来没有见过。大家跟着瞎妈跪倒在地，瞎妈口中念念有词，不知道她在说什么。当大家都跪下后，青皮爷感觉心里不对劲。在这白沙湾我青皮爷拜过谁呀？今天我怎么在这里跪下了……想起来吧，见大家都跪在这了，自己怎么好起来呢？不起来吧，又特别难受。正在犹豫之际，突然发现春芽在身边跪着呢，心里这才好受一点。跪就跪吧，直当我和春芽拜天地了。

瞎妈见大家都跪在地上了，她用眼睛的余光看了一眼青皮爷，然后，眨着瞎眼，嘴里念起了祭文：

熙和日月，光耀天地，长风细水，滋润田亩。我今拜祭，力主同心，所在人等，皆是兄弟。今天同聚，毕竟同心，如有异议，凭尔伐之。我子我孙，我长我友，同聚于此，皆我骨肉。众神之车，佑我前后，众神之象，伴我左右。力邀众神，与我同心……而今我辈，如有异心，天地共诛，河水倒流……

这哪是祭文，这是在歃血盟誓。前面的内容青皮爷还听得半懂不懂的，后面他算是听明白了，可既然自己已经跪下了，怎么好再起来呢。可是不起来，自己凭什么跟她瞎妈歃血为盟呢？瞎妈那里念念有词，青皮爷这里琢磨着对策，这瞎妈今天这是唱得哪一出呀？青皮爷是个审时度势的人，他知道白沙滩的人如今在白沙湾的分量，他也知道自己眼前必须依靠的对象，虽然目前和二水、三水打着官司，可实际上他是知道对方的力量的，要不然他也不会把这么重要的事情让继祖去办。如今这继祖就是村里的副职，二水和三水也都是这白沙湾的头面人物，都是在他这方土地上说话算数的人物。他们靠什么，不都是靠我青皮爷把他们给拱起来的吗？如今耀武扬威的了，当初还不是来求我……突然他感觉到今天这白沙湾说话算数的人物都到了，可他又感觉到这白沙滩说话算数的人物里面，除了他，都是老牛家的人。他心里油然而生起一种不舒服的感觉，心里在一阵阵发凉，这是怎么回事呢？这几年这白沙湾怎么会变成这样了呢？都怪自己把精力都用在泡妞和春芽身上，让人家钻了空子，如今对方羽翼丰满，自己大权旁落，自己明显得已经被架空了……这是怎么说的呢，怎么会落到这一地步呢？好像今天他才明白过来。

正在他胡思乱想着的时候，瞎妈的仪式结束了，要他们去净手，然后都到后堂去喝酒。每个人的心里都在想着一个问题，就是下面瞎妈的戏怎么唱。而且大家都知道，今天瞎妈这顿酒不太好喝。大家在春芽的带领下，净完手后，来到后堂，那里酒菜已经摆好了。大家分宾主落座，春芽给大家面前的酒杯斟满了酒，然后看见瞎妈从里面走出来。别看她眼瞎，可走出来的时候，连根棍儿都没拿，大家惊讶不已。大家居于刚才瞎妈主持仪式时的威仪，都鼓起掌来。春芽见她出来，主动走上前去，搀着她的左臂，把她带到餐桌的主席位置上。然后，又把桌上的一只满着酒的酒杯递到她的手里。就这几个动作，就能看出来春芽和瞎妈配合默契到什么程度。

瞎妈举起酒杯，说了句祝酒词，就先干了。大家也举起酒杯，跟着干了。然后，瞎妈让春芽给大家都满上，大家拿起筷子，才要夹菜的时候，瞎妈开口了。她说：今天把大家请来，是要大家给我做个见证，我要立遗嘱了。接着，她又举起了酒杯，问了一声律师和公证处的人在哪，就向公证处的人和律师敬过去。律师姓张，公证员姓郝，二人起来一起和瞎妈碰杯，而后一饮而尽。接着，她又挥手，让家人抬进来一块石碑来，立在桌前，上面已经刻好了文字，而且是描了金色。瞎妈用手扶着石碑，让二水念碑上的字。二水起身，来到石碑前面，大声念起来：

天地为证，日月明心，立此石碑，昭示子孙。牛氏后人，定要谨尊，如有违逆，不入祖坟。牛氏家产，寸土为金，只可使用，不可让人。经商为官，以后不论，但出牛门，不得返回。遗孀女眷，不许嫁人，如果嫁人，逐出牛门。继祖我孙，出门捞金，二十年后，定要回门。后世子孙，不得效仿，传承香火，选好妇人。河伯是神，不得欺蒙，条件成熟，还给黎民。积攒财富，够吃为准，巨额财富，不可独吞。为民造福，为神传承，四十之后，不与人争。子子孙孙，耀我牛门。

瞎妈等二水把碑文念完，也不和别人商量，就让律师照抄一遍。而后，她和律师在公证文书上面签字。也是，这文章都刻在石头上了，还怎么商量呀。春芽听得似懂非懂的，但她明白了一条，就是，自己如果要是嫁出去的话，就等于和牛家断绝关系了。二水和三水也听明白了，他们是已经从家里走出来的人了，以后就别想再回来了。他们还是牛家人，可已经不能再管牛家的事了。对于大水来说，你虽然是牛家人，也没出走，可你也别管牛家的事了，有继祖就行了，你要多支持他。对继祖来说，你由于年轻，现在在外面捞资本，可只给你二十年时间，二十年后你必须回来。否则，就把你驱逐出牛家大门。

青皮爷已经完全听懂了瞎妈的意思，瞎妈明着在自己的儿女面前立自己的遗嘱，暗里也在给青皮爷示警。让他以后别再钻牛家人的空子，牛家已经没有空可钻了。青皮爷心里话：这瞎妈，够狠。可她又想起了自己家里的事情，心里又是一动。眼前自己家里的事不就很难办吗？要是能像瞎妈这样，不就好办了吗？接着，他又在自己的心里给瞎妈竖起了拇指。仪式结束后，他没有走，想和瞎妈单独谈谈。瞎妈还以为他是有什么想法和自己辩论呢，谁想他到是挺虚心的，想让她给他出主意。

瞎妈最为担心的就是槐花，因为，到目前为止，槐花和继祖的事情没有一个结论，这让她心里一直悬着一把剑。虽然继祖也说过，这结婚的事我听奶奶的。可这年轻人的事情，哪有个准呀？自己不也是那时候过来的吗？这槐花的事情，她又不好在青皮爷面前提起，因为，如果她提起的话，是必要她对此事表态。从她心里来将，她是不赞成这门亲事的，可他又没办法跟继祖表明心计。因为，继祖现在和青皮爷走的太近了，瞎妈现在还真有点儿为难。

而青皮爷最关心的是自己到现在还没个儿子，就算是自己家里和瞎妈不能比，可也不是一般的家业呀，将来自己万一要是有个好歹的，这一片家业由谁来撑着呢？瞎妈虽然在遗嘱里都写上了，继祖是她的孙子，可这不是欲盖弥彰吗？是你孙子，你还解释什么呀？这是明显的漏洞。再加上今天春芽的神色是那么不正常，没问题才怪呢。可这话是没法问瞎妈的，就是问了，她也不会承认。看来她瞎妈是死也不认账了，要不为什么都写在遗嘱里呢？

这人就是这么怪，你越不让他相信什么，他越是要相信这事。你越藏着的东西，人们越是好奇。青皮爷就是入这个辙了，他越发地确信继祖是他的儿子。可这继祖一直跟槐花关系不正常，这要是传出去的话，那可就有麻烦了。想到这里，他的脑子突然一亮，这会不会是瞎妈的一个计策呀？她有意识地让继祖和槐花兄妹成亲，她这是在报复我。可看今天这事，又不像，要是她有意识报复我的话，她为什么还要立继祖为接班人呀？这个瞎妈，真是让人有点搞不懂了。但这里面就是有千万个错，春芽毕竟是个明白人，早晚她得说实话。本来想乍着胆子问问瞎妈，可又觉得事情弄不好就复杂了，而且瞎妈肯定是不会跟自己说。

瞎妈对于青皮爷的欲言又止，心里已经猜出来他想问什么了。虽然青皮爷没有把话说出来，但意思是很明白的。瞎妈心里都想好了，如果青皮爷今天问她这事，她就起身送客。还好青皮爷总算是知趣儿，没把不伦的话说出来。但她看得出来，青皮爷走的时候，他的心里是高兴的，因为，他的脚步很轻。青皮爷走后，瞎妈让工人把那块刻着遗嘱的石碑立在了院子的后面。

春芽今天是担惊受怕了一整天，她真怕青皮爷把那句话问出来。那是她最为难堪的一幕，她心里始终的认为这事迟早是个事。尽管瞎妈和青皮爷他们谁都不挑破，那只不过是个时间问题。这事就像一个定时炸弹，悬在空中，不知道什么时候爆炸。而这个炸弹的制造者，就是瞎妈她本人。知道这事情真相的，只有她和大水。明摆着，这是一个大阴谋，可她必须要为瞎妈死守这个秘密。这是当初她对瞎妈保证过的，这是以她的生命为代价的。但这事毕竟很大，瞎妈近来对她肯定有想法了，她从瞎妈的神色中就能看出来，要是这点儿都看不出来的话，那就白跟瞎妈这么多年了。

为了牛家的利益，大水和她都做出了牺牲。大水戴上了绿帽子，她春芽背上了破鞋。这要是别人的儿子，不管是谁的，她都无所谓，可这继祖是她亲眼看着从大肉包里滚出来的，她怎么能接受这么个儿子呢？她想起这事就恶心，心里腻歪透了。可是她没办法，只能认可。当然，继祖长大之后，就越来越顺眼了，尤其是这几年，这孩子很要强，也很招人喜欢。可是，一想起他的身世，她还是接受不了。这怎么可能呢？要不是她亲眼看见，打死她也不会信。

春芽对于大水，最近格外地体谅。大水对于牛家做出的牺牲，她是亲眼看见的，她有时候非常心疼他，觉得他怪可怜的。而大水最近又迷上了雕刻，每天都在不停地刻木头。就算是他刻的东西最近有些供不应求吧，可她相信，大水可不是为钱玩命的人。一定是他心里有什么苦闷，他在发泄，在折磨自己。下午，春芽给大水泡了一壶茶送过去，偶然间看见大水的手指被刻刀磨得粗糙不堪的，有的地方还裂了口子。她看见了一阵心疼，眼泪差点儿掉下来。晚上，吃完饭后，她拿上了药水，来到大水的房间，拉过大水的手，给大水上了一些药，然后给他包好了。整个过程，大水都好像是个木头人一样，既没有热情，也没有冰冷，有的只是可怕的寂寞。春芽给他上好药后，约他出去走走，大水就像是木头人一样地跟着春芽走出来了。他们在院外转了一圈，最后来到白天立的那块遗嘱石碑跟前。

大水用一只手摸着石碑，不知道心里在想什么。春芽看着石碑，想起了这一家人的苦难经历，眼泪就流下来了。她不由自主地把脸靠在大水的肩膀上，大水无动于衷，春芽就像靠在了一根石柱子上。看大水什么反映都没有，春芽的眼泪逐渐地干了，她的心也冰冷冰冷的了。过了很久，春芽说我们回去吧，大水像根木头一样地转过身来，跟着春芽回到院子里，然后，各自进了个人的屋里。这时候的瞎妈也没有睡，她一直听着院里的动静，直到大水和春芽的房间里传出了关灯的声音，瞎妈的心也咯噔一下。

3

瞎妈立的那份遗嘱，在有关联的每一个人的心里都激起了浪花。二水回来把经过对幸子一说，幸子就敏感到这是把二水给逐出家门了。可白沙滩这块地方太宝贵了，作为牛家的二儿子，怎么能够轻易地放手呢？幸子心里不平衡，和二水争吵起来，她要二水回家再去和母亲争取一下。二水也没办法，他是个孝子，而且老牛家是有门风的，母亲的决定是任何人也更改不了的。幸子不死心，又带着二水来到三水的家里，想和小红谈谈，让她做一下三水的工作。三水家的小红是个贤惠的女人，面对三水目前的一切，已经是知足常乐了，根本无意于白沙滩上的一草一木。二人在三水家吃了晚饭，喝茶的时候，三水说：母亲这人二嫂你又不是没见过，不是你我能说得动的。再说了，我们是否能回去，不取决于母亲，取决于我们自己。如果我们仍然像大哥那样，母亲肯定会接纳我们。可是，二哥你行吗？你要是同意，就和二嫂去办离婚手续。幸子一听，就插了一句：那么大的家业，就这么交给继祖这孩子了？

三水看着二水又说：继祖是个聪明孩子，也是母亲的心头肉。别看他是大水和春芽的儿子，可真正和他最近的，还是母亲。而且，二哥不知道你怎么看，继祖的身世是一直有说法的，我感觉母亲是在装聋作哑。二水见三水这么说，就马上问：是什么说法？三水看了一眼幸子，然后让小红出去哄孩子玩去。等小红出去后，三水说：我听青皮爷那话外意思，说这继祖是他的儿子。可我算了一下时间，那可是差着将近一年的时间呢，不可能呀？所以，今天二哥你来了，我就要问一问，因为你一直在家。二水见他这么认真，就说这事我知道，你进监狱后，春芽还真怀孕了，很可能是青皮的孩子。可咱妈把那孩子给做了，这事我是亲眼看见的，春芽还差点要了命呢。

三水见二哥这么说，就更纳闷了：那这孩子是怎么来的呢？不会是大水捡来的吧？二水的脑海里突然反映上来那个他从家里出来时最后一个夜晚的一幕，他不由得心里抖了一下。但他马上反应过来，那事要是真的，大水就更不可能和春芽或者别的女人有孩子了。要是这样的话，那继祖的身世就更复杂了。想到这里，二水就没敢再对三水说什么。即使是兄弟之间，可这事又怎么好说呢？再说了，那也是不可能的事呀。三水见二哥欲言又止，就不再追问了。幸子就更不知道这其中的故事了。但继祖的身世，始终是兄弟俩心里的迷，而二人又碍于亲情所困，不敢多想。

周末，槐花回到家里，和青皮爷闹着要和继祖结婚。青皮爷只是找出种种借口百般阻拦，槐花心里起疑，这里面到底是怎么回事呢？于是就问青皮爷：你要认他做干儿子成，我把他给你变成你的女婿你又不同意，这是怎么回事呢？青皮爷被女儿逼得没办法了，只好找出了你比他大那么多，不是好现象。弄不好鸡飞蛋打，女婿没弄成，儿子也没了理由来说服她。槐花说：那他要是愿意呢？青皮爷说：他愿意我还不愿意呢？等他知道了你以前的事情，反悔起来，那时候就什么都晚了。槐花见父亲又提起以前的事来，心里一股无名火气就上来了：以前的事还不是你给弄的？青皮爷见她又要吵架，就起身出去了。

槐花一直追求继祖，可她心里是发虚的。她毕竟以前和别人有过那么一段事，弄不好继祖会在意的。如果继祖在意，那就会像父亲说的那样，鸡飞蛋打，还弄出一大堆麻烦来。可要命的是他们父女之间没办法沟通，二人一谈话就争论，一争论起来，青皮爷就走，总也没有一个彻底沟通的机会。明摆着，继祖这事是个大事，父亲非要认他做干儿子，自己又和他处着恋情。这关系怎么摆，她真是有些为难。有一点可以肯定的是，她和父亲之间，肯定要有一个人作出让步。她就不明白了，父亲为什么非要跟她争这个继祖。她和继祖结婚的话，白沙滩这么大的家业就都是她的了。你认继祖做干儿子，最后什么也弄不着。精明一世的父亲，怎么会糊涂到这程度了呢。

父亲这场官司也是，弄来弄去的都是跟人家老牛家打，最后都是继祖和他的叔叔打，她不明白父亲这是要干什么呢？现在这白沙湾是人家老牛家的天下，不像以前父亲一手遮天的时候了。她槐花都感觉出来有些不对了，可是父亲难道就没有感觉吗？自己在法院工作，很清楚什么是法律？谁有势力谁就是法律。法律就是专门维护有势力人的利益的。就是抛开她和继祖的恋情不说，从势力角度谈，她也是要嫁给继祖的。难道父亲要认继祖为干儿子，目的就是阻止她和继祖的婚恋？想到这里，她不由得心里动了一下。

其实，自己嫁给继祖，那是心有不甘的。自己一个大学生，而且是市中级法院的法官，嫁给村里一个初中毕业的土包子，心里肯定不舒服。可谁让自己当初弄出荒唐事来，让人家把自己的第一次给弄走了。想起来，都是父亲把她害苦了，她每每想到这些，心里都觉得冤。她想她的母亲，她无法原谅自己的父亲，她要做最后的抗争。可是话又说回来了，这样做究竟值得不值得呢？继祖这人值得她付出这么大的代价吗？

好赖继祖那片家业还让她心里平衡一点，要不她得愁死。她可是这方圆百里唯一一个考上名牌大学的大学生，怎么回来后又嫁一个农民呢？这怎么让她在村里见人呀？思来想去，她还是决定先和继祖谈一谈，看看他是什么意思。继祖今年不到二十岁，这时候要是和他谈结婚的问题，让他怎么回答呢？他能怎么回答呢？要是他再拒绝了自己，可让她的脸往哪儿搁，在这村里，以后让她还怎么来做人？思来想去没有出路。

总之，最近槐花的心里够烦的。还有烦心的是呢，市中院把青皮爷在县法院告二水，二水又上诉到市中院的案子交给她来办。她问庭长按照条例自己是不是应该回避一下？可庭长说这是院里的决定，认为她比较了解情况，有利于办案，并说组织上信任你。槐花的心里感觉这事不像庭长说得那么简单，她要先把卷宗拿回来研究一下。

几天以后，槐花按照法律程序，把原告和被告双方都叫来，通了一下气。二水见这案子转到了槐花——被告人的女儿手里，感觉这也太荒唐了。于是向法院提出不合理，有失法律公平。法院说你还没开庭怎么就知道人家法官判决不公平呀？把二水给闷回来了。二水想，那就等你开庭审理后再说吧，反正不公平我就还上诉。

继祖也觉得这事有些离奇，女儿怎么能够审理父亲的案子呢？回到村里后，他把这事对青皮爷一说，青皮爷到笑了。这丫头回来怎么没有说一声呢？但同时也感觉到这事有些麻烦，弄不好要把女儿槐花牵扯进来。然而，继祖到是说了一句：不行还是撤诉吧。青皮爷听了一楞，可一想，这话还是有道理的，也只能是这么做。想到此，青皮爷一摸脑袋，看不出这傻小子对槐花还是有情有意的，要不是他现在的身世弄不清楚，他还真要考虑这个女婿的事了。就让继祖明天去法院，找槐花去办理撤诉手续。

槐花第二天就接到了继祖送来的撤诉书，槐花这才领悟到了院里领导的意图是什么。这青皮爷在法院是有名的不讲理，因为，几乎每月都有人来法院告他。他起诉人家的事，那还是头一回。槐花在法院也是够难为她的，有这样一个爹，真是让她脸上不太光彩。可怎么办呢，谁让她摊上了呢。由于青皮爷的主动撤诉，使另一个案子，就是三水诉二水的案子明朗了许多，院里又把这案子转给槐花来审理。槐花说什么也不接了。

槐花最为关心的是父亲现在对继祖什么想法，她回到家后，又一次提起了和继祖的婚事，可是父亲这次是非常斩钉截铁地说不行。槐花是哭着跑回宿舍的，她心里难过极了。认为父亲这是在以报复她的形式来报复她的妈妈，她要和父亲断绝关系。而青皮爷却说你不要着急，父亲会给你找一个合适的女婿的，可继祖不行，有些事情你不了解，等事情明朗了以后，我再和你说。槐花说这可是女儿的终身大事，错过这个机会，可能就不会有了。她说着这话，心里在想着佳子和继祖亲热的样子。青皮爷见她还在坚持，就又发了脾气，说不行就是不行，然后起身又出去了。

槐花实在是没有办法了，她找到了继祖，明确地和继祖讲明了她现在都这岁数了，想要结婚的想法。继祖略微地考虑了一下说以前自己由于好奇，和槐花发生了那种关系，现在自己很后悔。结婚的事情，自己现在还没有准备。即使结婚的话，也要通过奶奶和青皮爷这两道关。没有他们同意，他是不敢考虑的。槐花一听他这个意思，心里就凉了。但她还不死心，她要和瞎妈说一说，看看她要什么样的孙子媳妇。

瞎妈万万没想到槐花会来找她直接谈论和继祖的婚姻问题，现在的年轻人真是开化呀。瞎妈在客厅接待了她，春芽也在坐。槐花把自己和继祖的交往原原本本地对瞎妈和春芽说了。瞎妈感觉自己以前对继祖和槐花的交往，看得有些草率。春芽感觉这事情，自己是没办法表达意见的，但从心里来讲，她是不喜欢槐花的。可从她与青皮爷的关系上来讲，她又无法否定这门亲事。当瞎妈问春芽你怎么看的时候，春芽只是说：这事还要母亲做主。

瞎妈考虑了一下，然后，以一个长者的身份，拉着槐花的手，对槐花表示，这事情主要还是要问你父亲的意思，如果他没有意见，我们倒是可以考虑。可你父亲是个很不好交流的人，你还是回去做做他的工作吧。槐花一听这话，心里一阵欢喜，感觉这事还有希望，就告辞出来了。回到家后，把她去白沙滩的经过对父亲讲了，青皮爷见瞎妈是这么表态，就更加地认为这是瞎妈在明知道事实真相的情况下，装糊涂，把球踢给他了。让他青皮爷自己来管教自己的女儿，同时也借机会教训他一下。可他怎么和女儿解释呢？要是以往，他一发脾气走了。今天不一样，今天槐花是认真了。可他不能对槐花说继祖有可能是他的亲生儿子吧？那又怎么办呢？

他的心里在骂着瞎妈，可又一想，人家瞎妈怎么能把事实真相说出来呢？这也是没办法出口的事呀？再说了，这是自己造的孽，人家没和我计较，还让继祖和我来往，就很不错了。眼前这坎怎么过呢？他实在是没有办法了，最后，他对女儿说：闺女，你就别逼我了好不好，我给你跪下了。槐花一看他这态度，以为他又要起了青皮，就哭着跑了。

瞎妈在槐花走后，就把大水和春芽都叫过来，明确地表示，如果继祖娶槐花，那就剥夺继祖的继承权。因为道理很简单，像槐花这种女人不可能在白沙滩上待得住。大水和春芽都没有说什么，春芽心里再琢磨，这不会是天报吧？青皮爷把自己给占有了，继祖把他的女儿给占了。唉，造孽呀，看样子，槐花这孩子还不错，可以后继祖要是不娶她的话，她可怎么活……

瞎妈好像闻出来春芽的心事，等大水走了后对她说，天要灭谁，那是一定逃不掉的，这是天命呀？你看出来了吧？春芽也觉得这事报应的也太快了吧？一整天她都没有说一句话，心里不知道是什么感觉。是幸灾乐祸？还是解恨出气，还是心里不安，总之，不知道心里是什么滋味。明显得晚饭她吃的很少，瞎妈知道她的心病，也不再说什么。看来她的心里还在装着青皮爷，由她去吧，只是想起她与青皮爷的那层关系，心里略有不安。

第十章　破庙新装，还挺旺盛

1

在河神庙的大殿后面，已经有四块石碑了。牛德旺一块，魏瘸子一块，那头黑草驴有一块，只是这块碑上没有字。再有就是瞎妈最近立的那块遗嘱碑，崭新崭新的石碑，碑文是描金的汉字，很耀眼。而这河神庙已经瞎妈这几年的装修，也是大为改观了。首先，庙的正殿和几间厢房，如今已经装修一新。庙的正堂如今供奉的已经不是由人假扮的神像了，而是新近请来的雕塑家，给重新塑造的泥像，色彩鲜艳，金光闪闪。由于几间河神庙的房屋，都是装修一新，而且来庙里烧香的人最近络绎不绝，瞎妈让在庙里工作的人员都穿上了统一的服饰，河神庙服。以使得庙里的工作人员和庙里的气氛和谐起来，显得正规。

大水虽然不装神像了，但他最近的雕刻手艺学的很到位，来往的拜神者都要买他一个物件走。大水每天早上起来的第一件事，就是打扫神像，自从不当神像那天开始，每天如此。早上，他又像往常那样，打扫着殿堂，擦着神像，他突然发现那几尊神像都在从底部坍塌。原因是不知道那来的水，从那几尊神像的脚下往上阴，一直到神像的半截，时间一长，泥着了水，就坍塌下来了。大水赶紧告诉瞎妈，瞎妈也没有经历过这种事情，眼睛又看不见，于是，就让春芽去找技术人员来看看。来的人就是这几尊雕塑的工程师，他还带来了一位地质学家。他们经过仔细查看后，得出了河神庙大堂的地下水位比较高，不适合放置泥塑雕塑。春芽带着雕塑家把这一情况跟瞎妈一说，瞎妈想了想后说：那我这庙里从今往后还不能放神像了，非用真人不可呀？雕塑家说：这样最好，有可能的话，把庙址改一下，挪个地方就行了。瞎妈听完他们的汇报说：我说这庙里以前为什么没有神像呢？瞎妈翻了翻瞎眼又说：那就先把残破了的神像清理掉吧，以后还是让大水凑合装一下吧。雕塑家说：这事情还真有点复杂，这神像是经过文物局认定的，宗教局备案的，要是清理的话，还得向上面打个报告，让他们来个人，做个见证，要下个文件，要不然会有麻烦。瞎妈一听，就想起春芽当初为给神像备案，请客送礼的那套程序，心里有点烦。可雕塑家说非这样不可，瞎妈只好让春芽给上面打报告。

报告打上去之后，过了一个多月，上面才通知河神庙，说明天要来主管人员进行鉴定。第二天，县里的几位大爷在青皮爷的带领下，摇摇晃晃地来到白沙滩。宗教局的人经过检查后，确定为河神庙管理人员对文物保护不力，罚款五百元。文化局的人经过检查，确定为对传统文化艺术造成伤害，罚款五百元。两个职能管理部门还限期要春芽她们把神像修复起来，以供游人瞻仰。然后，由青皮爷带着，他们在村里的一家饭馆里大吃一顿，又去张丽那里洗脚。所有花费，第二天由继祖带回来，春芽买单。春芽拿着发票来到瞎妈的屋里，把这事和瞎妈一说，瞎妈说这倒是我多事了，没事非要造个神像干什么，这不是自己给自己找麻烦吗？以后干脆，就还是让大水装河神吧。实在大水要是身体顶不住的话，就轮流着让那几个叫花子一起装。

河神庙的大堂又干净了，残破的神像都清理走了后，大水又坐到神像的位置那里装神像去了。春芽借这机会把几个要饭的都正式地收容过来了，成为正式的河神庙里的工作人员，让他们每个人都有个饭碗，也了却了她的心愿。让大水带他们到河里去洗个澡，给他们每人换了一身新衣服，安排好住处。这些人摇身一变，就真成了庙里的穿着庙服的虾兵蟹将了。庙里管吃管住，每月还给他们开三百块钱工资。这几个叫花子就给大水当兵，每天有事的时候，跟着大水装虾兵蟹将，没事的时候，跟着大水前呼后拥的，还能干一些杂活。

大水也不含糊，知道这几个人无组织无纪律的懒散惯了，就每天都安排训练他们。早上起来跑步上操，平时没有客人的时候，进行业务训练。业务训练很简单，就是和大水一起装拌虾兵蟹将。大水装拌河神，河神的前面要站几个虾兵蟹将，这几个人正合适。开始的时候他们不习惯，来了客人总是笑，后来时间一长，就习以为常了。这大运头是他们的头儿，年岁也最大，其他几个孩子都听他的，大水就抓住他，有事情就找他安排。但毕竟是当叫花子时间长了，有时候恶习难改，经常犯一些低级错误。大水是个心宽的人，也不和他们计较，他们只要是知错，事情也就过去了。

大水带着这帮人，在庙里忙了一个冬天，一到初五，烧香的人就陆续来了。十五这天，那是人山人海的，把个大水给坐的腰直痛，那他也觉得感觉好。那几个虾兵蟹将开始还行，到后就有些支持不住了。春芽答应给他们改善伙食，每人每天都有一顿肉食。晚上如果下班晚的话，还有夜餐。这几个叫花子倒也知趣，让干什么就干什么。这个花子头儿大运头，是个聪明之人，每天跟大水大叔长大叔短的形影不离，沏茶倒水的把大水伺候得舒舒服服。时间一长，大水感觉还真离不开这几个人了。春芽看着大水和这几个人在一起时，精神爽快，性格活泛了许多，笑容也多了，她心里也宽松了许多。

这天他们接到通知，说市里有个领导要来，让他们准备细致一点儿。大水一大早就把那哥儿几个叫起来了，大家进行了一次演练，春芽看了后，又给他们提出了几处毛病。大水让他们再来一遍。快中午的时候，青皮爷带着领导从河对岸过来了，看样子他们是奔着饭点儿来的。

来的是市里负责农林水利的朱副市长，青皮爷事先和继祖打了招呼，要他告诉春芽他们准备细致一些。大水也是反复排练了几次，把几个小叫花子累得直冒汗。青皮爷带着朱副市长来了后，进庙里参观。按照计划安排他们在庙里转一圈后，就去饭店吃饭去了。这朱副市长是位信佛的人，带着一副高度数的眼镜，平时经常是跑寺庙的主儿。他又是负责水利的，所以，今天一见到河神是肯定要拜的。青皮爷带着朱副市长一进大堂的门，他就烧了一炷香，高高举过头顶，然后三叩九拜蛮内行地趴在地上就磕头。

装扮蟹将的左边是大运头，右边是小福子。二人看着朱副市长拖着个胖身子，趴在地上拜大水，觉得好笑，就相对地看了一眼，然后撇了一下嘴。正好被朱副市长看见，这一下，可把刚抬起头来的朱副市长给吓坏了，他赶紧看了一眼河神，谁想大水见两个蟹将不严肃，就瞪了他们一眼，刚好被惊吓中的朱副市长又给看见了。结果，吓得他翻倒在地上，转眼之间就口吐白沫儿不省人事了。这下可吓坏了在场的所有的人，大家一时地不知所措。青皮爷赶紧招呼人把朱副市长抬走，送县医院。到了县医院，院长一听说是朱副市长，赶紧安排最好的医生进行抢救。医生们是又打针又送氧地把朱副市长抢救过来，他醒来后的第一句话就是：我看见了，我看见了，神仙显灵了。弄得大家一时莫名其妙，青皮爷更是摸不着头脑。他问了半天，才有点儿明白过来，一准是大水他们穿帮了。可他又不能向朱副市长解释，只能说是您看花眼了吧？而朱副市长此时已经神经八叉的了：没错，是真的，我看见了，我看见了……

大家都不知道是怎么回事，只有大水心里清楚，等人们把朱副市长折腾走了后，大水把大运头和小福子留下来，罚跪。春芽知道这事后，感觉不对劲，就和大水商量，这事要是以后还发生怎么办？大水说以后就不会发生了，我已经和他们说好了。春芽觉得不行，就说，你这终归是活人，难免出现这种事情。这要是弄出人命来，多划不来呀？大水想了一下说：那你说怎么办？春芽说要和母亲商量一下。

春芽把今天发生的事和瞎妈一说，瞎妈马上就感觉到了隐患。春芽说：看来还是泥像老实。瞎妈思考着说：弄个泥像吧，倒是老实，可这帮活爷爷我们惹不起，你没看见这左一出右一出的，尽得花那些没影的钱不说，还得背很多包袱。弄个活人吧，他不老实，以后这日子还长着呢，万一要是把人吓出个好歹来，我们怎么赔得起？两害相权，取其轻。我看，还是请雕塑师再雕塑一个泥的吧。春芽说这几天我想了想，我看能不能弄个木头的试试，或者是铁的最好，您看怎么样？瞎妈说：你就看着弄吧，别再出前面的事情就行了。这期间你到街上去买一些面具来给他们戴上，别再弄出事来。

已经到了烧香的旺季，现在动工是不可能了。大家每天的精力都放在了接待上面，那么多的烧香人，就是请来雕塑家，也没地方干活。春芽给大家伙一人一个面具，然后又把利害关系和大水讲了一遍。大水又和几个手下交代了一下，要求大家伙绝对不能再出现以前的问题了，只等到冬天的时候，请来雕塑家，再雕塑出泥像，摆在上面。就在大家酝酿着冬天动工的事情的时候，青皮爷带着二混蛋突然又来了。

上次那个副市长，由于看见了神像微笑，认为自己是见到真神了，心血来潮，大笔一挥，给河神庙批了五十万元修缮费，要给河神重塑金身，并关照青皮爷亲自给河神庙送来。这可真是天外飞来的邪事，春芽和瞎妈都没有露面，是大水把支票接过来的。青皮爷本来想在春芽面前显摆一下，结果很没趣儿地走了。跟着青皮爷来的手下二混蛋看着心里不平衡，就对青皮爷说：这副市长一给就是五十万，我看我们应该留点儿。青皮爷瞪了他一眼，没有说话。二混蛋眼珠一转又说：我们村里不是有座倒座庙吗？您为什么不把他修起来，我们也发点财呀？青皮爷一听眼睛就是一亮，才想起一直被村里当场院、仓库的那几间破房来。对呀，这不是守着寡妇打光棍儿，想不开吗？

青皮爷回到村里后，就把几个能办事的都找来了，唯独没叫继祖。二混蛋、山虎子、胖子歪等以前那些跟他一起在庙里干活的几个人都来了。商量好后，大家说干就干，没两天就把倒座庙给收拾出来了。同样没有佛像，他们也像河神庙那样，用真人装扮。青皮爷又批了一笔钱，给大家置了几身行头装扮起来。衣服穿上以后，大家面对一件事情发了愁。那就是大家都得剃头，因为倒座庙是和尚庙，所以，里面要有和尚。这帮人都是村里大小的干部，平时在村里作威作福，横行乡里，吃喝玩乐惯了，如今要是让他们把头剃光，装成和尚，吃素念斋，那还真有点难为他们了。经过青皮爷和山虎子再三商议，又给他们开出了条件，这帮人才答应说考虑考虑，但是，让谁挑头儿当寺庙住持，谁都不干，都说自己有家有业的，家里不同意。也是，这年头谁放着好日子不过，去找罪受呀？把个青皮爷给气的，回到家就摔了茶杯。正赶上继祖进来，见青皮爷摔了茶杯，就问他为什么？青皮爷正在火头上，就不管不顾的和继祖说了这帮人的可恨之处。继祖又仔细地问了他们收拾倒座庙的事情经过，听了后觉得好玩，就拍着胸说我当，这可让青皮爷没有想到。心想，这孩子真是知心，一准是我的根。于是，他就把自己的想法怎来没去的对继祖讲了，最后又说：反正这事我都对你说了，你爱跟谁讲就跟谁讲去吧，他言外之意是不愿意继祖去跟瞎妈讲。继祖却说：既然我们要干这事，就没必要躲躲闪闪的，既然人家早晚都要知道，那就让他们知道吧。青皮爷一想也是，还是这孩子大气。于是，就承诺说：以后给你开双份工资，那几个坏小子都听你使唤，不成就开。

晚上，继祖回到家，就把青皮爷的想法对奶奶讲了。瞎妈一听就感觉这青皮爷是看着这两年河神庙搞得不错，尤其是上面屡次地拨款，他看着眼馋了。于是自己想发这笔财，才动了念头。幸好继祖给接过来了，要不他还真要得呈呀。可这里边有一样，继祖这年纪轻轻的，就把头剃了，做了和尚，以后这对象可怎么办呢？老牛家还要指望他传宗接代呢。瞎妈想到这里，就没有再发表意见，春芽到是说先干两年再说，等有了接班人，再下来呀，反正又不是真正出家。瞎妈眨着瞎眼，脸色不太好看，继祖知道奶奶心里不高兴，就起身出去了。

青皮爷的倒座庙就这样喧声锣鼓地干起来了，人气还挺旺盛，人山人海地挤不进去。把个青皮爷高兴的，嘴都合不上。难怪人家说这开庙赚钱，我还没当回事，原来是这么热闹呀？可是几天以后他才知道，这来庙里看热闹的人多，烧香的人少。大多数人都是来看假和尚的，根本没有人正经烧香。再经那些人十里八乡的一传，大家都知道倒座庙开张了，里面雇了一群假和尚。认识这些和尚的人，还进来和他们开玩笑。总是这样也不是个事呀，青皮爷把继祖叫到家里，二人商量怎么办？继祖说：最好是先向上面申请资金，把整个庙修缮一下，然后，固定人员，实行工资制度，我们先正规了，别人就不再说我们了。青皮爷一听有理，我修建这个庙目的就是为了向国家要钱呀，第二天他就去了县里。

县里的干部听说他把倒座庙给整出来了，要开张没有修缮费，想申请一点儿修缮费。主管县长说他办了一件好事，非常支持他。于是就要他赶紧把文件报上来，逐级进行审批。青皮爷一听高兴得直放屁，回来后就和继祖喝了一晚上酒。半夜喝完酒后，继祖就回庙里睡觉去了，他又去了张丽的洗脚房，在那里一直泡到天亮。

2

自从继祖接管了倒座庙后，就对人员进行了调整。首先，他让二混蛋担任了管事，总管庙内的一切生活事情。二混蛋这人不讲理，他来管生活，青皮爷拿他也没办法，他要什么，青皮爷就得给什么。山虎子负责庙里的秩序和纪律，谁要是违反庙里规矩，他就处罚谁。胖子歪负责庙里的杂役，所有倒座庙里的人工劳务都归他管。继祖虽然对庙里事情一窍不通，但管理上他还是内行的。这庙是建起来了，总不能没有人来吧？得先把人气弄起来呀？继祖又和青皮爷喝了一夜的酒，爷俩谈了很多。继祖也讲了河神庙当初也是没人去，后来挺了好几年才弄起来的。继祖这话是实话，青皮爷是眼看着呢。可如今他们这倒座庙就不一样了，他们等不了那么长的时间。二人琢磨了一晚上，喝了两瓶白酒，最后，商量出了组织本村村民参观的主意。村民们惹不起青皮爷，更犯不上为上一次倒座庙得罪他，反正也不花钱，就遵从和响应了他的号召。

第二天，白沙湾的村民就有组织的来倒座庙参观，有的村民还烧了香。就这样，全村的人用了一个星期的时间，轮拨地在倒座庙转了一圈，给倒座庙添了不少人气，把这群假和尚的士气也鼓舞起来了。带动着其他地方的人也陆续地来这里观看，就是不烧香，也来凑个人气。

这村里的人来参观是好事，可他们对于这几个假和尚太熟悉了。白沙湾有名的李快嘴，人都叫她二婶子，一进庙门，就扯着大嗓门叫起来了：我说二混蛋，你整天在这装神弄鬼的，你也不看看你老爸去，七十多岁的人，圈在四楼上两个月了，该弄下来遛遛弯儿了，你还念经呢，一点也不知道孝顺，念也白念。她这一叫唤，把大伙的注意力都引过来，都追着他开玩笑，吓得二混蛋赶紧钻后堂去了。这拨人轰走了二混蛋，又朝胖子歪开火。李快嘴上前揪这胖子歪的耳朵：你在这装孙子呢，见面连个礼数都没有，叫我？在村里胖子歪是李快嘴的本家侄子，按辈分胖子歪得叫李快嘴一声姑姑。可这是在庙里呀，继祖见不能再让这帮人闹下去了，就从后堂走出来。他双手一合十：阿弥陀佛，这位施主，您有什么话和我说好吗？他们是在工作。李快嘴一见是他们村的副村长，就更来神了：这不是牛副村长吗？你怎么带头干起这个来了？怎么，都当了和尚啦？继祖不能再让她闹下去。就说：二婶，我们这是工作，是在为村里搞效益，您应该理解才对，不应该搞笑我们。山虎子这时候也过来了，说：二婶您就赶紧看看，完了后就走吧，您要是再这么闹下去，我们的生意就没法做了。二婶说：我知道你们这装神弄鬼的是怎么回事呀？谁让你们不提前说一声呢？正说着，二虎的媳妇大妞子进来了，见二虎这样子，就大哭小叫地嚎起来：你这个该死的，我说的呢，你没事剃个秃子干什么呀？原来是上这儿当和尚来了，这日子可没法过了，二婶呀，你可得为我做主呀，他没事当了和尚啦……一时间的村民、街坊都数落二虎，放着好好的日子不过，非要当什么和尚哪？还有的说：饭都吃不上了，烧那门子香呀？烧香、磕头那是富人干的事情，坏事干多了，就得烧香，哪有穷人烧香的。山虎和她们争不过，气得他也进了后堂。继祖见出了问题，自己又是本村的副村长，有义务要解释清楚。

继祖把大家集中在庭院里，然后就把村里的计划和大家讲了一下，最后说：这是一项非常长远的地方经济开发计划，利用我们现有的资源，带动白沙湾地区旅游业的发展，这事牵扯到白沙湾的今后发展方向。我们都是为了工作。您看，我不也把头剃了……山虎媳妇大妞子一看继祖一个没结婚的小年轻的都把头剃了，她也就不闹了。最后，临走之前她说了句：山虎子，你爱怎么干就怎么干吧，反正别当真就行了。

好不容易把这第一拨村民送走了，山虎子把二混蛋和胖子歪找来，对他们说：你二混蛋平时那混蛋劲头都哪去了？你胖子歪那些歪主意呢，有本事你别躲呀，瞧你们这点儿德性。继祖说：算了，这是个意想不到，我们明天开始注意点儿就是了。这几个小子是跟青皮爷好多年的，个个的顶尖溜猾，要不是青皮爷有话，他们根本不把继祖这一个孩子毛放在眼里边。可今天这阵势，继祖三两句话就给摆平了，他们心里就是一动，看这小子还是有两下子的，难怪青皮爷这么器重他。所以大伙也就比以前收敛了一些，在继祖面前也就不敢那么放肆了。

这天，二混蛋在当值，一整天人都不多，到傍晚的时候，来了一个拜佛的。这人四十多岁，文质彬彬的，进门后就要了三炷香，说要拜佛。还给了香火钱，于是二混蛋就把大家赶紧召集出来，各就各位。继祖看着这人就觉得有些不对劲，可又说不上什么来。他拜完后就和二混蛋聊起来，二混蛋开始还警戒些，等抽了人家的烟，就有什么说什么了。什么为了村里的经济开发了，什么活跃本村的经济秩序了，什么利用本村的特点进行经济招商啦……最后，继祖实在是听不下去了，赶紧把二混蛋叫到一边，然后对那人说：我们这寺庙还正在处于组建中，现在是试运行。职业管理人员还没有到位，我们都是临时的。那人见没有什么可问的了，就起身告辞。晚上，继祖把这事告诉了青皮爷，青皮爷根本没当回事，就忽略过去了。

青皮爷的报告是打上去了，等了将近一个多月，才有信儿。等来的不是上级领导的批准，而是市宗教局的勒令停止宗教活动的命令。这下青皮爷算麻了爪，赶紧往上面打听是怎么回事。原来是市佛教协会给宗教局打了报告，说白沙湾的人打着佛教名义招摇撞骗，要宗教局管一管。宗教局经过调查，认为佛教协会的报告基本属实，于是就下了这道命令。

青皮爷一时没有转过弯来，晚上，赶紧把继祖叫来，问该怎么办？继祖问清楚了来龙去脉，就说既然是那帮和尚告了我们，我们就别装和尚了，打明天起，我装老道吧。青皮爷听了一拍大腿：对呀，马上，明天起，我们装老道。青皮爷又高兴起来，连夜改写倒座庙的工作报告，把倒座庙改成了倒座观。又拿来了村委会的公章，当即委任继祖为倒做观的道长。第二天，继祖就带领全观人员改服饰，改招牌，换庙号，重新排练法事的仪式，重新制定规矩。宣布所有工作人员以后都续长发，不许剃头。前前后后整整忙乎了一个多月，总算有眉目了，找能人选了一个好日子，举行开业典礼。青皮爷见继祖干事情井井有条，心里非常高兴。

开业这天，来的人不多，继祖主持仪式，青皮爷讲话，青皮爷话还没讲完，就见县委的人带着宗教局的人进来了。宗教局的人当场宣布取缔倒座观的一切法事活动，并宣布对白沙湾村罚款五千元。青皮爷又傻了，赶紧拿着罚单，召集继祖等人开会。要大家拿主意，想办法。继祖说佛教，有佛教协会管着，不成。道教有道教协会管着，也不成。河神庙为什么没人管呢？那是因为没有河神庙协会，所以，我们也要干一个没有协会的项目。什么这教那教的，我们干脆，什么教也不入了，就改成土地庙，总不成有土地庙协会吧？我们就干一个土地庙，看他怎么办？青皮爷一听觉得有理，大伙也一致同意，于是，青皮爷又批给继祖一笔款，要继祖改牌子，换服饰，赶快把土地庙弄起来。自己赶紧起草工作报告，赶快向上级报上去。

这回继祖多了个心眼，他买了好几本书，看看人家的土地庙是什么样子，土地爷穿什么样的衣服，他找来了服装师傅，每人做了几件服装。又让装修人员，把庙装修成土地庙的样子。一切都安排好了后，转眼又到了开业典礼那天，青皮爷这回接收了上一次的教训，主动邀请了县里的领导。大家的工作都就绪后，继祖突然被一个问题难住了，他马上找来了青皮爷。因为，这土地爷是个老头儿，以继祖现在这个年龄，一看就是一个小孩子，怎么装扮也装扮不成土地爷呀？他把这意思对青皮爷一说，青皮爷觉得继祖说得对呀，这可怎么办呢？临时抱佛脚，这上哪去找土地爷去呢？继祖说：反正是头一天，您就装一回吧？青皮爷说：那怎么成，我还得陪领导参观呢？继祖说：我倒是有个人，正合适，就是不知道您同意不同意？青皮爷说：别说了，我不会同意，还是让他躲远一点吧。继祖说的是前任村支书李全宽。

继祖见青皮爷给挡回来了，就又说：那就让二混蛋装扮吧，他还显得老诚一点。清皮爷一听这话，心里一动，眼珠马上一转，一个坏主意就在肚子里诞生了。于是他阴笑着说：也好，二混蛋装扮土地爷，大混蛋来参拜……哈哈哈。继祖没听懂他在说什么，就问了他一句，青皮爷没有正面回答，只是说就按继祖的意思办。于是，继祖就安排二混蛋换上了土地爷的那套服装，让他坐在了土地爷的宝座上。

上午，青皮爷陪着乡长和县委办公室主任一起来了，继祖以土地庙主持的身份到门口迎接。青皮爷给二位领导介绍了一下，二人见是个孩子，也没往心里去。顺口问了一句：李全宽呢？青皮爷眨着坏眼赶快说：按照乡里的精神，都安排了，不信您检查？乡长只是想拿李全宽敲打一下他，那有检查的意思。县办主任见他们在斗嘴，就让乡长赶快宣读了县里的批示，批准白沙湾土地庙管理处成立。而后，就来到了大堂，这乡长也是个信迷信的人，进了大堂，见到土地爷，趴地上就拜。青皮爷见这小子平时对自己耀武扬威的，见到此景心里好舒服。原来，这二混蛋是乡长的外甥，如今舅舅给外甥跪着磕头，这不乱了伦法吗？这二混蛋平时没少挨舅舅的骂，今天见舅舅拜在自己的脚下了，不觉得心里高兴，就乐了出来。他这一乐，吓了大伙一跳。继祖这边的人感觉这回是穿了帮，来的客人以为是土地显灵了。扑通，大家跪倒了一大片。县办公室主任觉得不对，仔细一看，这土地爷是真人装扮的，就大喝一声：下来。把个青皮爷吓了一跳，赶紧把二混蛋叫下来，让他跪在主任跟前。

乡长一看自己拜的原来是自己的外甥，顿时火冒三丈。青皮爷赶紧上前和稀泥，县办主任听明白过来后，见乡长这样子，顿时大笑起来。青皮爷见主任笑了，感觉危机已经过去，就让二混蛋站起来，赶紧给舅舅赔不是。然后又对乡长说：您看，我前几天找您批点钱，您说没有。没办法我只好弄活人装扮呀？可今天是领导来了，为的是博得领导一乐，哪想到把这一层关系给忘了。说的乡长的脸色青一阵红一阵，心里有话说不出来，知道是上了青皮爷的当，只好忍在肚子里。心里话，等你小子犯在我手里，我非整治你不可。青皮爷也不是省油的灯，吃饭的时候，他主动自我罚酒给乡长下气。

这土地庙是搞起来了，可是经过这三折腾两折腾的，早把人气给折腾没了。周围四乡八里的根本没人来烧香。再说了，二混蛋是横行乡里有名的无赖，谁会来给二混蛋跪着烧香呀？所以，这一下，土地庙的名声就臭了。看样子，这土地庙还非得请一位真神不可。继祖这几天就琢磨这事，心里虽然有了人选，但一直就没敢提出来。他心里这人是父亲大水，可这事怎么和父亲提，怎么和青皮爷提，怎么过瞎妈这一关呢？

星期日晚上，青皮爷家里可热闹起来了。原因是槐花回来了，她听说父亲把继祖给弄庙里去当住持和尚去了。她跟父亲大干了一架，又哭又闹的几乎骂起来，她怀疑是父亲为了阻隔她和继祖的关系，有意识做出来的。最后还是继祖进来，才把这事给平息下去。青皮爷见继祖来了，总算是找到了救星，赶紧让他自己解释。继祖是来和青皮爷商量借他父亲大水的事的，谁想正赶上槐花闹脾气。槐花要继祖保证不出家当和尚，继祖觉得好笑，就把自己的发展计划和她说了，最后说得槐花高兴了。青皮爷见继祖确实是个人才，但看见槐花对继祖的态度，心里又紧绷起来。他担心槐花和继祖真的做出那事来，让他没办法对列祖列宗交代。所以，他要尽快地做通瞎妈的工作，正式认继祖为义子，从而也断了槐花和继祖的不实想法。

继祖本来是来商量借自己的父亲大水来土地庙当土地爷的，可是被槐花这一搅和，也就没办法谈了。槐花还要和他出去散步，被他拒绝了。青皮爷也说他们还有事谈，槐花和继祖谈了一会儿话，见话不投机，就起身回自己房间了。青皮爷这才问继祖有什么事情？继祖把自己的想法一说，青皮爷马上就陷入了沉思。因为这事继祖有点小孩子想法，别说大水不会答应，就是大水答应了，瞎妈也不会答应。

3

乡长跪拜了二混蛋，在乡里传成了笑话。二混蛋逢人就拿这事当笑话说，把乡长气得七窍生烟，心里更加怨恨青皮爷。后来乡长听说青皮爷这土地庙能赚大钱，他就找到青皮爷，说：你不是报告资金不足吗，我给你投入一部分资金怎么样？青皮爷知道他没安好心眼，赶紧说上次我给乡里打报告，申请资金支持，结果乡里没有批，我就找了一些社会资金，现在暂时不缺钱了，谢谢乡长的好意。得，一个软钉子给顶回来了。

这青皮爷建这土地庙，对上说是自筹资金，对下说是上面拨款，对外说是村民投资，到底他的资金哪来的，谁也不知道。实际上都是他自己投入的资金，这家伙要吃独食，因为他看到了河神庙的经济效益。他是土地庙的水下老板，这一点，就连继祖也不知道。他还很会造势，利用各种机会。如：乡长来村里和他商量投资土地庙的事情，他借机会大肆宣扬，说乡长主动给土地庙投资来了，可是究竟乡长投资没有，谁也不知道。

幸子也让二水找过青皮爷，商量给土地庙投资的事情，并拿出了他的远景规划。按照二水的规划，土地庙要扩大三倍，里面的神像都塑成金身。搞成这一带最高级别的庙宇，香火肯定最旺盛。可青皮爷就是不吐口。二水也和瞎妈商量过，瞎妈说：你要是弄得了青皮爷呀，他就不叫青皮爷了。二水一想也是，在这白沙湾，只有一个人能和青皮爷抗衡，那就是自己的母亲。二水没办法，眼看着白沙湾的这两块肥肉，一块也吃不到自己嘴里。一块他母亲叼住不松嘴，一块被青皮爷死死地抱住不撒手。你二水就是有天大的本事，也施展不开。而母亲却说：你就别吃着碗里想着锅里的了。

继祖回家，把想请父亲去土地庙装扮神像的事对奶奶说了，心里发跳着等奶奶的反应。瞎妈想了想，马上就答应了，让他去和大水商量。谁想，大水不愿意去，他嫉恨青皮爷和春芽的关系。继祖把自己在那庙里当住持的事情一说，大水才说考虑考虑。春芽不愿意继祖当住持，更不愿意大水去青皮爷那里装扮神像。但当她听说瞎妈已经同意的时候，她也就不言语了，因为，瞎妈同意的事情，必然有她的道理。

春芽来到母亲的房间，把继祖的意思和瞎妈商量，瞎妈说：继祖跟我说了。我看这两年青皮爷越来越精明了，我孙子给他当住持，大水给他装扮神像，我们家人出力，他赚大钱好呀。二水前两天回来，说得有理。这白沙湾这两年，经济开发搞的红火，该开发的都开发了。将来这个地面上，核心就是这两座庙，也是各方面争夺的焦点。我们这里谁也插不进来，他青皮爷那里就不行了，也就是说，他那里是唯一争夺的焦点。他怕顶不住，所以，紧着把我们往里拉。胃口大呀，设计到我的头上来了。说着话，她拉起了春芽的手，春芽每每到这时候，心里都会感到一些紧张。她此时又感觉到瞎妈又要有什么计划要出来了，而且是和她有关系。

大水和青皮爷签订了半年合同，青皮爷想，等半年以后，我的人气也旺起来了，你也该回去了。大水每天到土地庙里来上班，有客人的情况下，他就装扮神像，没有客人的情况下，他就刻木雕。结果，时间不长，他就把人气给带起来了，大家听说大水在这里，就都来土地庙烧香，然后求一个大水刻的物件，图个吉祥平安。大水给他们物件的时候，都留一句话，半年以后再找我一次，我给你续一下法力。四乡八里的都知道河神庙的住持在土地庙作法呢，大家都老远地奔过来烧香。

大水来到土地庙后，土地庙的人气突然旺盛，这是青皮爷没有想到的，他连连夸奖继祖的主意高。照这样下去，这全乡的经济收入也没有他这里高，乐得他晚上睡不着觉，每天都在张丽那里混。转眼之间半年的时间到了，大水来找他算账辞行。青皮爷按照合同，得给大水一笔钱，心里怪心疼的，可还得给。他就是到这里来装扮一下神像，就给他这么多钱。大水也不在意，拿了钱就走了。大水走的头几天，没什么，后来就显现出来了，来烧香的人越来越少，两个月以后，又回到了大水来之前的状况。这时候，青皮爷心里才发了毛。他赶紧把大家都召集来，让大伙拿主意。二混蛋和胖子歪这段时间心里不痛快，原因就是青皮爷对于以前说的条件一直没有兑现，如今这二人想打退堂鼓。山虎子也借口老婆每天都和他打架，要他回去，不让他干了。

青皮爷问继祖这事可怎么办？继祖说正式招收工作人员，实行岗位工资制度，公开向社会招聘，本村人员优先。青皮爷把这计划一公布出去后，全村的人都响应起来。青皮爷把村里地占的占，卖的卖，村里人正没事干呢。好不容易有个挣钱的事情，就都来看看吧。大家一个意见，要是到庙里当职工吗，就干，要是真的当什么和尚、老道的，就没办法干了。不管青皮爷怎么说：这是装扮的，不是真的。可大伙就是不信，他们让青皮爷给骗怕了，来的时候心气挺高，看了之后，都说回去商量一下。

继祖认为村民之所以大家吃不准，就因为怕真的把他们给弄成和尚。再加上那几个不愿意干的人，跟着瞎说，什么正式工就是正式的和尚，没看我们都不敢干了吗？什么庙里工作是自愿的，哪有工钱呀？等等。所以，最后的结果，还得是青皮爷向二混蛋他们妥协。

土地庙的不景气，加上人员的流失，青皮爷这才看到这庙不好开。他这几天一直就琢磨瞎妈是怎么开起来的，眼看着瞎妈把事业干起来了，而且干得那么稳，自己怎么就不行呢？他又把继祖叫来。晚上，他把继祖约到了张丽那里，给继祖也安排了一个洗脚女孩儿。二人一边做着按摩，一边喝着酒，就聊起来。青皮爷问起了河神庙当初的情况，继祖说：听奶奶说河神庙也是经历了几年的时间磨练才站住的。青皮爷知道实情，他点着头问：那我们下一步该怎么办呢？继祖说：还得把我爸请回来。青皮爷说：理是这个理，可这回可不一定请得动了。继祖却说：有第一回，就能有第二回。青皮爷听继祖这么说，也觉得有道理。可就是再请回来，请多长时间？总也不是长事呀。继祖也觉得青皮爷说得在理，可有什么办法呢？继祖欲言又止。

青皮爷示意两个洗脚工出去。他给继祖的杯里倒了一些酒，看着他，那意思是说：讲呀？继祖说：您看啊，我们白沙湾现在是两个庙，占据着白沙河两岸，目前是我们村的主要经济资源。两个庙两种风格，来往的人员相当频繁，而且以外村人为主。您说能不能把两个庙和在一起干呢？这话一出口，就让青皮爷一惊，这要是别人他还不惊奇，这话出自继祖之口，真是让他想不到。他越发地认为继祖是他的儿子了，怎么和他这么通心呢？

二人说了一晚上，最后话头儿就落在了由谁去和瞎妈谈的问题上。继祖觉得这事他不好和奶奶谈，青皮爷觉得这事要是他青皮爷和瞎妈一说，瞎妈非把他给轰出来不可。继祖说要不找我二叔去说？青皮爷不同意，因为他怕二水起副作用。最后，还是决定先由继组回去和春芽谈。

继祖把青皮爷的想法和母亲奶奶一起说了，瞎妈说我早就料到他会这么想的。可这总得有个基础呀，这么平白无故地就合在一起，算什么呀？继祖说我回去再听听他的意见吧。继祖回到村里，把自已和母亲谈话的意思说给青皮爷，青皮爷觉得这事有商量，倒是个好事，就是不知道瞎妈是什么意见？二人又商量了一阵，继祖说我感觉这事问题不大，因为我奶奶年事已高，该考虑她身后的稳定问题了。再说了，那样的话，收入只能增加，不会减少。青皮爷也觉得继祖分析得有道理。

几天后，春芽把继祖叫回家，告诉他奶奶找他。继祖来到奶奶的屋里，瞎妈直截了当地说同意合并，但我们要当董事长。继祖回来把奶奶的意思对青皮爷说了，青皮爷一想，谁当董事长还不都在我这村里，归我管着，就说没问题。下来他又和山虎子等人商量了一下，觉得这董事长的位置还是不能让出去。可青皮爷已经答应继祖了，怎么往回圆这场呢？山虎子说：您看这国英公司半死不活的，不如我们把它先改组了，一就事把土地庙给套进来。青皮爷问：怎么个套法？山虎子这小子是比以前强多了：我们干脆把国英公司先改成土地庙开发有限公司，然后再拿这个公司去和河神庙合资去。青皮爷拿眼睛翻着山虎子：行啊，山虎子，我说这几天不见就长本事了。这国英公司是林凡当初搞的公司，和二水合资以后，就一直搁置着。本来这段时间，青皮爷就因为林凡的死，心里在别扭。今天山虎子这么一说，正和他的心意，所以，一拍即合了。

没几天，白沙湾土地庙开发联合总公司就把国英公司给替代了。青皮爷还举行了一个公司更名改姓的仪式，继祖问他怎么回去对奶奶说这事？青皮爷翻着白眼说不影响我们以后的合作，我有了这个土地庙公司，也是为了将来更名正言顺地和河神庙公司合作。继祖感觉事情复杂，晚上回家后，完完整整地把这事情向他奶奶做了汇报。瞎妈当着春芽的面和继祖说：你们看见了吧？不是我们不仁义，是这年头的人心太坏。你不吃人，人家要吃你。继祖也说：是呀，本来说得好好的，怎么说变就变了呢？春芽说：听奶奶的就不会错。继祖又问：奶奶，那我们怎么办？瞎妈说：他不讲信用，我们不能不讲，还照原来说的做，继续合作。但是，我们要有来有往，春芽，明天你去县里注册白沙湾河神庙开发联合总公司，法人是大水，继祖，注册公司这事，先不要对青皮爷讲。

青皮爷本来以为继祖这次回家和瞎妈谈合作的事，会有难度。没想到瞎妈又轻而易举地答应了，他感觉瞎妈是真心的想合作。可心里又有些个不安，因为和瞎妈共事，总是让你意想不到，这就不是什么好事情。可你又说不出什么不好的理由来，这也是让他最为担心的。继祖总归是个孩子，经验少，又是瞎妈那边的人。总之，他和瞎妈共事，总有一种力不从心的感觉。

双方经过几个回合的谈判，有继祖在中间协调，很快就到了签订合同的时候了。双方把合同内容都谈好后，选定了一个时间，定在白沙湾举行签字仪式。青皮爷看完合同草案后，还问继祖：河神庙用什么名头和我们签合同？继祖说：那就是河神庙吧。青皮爷心里琢磨，河神庙？我看你到哪去弄这个章去。最后，你还得以个人名义和我签约。只要是以个人名义，你瞎妈一签字，这河神庙，连这白沙滩都得充公了。

签字那天，青皮爷换了一身西装，让秘书小玉给他拿着公文包，耀武扬威地来到河神庙。到了河神庙给他的第一个感觉就是，这河神庙已经不是从前的河神庙了。这里哪来的那么多人呀？他自己都觉得奇怪。更让他意想不到的是瞎妈居然让继祖在合同的乙方位置上用钢笔填上了白沙湾河神庙开发联合总公司的字样。就在他还没有弄明白的时候，就被春芽引领到了后堂里的宴席上。接着，就喝酒庆祝。瞎妈说了，签字不着急，先庆祝一下。

今天的春芽是格外地引人注目，她丰满的身姿，比以前更加诱惑人了。青皮爷这眼神，从他一坐下，就没有离开过春芽的身上。从头到脚，从胸部到臀部来回地看着，真恨不得赶快把她搂到怀里。今天的春芽脸上也是满面春风，笑得跟一朵花似的。就没见过春芽这么高兴过，还和他一下一下地抛媚眼儿，青皮爷的筋骨都酸麻了。最让他得意的是，春芽今天一直陪着他，一杯一杯地喝酒，喝得他心花怒放。天知道他今天喝了多少杯酒，天知道他的脚在桌底下和春芽多次碰在一起了。他心里清楚，春芽的心里是有他的，他心里清楚，今天两个公司合并，这是一个良好的开始。这就象征着他和春芽的合作的正式开始，他们之间是有希望的。他想象着以后他们要长期地在一起工作，经常地耳鬓斯磨，经常地出入各种场合，参加各种活动，他的心又飘起来了。眼见得春芽那举着酒杯的玉手，那叫一个秀气，那叫一个白嫩，要不是他神志还清醒的话，他真想马上摸一摸。可现在不成，因为他又看到了大水那双眼睛在盯着他，他又想起了自己的那条瘸腿在隐隐作痛。但是，他决心更加坚定了，今生今世一定要把春芽娶到家里来。

天知道春芽让他喝了多少酒。双方盖章的时候，春芽居然拿出了公章。从盖章，到拿着自己那份盖完章的合同从河神庙里出来，这头都是大的，直到回到家里，他才觉得清醒了一些。但心里没有一点欣慰的感觉，反而倒有一些不踏实。

第十一章　土地庙开发公司

1

土地庙和河神庙的合同签订完之后，青皮爷的心里一直不太痛快，总感觉瞎妈拿了他半壁河山似的。在加上春芽那天的表现，总给他一种是在作戏的感觉，完全是在进行公关，让他想起来就心里难受。他对春芽可是一心一意的，春芽不该那么对他。可他又想起来，当他和春芽的脚在桌下相遇的时候，他感觉春芽对他是真的有意。他的公司叫白沙湾土地庙联合开发总公司，瞎妈的那个叫白沙湾河神庙联合开发总公司。两个公司成立联合体，叫白沙湾庙宇文化经济开发集团公司，董事长是他们河神庙的人，土地庙的住持是继祖，装扮神像的是大水，这一并都由瞎妈掌握了，这白沙湾土地庙开发联合公司的手续又搁置起来了……唉，这心里那叫别扭。心里那叫一个苦，还不能说，对女儿不能说，女儿和继祖是一个心眼儿，对继祖不能说，继祖和瞎妈是一个心眼儿，对二混蛋他们更不能说，这帮人跟自己更不是一个心眼儿。

思前想后，没有别的好办法。晚上，他只好硬着头皮把继祖叫来，一边喝酒，一边问继祖，这集团公司成立起来以后，瞎妈是怎么说的?

继祖说：我奶奶说了，成立起来以后，土地庙和河神庙还是各自营业，土地庙这边的业务还是得听您的安排。青皮爷一听，就停下了喝酒：你奶奶真的是这么说的？继祖肯定地说：是。青皮爷心里又是一个没想到，但心里踏实了许多。青皮爷又问：那以后这经营上你打算怎么办呢？继祖说：我打算这么办，我们两个庙已经一元化领导了，以后就不卖散票了，完全卖集体票。青皮爷问：为什么，那不收入减少了吗？继祖：表面上看是收入减少了，实际上我们以后不对个人，就可以有组织地去拉一些团体。如各单位机关、厂矿企业学校等等，而且一来就是两个地方，两个庙同时发展。青皮爷一听对呀，这可是好主意，挣个人的钱有限，挣国家的钱那才是本事呢。继祖又接着说：卖出去的是集体票，你爱来不来，你不来我们的钱也已经收了。青皮爷嘴里不断地叫着：高、高、实在是高……那庙里的人是怎么安排的？继祖说：基本还是原来的那个编制，谁干不了就换谁。青皮爷说：你把那几个坏小子给我换下来，帮我出出那口气。继祖不慌不忙地说：您放心，那是早晚的事情。青皮爷喝了一口酒：我还说呢，这帮小子总会比那几个小叫花子强吧，谁想，这帮小子关键时刻弄我一下，还他妈不如那帮小叫花子呢。

庙里职员的伙食开支，归二混蛋管。二混蛋前几年娶了一个媳妇，没几天就让他给打跑了。你别看这二混蛋平时不讲理，和谁都犯浑，可这小子工作起来，那是条理性非常强。而且对自己的本职工作给人印象是认真负责，尤其是在继祖面前。所以，青皮爷一直就挑不出毛病。但他也没让青皮爷好受了，平时为几块钱，都和青皮爷吵，青皮爷少给一块钱，他都不答应。每次报销的时候，他是和青皮爷左磨蹭，右兑付的，弄得青皮爷心里火烧火燎的，可又拿他没办法。这小子在青皮爷这里还算好的，要是在村里，那叫一个浑。尤其是上街买东西的时候，商店里的伙计一见到他，都躲他，谁也不愿意招惹他。因为，他买东西的时候，总要占人家便宜，不让占他就犯浑。

这小子有自己的算盘，他在青皮爷那里抠点儿，在商店里占点儿，自己回去一算账，就能从中捞点儿。继祖年轻，被他表面的现象所迷惑，可青皮爷是算计别人的人，他瞒不了。那青皮爷是干什么的，那是打雁的主儿，那能让他给蒙了。可这小子猾，会拿继祖当挡箭牌，有时候青皮爷拿他还真没办法。所以，二混蛋每月就光从采购这一项里面赚几百块钱那是玩似的。这小子还有一个毛病，就是爱泡女人，自从张丽在村里开了洗脚房后，他三天两头地往那里跑。这张丽是青皮爷的人，村里谁经常来，张丽在聊天的时候就说出来了。所以，他对村里这帮人了如指掌，心里是有数的。每月给二混蛋开的工资是多少，他每月来这里消费多少钱，那一算就明了。所以，青皮爷总提醒继祖，要他查账，别让这小子给糊弄了。继祖也查了几回，可这二混蛋做得非常小心，你根本从账面上查不出来什么。继祖屡次地问青皮爷是不是发现了什么问题，可青皮爷怎么能跟继祖说自己发现二混蛋消费的地方呢？但青皮爷时刻在琢磨着制裁二混蛋的办法。从另一方面，他最近开始每月克扣二混蛋的开支。二混蛋知道青皮爷在找他麻烦，自己就格外小心，谁让自己又尽是底潮的事呢。再说了，你青皮爷不给我钱，我不会去街上赊去？反正又不是我拿走花了，大家骂也是骂你青皮爷，谁让你不给钱来着。青皮爷最近也觉得奇怪，这二混蛋每月的开支那么点儿，他是怎么把东西弄回来的呢？难道说是他在掏自己的口袋往里面垫钱？不会吧，二混蛋可不是那种大方人。

二混蛋的母亲死的早，老爹身体不好，有风湿病，平常这小子在家里就不孝顺，让他老爹生气。所以，老爹总在乡亲们面前说他的不是。自从他们家拆迁搬到楼房住去之后，他要了一套四楼的房子，就是为了不让老爹和乡亲们说他的坏话。可是，老爹心里闷得慌，在他不在家的时候，打开四楼的窗户和对面楼房里的乡亲们聊天，声音使两栋楼的人都听见了，把二混蛋对他的不是都给嚷嚷出来了。这小子气急了，每天从家里出来时，把他老爹给捆在家里，不让他动，直到他回来再给老爹解开。时间一长，这事就又嚷嚷出来了，村里李快嘴带着一帮乡亲，到二混蛋家把他爹给解救出来。结果，闹得是满村风雨，大家闹到了青皮爷的家里。青皮爷正要找这几个人的麻烦呢，这事不给送上门来了吗？当时他就宣布开除二混蛋的庙职。

继祖听说青皮爷把二混蛋给开除了，赶紧跑回来问青皮爷是怎么回事。青皮爷把事情经过一说，然后说：借这机会把他开了算了。继祖说：这是他家里的事情，充其量是个伦理道德问题，跟工作没有关系，您看是不是能放他一码？青皮爷这回是死活不松口。就在他和青皮爷僵持不下的时候，外面来了一群人，说是来要账的，全是村里的卖菜的、卖粮食的、小卖部的……继祖一看，还真傻眼了，感觉到这回是真的出事了。这二混蛋背着自己赊了那么多的账出来，没办法向青皮爷交代了。可谁知道青皮爷这时候却说，我说这小子也不会拿自己的钱垫账呀，原来他在这等着我呢？继祖见青皮爷这么说，忙问是怎么回事，青皮爷就把自己这几个月克扣二混蛋开支的事说了。

继祖是个明白人，听了以后，马上说：这就是您的不对了，您不给他钱，他还要把工作做了，那不就是赊账去吗？青皮爷这回是不管那许多了，他非要借这机会把二混蛋开走不可。他自己从财务那里拿出钱，还了二混蛋的欠账。继祖还要解释，他什么都不听了，当着村里的人大讲什么孝顺，尊老、敬老的道理，并扬言，他这回要积德行善，帮大叔教育儿子，他的讲话得到了大家伙儿的一致拥护，正在他讲得上口的时候，二混蛋的老爹过来了，走到他跟前，一下就给他跪下了。青皮爷弄不懂是怎么回事，他还说：大叔，我是在给你教训这个不孝顺的儿子呀？二混蛋的父亲跪在地上说：那我就谢谢村长了，可是您把他开了，他没钱养活我，也就把我给饿死了，乡亲们哪，我求求你们了，帮我说说情吧。一边说着，他就一边给青皮爷磕起头来。

大家一听，也对呀，为了给人家老爹教训儿子，结果把人家老爹给饿死了，那叫什么积德行善呀？再说了，这是人家自己的事情，我们管什么呀？现在人家自己都出来给儿子说情了，我们还坚持什么呀？李快嘴一带头，大家一起哄，紧接着，大家又都和二混蛋的老爹一起，给二混蛋求情，弄得青皮爷尴尬万分，里外不是人。结果，这次青皮爷是把账也给人家平了，人也得罪了，大家还都说他的不是。二混蛋搀着他爹走的时候，眼睛斜着看了青皮爷一眼，那目光邪得就别提了，那叫一个坏。青皮爷心里很清楚，这事肯定还没完。因为这二混蛋是村里有名的浑人，他要是有完，就不叫二混蛋了。最让他难受的是继祖并不清楚二混蛋的为人。而且他眼看着自己养了一只大耗子，又没办法去抓。这只耗子还在耀武扬威地四处活动，还在明目张胆地捞取好处。他捞取的还都是他青皮爷的钱，还让他眼睁睁地看着，没有一点儿办法。这真是天报呀，谁让他自己就是这么走过来的呢。是呀，想起自己以前，那不是也在全村人的面前，眼睁睁地让人家看着他捞钱，却管不了他这只耗子吗？

2

二混蛋晚上请胖子歪喝酒，胖子歪对二混蛋的做法表示非常佩服。胖子歪表示要向二混蛋学习，与二混蛋共同进退。二人一直喝到很晚，走的时候身子都打晃了。胖子歪是二混蛋这些年结交的唯一一个朋友，他们是在清皮爷办公司时候开始结交的。原来他们虽然就很熟悉，可是一直是相互看不起，直到一块工作了一段时间后，才相互有了理解。

胖子歪和二混蛋一样，心里恨青皮爷，但从来不在嘴上说出来。他知道二混蛋也恨青皮爷，那是因为二混蛋的妹妹出去打工的事情。二混蛋的妹妹小霞要出去打工，找青皮爷开外出打工证明，青皮爷把小霞给睡了。小霞临走的时候，抱着二混蛋哭，要哥哥给他出这口气。二混蛋为此恨父亲无能，保护不了自己的女儿，对父亲感情冷淡。他又找他的舅舅乡长，可还没等他说话，乡长就把他撵走了。原因就是乡长对于他父亲气死乡长的亲妹妹，心里还在记恨，发誓永远不认他们这门亲戚。为这事，二混蛋也和他的舅舅乡长结下了怨恨，相互之间老死不相往来，都等着看看对方的笑话。

而在二混蛋与胖子歪交往中，他也是看出了胖子歪和青皮爷有仇。经过交往得知，那年青皮爷在村里搞房地产，二水赚了钱，说给他盖别墅。他看中了胖子歪表叔家的祖宅基地，要胖子歪表叔搬家。胖子歪表叔不搬，青皮爷把胖子歪表叔家的门口挖了一条深沟，让他表叔家里人都出不来。最后，气得他表叔和表婶为躲避青皮爷，带着他的表妹拿上拆迁的补贴钱出去打工去了。而胖子歪和他的表妹，两人从小青梅竹马长起来的，相互间在玩的时候，就海誓山盟了。表妹这一走，就是十几年，天涯海角的，没了踪影。为此，胖子歪从心里发誓，要惩罚青皮爷。

胖子歪在土地庙是负责劳务、人工的。所有土地庙里的对外劳务、施工都由他负责。所以，他在用人用工的时候，非常仔细，每项工程他都是对于施工队选了又选，挑了又挑的。当然，他主要是为了拿回扣要稳当些。用人用工也是算计的极其仔细，每个用工他都不亲自接手，总是在工人里面找一个临时带头人，然后他直接对那人说话。这样一来，他就可以从中拿到回扣。这几年，胖子歪为了和表妹结婚，把什么都置备齐了，可就是不见人回来，空房独等。青皮爷曾经给他算过一笔账，按照他的收入，胖子歪的房子是盖不起来的，他屋里的家具是买不起的。所以，青皮爷看出了他在公司多次大的施工方面，吃了不少回扣，可青皮爷没有直接证据。虽然他早就想换掉胖子歪，可是他一直没有机会，这回借修庙的机会，好不容易把他从公司里弄出来了，可在几次寺庙大的修缮方面，他还是吃了不少的回扣。新公司这回又注册回来，他又是公司的正式职员了，还是整治不了他。

胖子歪有一阵还打过槐花的主意，后来由于知道了槐花和德全的事，就此罢手了。因为胖子歪可不能要一个二水货，就算你是大学毕业，在城里当干部也不行。如今他在青皮爷这里干事，说白了就是找机会挣钱。他才不给青皮爷正经干呢，你青皮爷也不是什么正经人。这次两家寺庙联合，他想肯定又要有大工程动起来了，心里在一阵阵欣喜。可谁想，并不是那么回事，合同签订了以后，什么动静就都没有了，很让他扫兴。对于青皮爷这人，他是又恨又离不开，离开了青皮爷，他还真没地方挣钱去。可给青皮爷干事，他又不甘心。所以，别有机会，只要一有机会，他就急着往自己的口袋里捞。捞是捞，可他还是讲究方法的，不会给自己捞来麻烦。另外一方面，他也在等待着整治青皮爷的机会，好给自己出口恶气。

在第一次修整倒座庙的时候，他就在材料费和人工开支上捞了一笔。原来定的柏木梁柱，他都给换成杨木的了，反正一刷上漆谁也看不出来。多用十几年和少用十几年谁知道呀？到那时候还不知道谁干什么去呢。接着就是招牌又换成倒座观，又接着是换成土地庙，就这几次折腾，就把他家原来的几间大瓦房，给折腾成小二层楼了，这还不算，又重新换了一套西式家具。而土地庙的装修呢，外面水泥一包，再刷上鲜艳的油漆，青皮爷一见，只要让它耀眼，就全都遮挡过去了。至于里面是不是偷工减料，是不是使用了劣质材料，反正都包在里面了，谁还能打开看看呀？反正验收的时候，青皮爷挺高兴。

自从大水来了以后，他看着大水挣钱那么容易，心里就不痛快。这工作也太好做了，这世界上还有这么容易挣钱的呢？这不是在开玩笑吧。可这事就是这样了，你说怎么办吧。后来眼见得生意起来了，人气旺了，他又有些服气了，觉得这事确实不是谁都能干的。可是，时间一长，他又觉得没有什么，即使现在大水不在，这人也会照样来。现在这情况，就是自己坐在那里，人也一样地会拜我。根本就没有非谁不可，离了谁就不行了这一说。

所以，他看着大水每天都坐在宝座上装神，心里就琢磨，请这样一个人每天来装扮神像，一天好几十块钱，再加上吃喝的，这一年下来也不是个小数呀。不如跟头儿说说，塑个泥的，每天不吃不喝的，还省钱。他找地方打听了一下，做一个泥像，几千块钱的事，他还能每个泥像拿几百块的回扣，何乐而不为呢。可是他和继祖、青皮爷说了几次，都没有奏效，谁也没拿他的话当回事。

但他还是等来了一个项目。继祖了解到每一座土地庙门前都要竖一个旗杆，至于为什么竖，那他就不清楚了。和青皮爷一商量，青皮爷马上就同意了。于是，立项、拨钱，这事就定下来了。具体的项目实施，又落到了胖子歪这里。胖子歪找到施工队，把这项目的意思和他们一说，有活干谁不高兴呀？于是，施工队长过来看图纸。胖子歪说：哪有什么图纸呀，听我跟你说，就这地方，下面砌个方台，旗杆就立在当中，知道了吧？多少钱你说？施工队长把材料费、出工费、运输费包括税收、回扣一算，报了一个数，胖子歪连价都不压，就说定了。

胖子歪安排施工队长和继祖见完面，拿了定金，施工队长说晚上请他们喝酒，唱歌，继祖说有事。这胖子歪心里就装着他表妹，对什么娱乐活动根本不感兴趣，可是喝酒他得去，因为要把回扣拿回来。

他不拿大水当回事，可最近出了一档事，他还是得非供着大水不可。大水每天雕刻那小物件，每雕刻一个，他就要把它挂起来。这天，他为了摆放方便，就想在墙上钉个钉子。大水找了块木板条，又找了几个大钉子，抡起榔头就往墙上钉。谁想这墙皮是水泥的，可里面是土坯，他一钉，就把墙皮给砸下来一大块。大水找来胖子歪，想让他给收拾一下。可胖子歪来了一看，就吓了一跳，这是给他穿帮了。他赶紧找人又和了点儿水泥，把那地方给补起来了。然后，对大水说：以后再有这活，你说一声就行了，不要自己做。大水答应了他，但感觉他的神色怪怪的。胖子歪又对大水说：这事最好也不要对继祖提起。大水也答应他了，但心里总感觉这里面是有什么不踏实的事情。

从这天起，胖子歪一改以前对大水的态度，对大水格外的好，生活上照料得也非常到位，每日里是问寒问暖，沏茶倒水的。就是二混蛋也都看出来不正常了，可他就是猜不透这里面到底是怎么回事。因为，大水是一个非常不好接近的人，二混蛋顶多是猜出来胖子歪有什么事要求大水的，很可能是要大水给他雕刻个什么神像之类的物件，可那也不至于这样呀？胖子歪的反常举动，引起了山虎子的注意。山虎子就是负责规章制度的，胖子歪康土地庙之慨，用公家利益套私人感情，这使山虎子就对胖子歪又注意上了。当然，胖子歪也不是轻易就能让山虎子抓住把柄的，因为让山虎子抓住之后，那不仅仅是批评的事，那是要接受经济处罚的。山虎子的经济处罚很简单，就是既得利益，要分给他一半，这已经是他在自己心里早已经形成的规矩了，二混蛋就曾经被山虎子处罚过。

然而，胖子歪这家伙简直就是个琉璃球，要想抓着这家伙的把柄，可不是那么容易的。最近山虎子对于大水的关注，胖子歪心里很清楚他想干什么。可他又清楚大水可不是随便就能接近的，更不是随便就能聊上天的。但也要防备万一，所以他才对大水下工夫的。一方面对大水下工夫，另一方面也要防微杜渐，别再弄出大水那种事来。于是，他就向继祖打了一份报告，说要把大水的房间再装修一下，因为直接和水泥墙接触，阴冷潮湿，对人的身体不好。继祖觉得有理，就和青皮爷商量了一下，决定全土地庙的房间都重新装修一下，于是，就批下一笔施工费。

胖子歪自然高兴，这回的装修费又不是个小数，他心里又盘算着怎么花这笔钱。预算报告是一水的松木板材，他为了克扣资金，在进货的时候，他买的是华木板材。木板一运回来，在卸车的时候，山虎就一直在旁边看着。等卸完了车，山虎子指着那堆木板问：这就是你进的货？胖子歪感觉今天要有麻烦，就反问一句：是呀，怎么了？山虎子说：我可记着应该是松木板材吧？要不然咱们去看看计划？胖子歪知道这回是要栽了，赶紧就说：那好呀，晚上我请客，咱们好好聊聊，山虎子哥不会不给面子吧？山虎子一听他这话，就等于对方投降了，于是，也就见好就收：那咱就喝两杯去？

晚上，胖子歪请客，二人在酒馆里喝够了后，就来到了张丽的洗脚房。每人做了一个保健按摩，完了后，又在歌房里唱到了后半夜。都闹够了，胖子歪说：山虎哥，您看兄弟今天怎么样？山虎子看了他一眼，知道他要说正事了，就说：还看不出你是什么意思。胖子歪看他的胃口不小，就说：那咱再找地方折腾去？山虎子说：算了吧，这地方是青皮爷的眼皮底下，你也知道，别再整出事来。你把我叫来，折腾了一晚上了，也该说正事了吧？胖子歪见山虎子把话扯到了正题上，就赶紧接着说：那好，山虎哥，咱明人不说暗话，您就说今天这事怎么办吧？山虎子说：那还得你给个章程呀？事是你做的，我怎么知道你这里面的事呀？胖子歪说：二成怎么样？山虎一听他这话，起身就要走：要是这样的话，咱这一晚上不就瞎折腾了吗。胖子歪赶紧把他拦下：山虎哥，您看您这是干什么，咱不是商量吗？山虎子把眼一瞪：你要是真有诚意，那咱就商量商量。胖子歪赶紧给他倒上茶，自己也满了一杯。

二人心里都清楚，青皮爷的钱你是不挣白不挣。山虎子的工作只是行政管理，平时摸不着钱，所以，他不得不直接抓人。别管他是谁，只要让他逮着，那就是死咬一口。平时你们吃香的喝辣的，我管不着你们。可你们别犯再我手里，犯在我手里，就是死咬一口。胖子歪心里很清楚，今天是让山虎子给咬住了，不出血是不行了。可出血得有个度呀？真像他说的那样，见一面分一半？那这不是在割自己的肉吗？

二人沉默了半天，胖子歪这这里胡琢磨着，山虎子打破了僵局：你可以不考虑，我们也可以什么都没接触过。我看你是不见棺材不掉泪，平时你是吃独食吃惯了，这一有人掺和进来，还有些不习惯是吧？那你就再想想，我先回去？胖子歪说：那还想什么？山虎哥你就划道吧？山虎也不客气：二一添作五，怎么样？想得开吗？心疼呀？心想下回就别让我逮着。

胖子歪一咬牙：山虎哥，你够狠的。山虎子却说：狠什么，我狠？你们平时吃独食吃惯了，我不就这么一回吗？胖子歪一伸手：山虎哥，今天兄弟就算栽了，我全都听您的，明天我就把钱给您送来。山虎子说：还等什么明天，这都早上了，走，拿钱去吧。

3

这山虎子是白沙湾的老人了。白沙湾村的每一个居民，他的心里都有一本账，他只是生不逢时，其实也是自己没本事。以前跟着老书记干，自己就是个碎催。后来跟着青皮爷干，还是个碎催。如今被派到了继祖的手下，给这么一个奶毛未退的小子当差，更是碎催一个。所以，他心里也是不平衡。更让他不平衡的是他的媳妇大妞子，以前跟着老支书干的时候，村里就风言他媳妇跟老支书不明不白。后来，跟了青皮爷以后，就更干脆了，青皮爷经常到他家去喝酒，有时候，他不在家，青皮爷也去。村里又传出了不少的流言飞语，尤其是让快嘴李一说，那是五颜六色，什么全有。他头上这顶绿帽子，就摘不下去了。幸好继祖年纪小，否则那不定又要说出什么不好听的来呢。

他是一个本分人，在村里一心一意地给他们干事，结果什么也没捞着，还把媳妇赔进去了。心里不痛快，就找地方喝酒去。所以，现在他的酒量可是一般人比不了。有两次他把青皮爷都给灌醉了，结果还让自己老婆给骂了一顿。在家里抬不起头，在村里也抬不起头来，所以，他只要是抓到谁不干净的事，就死命地敲钱，然后找地方喝酒去。

这山虎子的媳妇大妞子是个憨厚人，为人心地善良。为了山虎子能在白沙湾能有个吃饭的事干，她为山虎子维护了两任村长。可是，近来山虎子越来越不理解她，总和她闹别扭，有时候对她鼻子不是鼻子脸不是脸的，很让她下不来台。这年头村里的女人就是村长的热炕头儿，谁家的女人不顺了村长的意，那你家的日子还能好过呀？哪村不是这样呀？你要是有本事，就也当村长，让我们老娘们也喘口气。没本事您就戴顶绿帽子满街转吧，到也没人嫌你寒碜，因为，又不只是你一个人戴着。

二混蛋主管庙里的生活，他把街上的商店小摊吃了个遍，在这条街上可以说是罪大恶极。据说二混蛋买二斤蒜都要吃回扣，街上卖花椒的孙大妈也被他坑害过两包花椒。这小子是贼不走空，走到哪拿到哪，山虎子早就想教训他了。有时候青皮爷问起来，他也没少给二混蛋上眼药，可就是抓不住把柄。人家卖菜的，卖副食的那些商店老板，说说也就是说说，不和他认真，谁也不愿意去真正地得罪人。

有一回，庙里进了五吨油，山虎子觉得奇怪，这么一个小庙进五吨油干什么呢？他找人一打听，才知道二混蛋吃了一大笔回扣。可人家不愿意作证，山虎子也没办法。也赶巧了，这批货质量有问题，需要退货。山虎子马上告诉青皮爷，退货的事情，二混蛋就不要管了。青皮爷一下就同意了，这下把二混蛋吓傻了，这货完全是由山虎子去退。

当天晚上，二混蛋就请山虎子吃饭，然后是张丽的洗脚房洗脚。紧接着又是去歌厅唱歌，完了后，二混蛋给山虎子两千块钱，这货才算是无声地退了。当青皮爷问起这事的时候，山虎子说反正我们的钱拿回来了，别人的钱我们就不管了。青皮爷听说自己的钱拿回来了，也就不问了。但这回这两千块钱，算是山虎子给二混蛋平事的钱，决不是什么利润。这一点，二混蛋心里也清楚，他只能是哑巴吃黄连，有苦咽进肚里。

山虎子拿这二混蛋给的两千块钱，回到家里时，已经醉得站不住了。大妞子上来扶他上炕，给他脱衣服时发现他口袋里的钱，就顺手拿出来，自己收了。第二天，山虎子起来，想起昨晚上的事，赶紧拿过上衣，翻了好几次，也没找着昨晚的两千块钱，可又不好直接问大妞子。因为，昨晚喝得太多了，不知道那钱是拿回来没有。要是万一没拿回来，丢在歌厅了，那就没办法向大妞子交代。早上急着去上班，等晚上回来，再想办法问大妞子吧。

晚上是山虎子值班，来装修的工人，要夜里加班。山虎子要整夜地看守材料，谁用什么都要向他领取，他再进行登记。对于胖子歪的装修计划，山虎子是支持的，二混蛋也支持。因为这庙里的隔断墙，实在是有问题，时间一长，问题就要漏出来，那时候还不定会出现什么事情。按眼前的计划，把庙里的房间都用木板包装起来，就等于把问题给包里面了。等于把大伙的危险也给包里面了，高，高，胖子歪这小子实在是高。

在二混蛋、胖子歪和山虎子之间，是属于共同利益之间的矛盾，按说应该是不可调和的。但他们是既得利益团伙，他们又有着共同利害关系，相互之间牵扯着，一荣俱荣，一损俱损。比如，这庙里的一切矛盾，与他们都有利害关系，可谓牵一发动全身，弄一人，倒一窝。所以，他们要共同地掩盖庙里的一切矛盾和问题，这是他们的共同利益当中的主要部分。在他们眼里，青皮爷的财产都不是好来的，不拿白不拿。白拿谁不拿，拿了才心安，不拿反而心不安。

山虎子这两天晚上喝酒喝多了，休息得不好。今天晚上吃完饭后，就感觉头疼，他看庙里没什么事情，就想回家一趟，拿点儿药吃。他骑上自行车，把车放在门口，打开门才进院，就听见家里大妞在和人喝酒，他侧耳听了会儿声音，是青皮爷。他犹豫了一下，没有进去，可不进去又不甘心，还是想进去。因为里面的说笑声，在牵引着他的心，那可是大妞子，是他的媳妇？正在和一个男人，一个见了女人就走不动道的男人单独在一起喝酒，而且是在夜里，在他的热炕头上。这要是过一会儿，都喝过了头，那会出现什么事情，不是明摆着吗？尤其是青皮爷那双浸透了酒色的双眼，在村里放过哪个女人？如今他已经闯进自己的家里来了，已经上了自己的炕头儿，已经泡上了自己的女人，这是对于一个男人的最大的屈辱。怎能不闻不问呢？怎能忍受的了呢？想到这里，他往进走了两步，突然又停下了。他又觉得有些不合适，自己就这么进去，多尴尬呀。显得自己多没有气度呀，都让大妞子笑话呀，青皮爷会怎么看我呀？最后还是转身出来了。可就这么走了，又不甘心，怎么就能这么走了呢？这叫什么事呀？这一会儿要是他们喝过了头，做出点什么来，自己这绿帽子不就戴上了吗？要不还是回去？可进去又怎么说呢？那青皮爷是轻易得罪的了的吗？得罪不了人家，我又进去干什么呢？还是眼不见心不烦吧。从家里出来后，他去了张丽的洗脚房。张丽见是老顾客，就非常热情地给他安排了一个单间，然后招呼小姐过来给他洗脚。山虎说今天不洗脚，让张丽给他上瓶酒。张丽见他心里有事，很理解他，就没多说什么，马上安排人给他上酒，上凉菜。酒上来后，他叫张丽陪他喝，张丽说自己那还有客人，转身要走的时候，被山虎一把拉住了。张丽看着他可怜的眼神，感觉他今天心情不好，又是老顾客了，就爽快地坐下来陪他喝酒。一人一杯酒下肚，张丽问他是怎么回事，他开始不说，只是闷头喝酒，张丽见他几杯酒下肚后，就把话头又挑起来了。等山虎唠唠叨叨地说了半天，张丽才知道是青皮爷跑他家和他媳妇喝酒去了。张丽的心里已经起了厌烦，她是在外面闯荡一圈的人了，最讨厌没有骨气的男人。

山虎子这时候两眼发直，不错珠地盯着张丽。他那鲜红的眼球上，已经燃烧着酒精的度数了，盯得张丽心里直发毛。张丽怕他走偏，就起身要走，山虎子拉住她的胳膊不让走。张丽挣扎的时候，他又把她给抱住了，并趁机在她身上乱摸，张丽是走南闯北过来的人，最看不起没本事的男人。见山虎子这样，心里直恶心。自己的老婆被别的男人占着，连个屁都不敢放，到还有心在外面寻花问柳来了，什么人呀？张丽生气地推开他的手：你自己喝吧，我得去照顾客人去。说完，她往外走去。到门口时，她又回身说了句：我这地方可是男人来的地方？说完扭头出去了，这话深深地刺痛了山虎子。山虎子是个精细的人，见张丽这态度，知道她是看不起自己。别说别人看不起自己，就是他自己也看不起他自己，想到这里伸手打了自己一个嘴巴。打完之后，清醒了一点儿。

把刚才张丽位置上的那杯酒端起一仰脖喝了，然后起身出了洗脚房的门，朝自己家走去。他今天要雪耻，要给青皮爷点颜色看看。

一有了这种想法，马上就像换了一个人。他长长地出了一口气，感觉自己轻松了许多，一切都要解脱了，一种壮烈的感觉油然而生。这大概就是英雄的感受吧？当个英雄感觉真好。人不能活得那么窝囊，要活得理直气壮一些。这人就是这样，横人都是㞞人惯出来的。今天我就让你看看，我山虎子可不是好欺负的，我山虎子今天就要给你青皮爷点儿颜色看看。他晃晃悠悠地骑到家门口，把车往墙根一放，也没有锁车，拿起了自行车的弹簧锁，壮足了胆气，感觉今天就要跟青皮爷见个高低了。得让他青皮爷知道我山虎子是怎么回事，我山虎子的女人可不是那么好碰的。他心里想着，就来到了门口，伸出的那只手，推门的时候，突然颤抖了起来。马上一个念头闯进了脑海里，我这一进去，就一切都完了。那就是不是你死就是我活，轻者腿折胳膊断，重者就得弄出人命来。这一出了人命案，那就一切都完了，这好日子就过到头了。蹲大狱不说，弄不好还得挨枪子……我这是何苦来呢？即便是和大妞子离婚，那女人还不有的是？唉，还是好死不如赖活着吧。

这时候院内的房间里，传出了大妞和青皮爷的嬉笑声。山虎子在门口垂下头，手扶着墙，从口袋里掏出了半瓶二锅头酒，仰脖喝了一大口，然后长叹一声：忍了吧。就转身骑上自行车，又朝张丽的洗脚房走去。回到刚才那个包房后，继续喝酒。一会儿感觉身上躁得慌，就把衣服脱下来了。接着拿起酒瓶想继续喝，突然，感觉下身不对劲儿。它自己起来了，于是放下手中的酒瓶，就用手抚摸起来。脑海里想象着大妞和青皮爷这会儿正在干的事情，心里不知道是什么滋味，感觉那个刺激呀，就如同自己和大妞子在干事。他想象着大妞子身上的每个地方，现在正在被青皮爷抚摸着，青皮爷的手在大妞子身上滑动着，青皮爷把大妞子压在了身下，大妞子在呻吟着……这时张丽就跟进来了：你去哪了，我还以为你走了呢……你……怎么回事呀？你怎么在我这儿干起这事来了？瞧你那点儿起色……你给我出去，这要是让我的服务员看见怎么好……你给我出去？以后可不许你再到我这儿来了。把账结了？算了，账也别结了，今天算我倒霉，快滚吧你，什么人呀？

山虎子被张丽连拉带推地轰出来了。他推着自行车，晃晃悠悠地回到庙里，已经是后半夜了。施工的工人门都已经睡了，他把自行车放在院里，就稀里糊涂地倒在回值班室的台阶上。第二天早上，被早起的民工发现，他像狗一样地趴在地上，身边吐得乱七八糟的，污秽弄了一身。民工把他拉起来，他才清醒过来，赶紧回房间洗漱。这时候才感觉头像炸了一样的疼，只好躺到床上，回想着昨天晚上的事，心里憋屈得要死。他用头顶着床栏杆，心里大骂自己没用，感觉自己现在是生不如死。后悔自己昨晚怎么就没趁着酒劲冲进去，真正地做一回男人……自己怎么就那么没用呀？这还活什么劲儿呀？

正在他胡思乱想的时候，二混蛋过来敲门，告诉他青皮爷来了，要给大家开会。他赶紧穿好衣服，洗了一把脸，来到正殿门口。老远的就听见青皮爷在发脾气，在大骂一个施工人员。原因是那个施工人员把一块大木板裁成小木条，他认为是大材小用了，是浪费材料。一见山虎子来了，就把火朝他发过来：你们是干什么吃的，也不看着点儿？昨晚上干什么去了？是不是又泡妞去了？再不负责任我都把你们开了。说完他一甩手走了，会也没开。吓得山虎子浑身打哆嗦，就跟耗子见了猫似的，回到屋里的时候，才发觉自己的裤子尿湿了。他赶紧脱了裤子到外面晾晒。

山虎子正忍气吞声地把被子裹着自己在床上坐着，就见窗外的民工对着他的裤子指指点点的。他的怒火一下就上来了，隔着窗户对施工人员大骂起来，什么难听骂什么。吓得那些施工人员都躲了起来，谁也不敢吱声。他骂够了，才想起来自己这一上午没吃东西哪。于是，就起来，光着下身裹着被子来到厨房，找了半个馒头，切了一块酱肉，往馒头里面一夹，就吃起来。一边吃着，一边又想起了昨晚大妞和青皮爷的事，突然心里一阵恶心，肚子里的东西往上翻，紧接着，就呕吐起来，吐得昏天暗地的。胖子歪见他实在是难受，就找了个车把他送医院去了。在医院折腾了一下午，化验了好几个项目，结果医生说让他住院等得检查结果，继续观察。山虎觉得自己没事，是医院在诈他的钱，连化验单也没等着拿，就出院了。

出了院，回到家，大妞问他是怎么回事，他也不说。在家里躺了两天，感觉好了一点儿，就要起身上班去。大妞不让他去，说自己和青皮爷说说去，好好休息几天。不提青皮爷还好，一提青皮爷他的火就冒上来了，起身就从家里出来了。一连几天都是在庙里吃住，家也不回了。过了几天，突然医院来电话，让他去医院复查，他说没事，死活不去。反正自己的事情和别人又没关系，你爱去不去，别人才不上心呢。另外一点来说，这庙里施工确实又离不开他，他一走，就要有别人插进来，这工程的事情怎么能让别人插进来呢?

庙里的施工到了最后阶段，基本装修工程已经完毕，施工队的大部分人员已经撤走，只是几个油漆工人在刷漆，也接近尾声了。满院的油漆味，呛得人睁不开眼睛，吸一口气，满嘴的油漆味，庙里根本呆不了人。二混蛋和胖子歪都回家休假去了，大水也有几天没过来了。整个的庙里就是山虎子一个人在值班，有时候大妞给他送饭过来。可是，大妞发现山虎子的饭量越来越小，每次都剩下很多。大妞心里着急，几次劝他去医院检查一下，他就是不去。第二天，大妞又送饭来的时候，发现山虎子晕倒在值班室里了。吓得大妞连哭带叫地赶紧找人来，把他往医院送。

第十二章　春芽要嫁青皮爷

1

河神庙开发公司和土地庙开发公司算是合并了，新的公司虽然是由春芽任董事长，可瞎妈一直就没有让春芽过问土地庙那边的事。因为瞎妈还要看看青皮爷到底是什么意思，同时也不想让他的神经马上就紧张起来。再有就是青皮爷对春芽一直贼心不死，瞎妈也怕再出什么意外的事情。大水在那边支应着，顺便了解一些情况就行了，暂时她还要再稳定一下自己的阵脚，所以，也不好总让青皮爷那根筋老绷着。总是拿土地庙这边当假想敌，瞎妈要先卸掉青皮爷的戒备心理，然后在解除他的战斗状态。

春芽定制的河神雕像做好了，厂家给送来了。这是一尊铸铁包铜的雕像，金光闪闪，非常感人。瞎妈让春芽对外说是包金的。为神像的安置，瞎妈还特意搞了一个神像落座仪式。请来了好多人，青皮爷也来了，他们喝了很多酒。可是这回青皮爷没有喝多，因为他心里一直在琢磨着他的土地神像是不是也铸一尊金像。可他在心里又算计着花多少钱，才能把神像弄回来。这整个仪式上，青皮爷心里就琢磨着两件事，一个是春芽对他还有没有真心，另一个就是这瞎妈哪来的那么多钱，铸了一尊金像。那得多少钱呀？这瞎妈肯定是疯了。

文物局的，宗教局的，县政府办公室的领导来了一大批。他们给神像备案和神像照相。折腾够了后，就上了酒桌。这帮人是一个赛着一个的能喝，一时间这河神庙大堂改宴会厅了，空中飘满了酒气和劝酒、猜拳声。大家一到酒桌上，就没有了刚才的身份贵贱之分，司机和局长相互地借酒调笑着，说急了，还揪着耳朵灌酒喝。

喝酒的时候，青皮爷和春芽同坐一桌，因为他们是两方的公司负责人，又是合资公司的正副领导。虽然大水、二水、三水还有继祖都在，可他的眼睛总是在春芽的身上转。他感觉春芽比以前瘦了，脸上也苍老了，可是感觉更有神韵了。他好像想起了什么，就用脚有意地碰了一下春芽的脚，没想到春芽却赶快把脚收回去了。但她的脸上什么表情也没有，青皮爷感觉现在的春芽成熟多了，比以前更迷人了。他有意识地表现出来对继祖的亲近，想给春芽看看，没想到春芽根本是无动于衷。酒还没喝完，春芽就借口有事，退席了。青皮爷见春芽退席了，就把心思从春芽身上转移到了那尊神像上面。他问二水，造那尊神像要多少钱？二水说是春芽办的，不知道花了多少钱，估计要几十万吧。青皮爷觉得几十万拿不下来，可能要几百万。总之，是人家瞎妈在合资以后办的这事情，他也得花点钱，把自己的门面装饰起来呀？总是让大水去装神弄鬼的，也不是长久之事呀？

回去之后，青皮爷整天地沉浸在怎么弄一尊金神像的思考里面。不弄吧，说不过去，弄吧，这笔钱实在是让他心疼。问河神庙的人，瞎妈这笔钱是怎么解决的，可就是一个字也问不出来。但他心里还是怀疑瞎妈向那个政府部门要钱了，要不她哪来的那么多钱呀？就算是你瞎妈这几年挣了点儿钱，可也没有这么多呀。正在他胡思乱想，疑神疑鬼的时候，突然瞎妈派人来了，说请他赶紧过去一下。青皮爷不知道有什么事情，赶紧来到河神庙。

一进门，才知道河神庙出事了，几个叫花子都乖乖地在院里站着呢，青皮爷赶紧问是怎么回事。原来昨晚上有人盗走了河神金像，这可吓了青皮爷一跳。怎么刚弄回来，就丢了呢，他赶快问是不是报案了？瞎妈说：请你来就是和你商量是否报案的。青皮爷说：那还商量什么呀，这么贵重的物件，不报案怎么行？瞎妈说：可报了案，我们就要把整个的实际损失报上去…… 青皮爷一听，心里一动，是呀，这还是个事呢？弄不好把我也得牵扯进去。瞎妈见他不言语，就又说：要是报案的话，这神像反正也是合资以后做的，你看你能不能给担一些资金数额？我哪能有这么多的钱呀？青皮爷一听，赶快说：别别别…… 让我想想……

青皮爷思考了一阵，觉得这瞎妈也太精明了，可又一想，我何不达到我的目的。于是他突然问了一句：那我得担多少份额呢？瞎妈说：不多，五百万吧。青皮爷一听，心里就打起了鼓，难怪让人给偷走呢。这么大的投入，那得几年才能收回来呀？这瞎妈真是疯了，花那么多钱，弄这么一个东西来，还给丢了。我可不能花这么多钱，干这种事。你那份额还是你自己担吧，反正你买的时候也没和我商议，我可不能负责任。瞎妈说：那我就得报案了，你看你给我证明一下有这物件就行了。青皮爷一听，赶快说：那行，那行。瞎妈又说：份额的事你再回去考虑一下，我也不勉强。

青皮爷脸色难看地站起来，看了春芽一眼，嘴里说着让我回去考虑考虑，腿就不由自主地往外走了。瞎妈见把他打发走了，这才松了一口气。然后对春芽说：看见了吧，狗熊就是狗熊，永远也成为不了英雄。快去报案吧。春芽应了一声，就出去了。瞎妈听着春芽出去了，回过身来对大水说：这回我要让你好好看看你喜欢的人是个什么样的人，免得以后你再胡思乱想。大水，都弄利落啦？一直沉默不语的大水面无表情地说：妈您放心吧，谁也不知道，我把它沉在白沙河下游的深水处了。瞎妈站起身，要大水过来扶着她回自己的房间。来到了瞎妈的屋里后，大水刚要出去，瞎妈又说：杀伐决断，不能犹豫。大水蔫蔫地说：

是，妈，我知道了。瞎妈听了他的话后，叹了口气。

河神的雕像是春芽在外地的一个工艺品厂定做的，总共花了一万多块钱。举行仪式的那天夜里，瞎妈就让大水把神像搬走了。大水把神像用船运到了白沙河的下游，沉到了一处水深的地方。回来后，他消抹了一切痕迹，此事办得是神不知，鬼不觉。下午，警方就来人了。经过调查和现场勘查，警方初步认为内部人员作案的可能性比较大。警方的调查人员把河神庙的每一个人都进行了盘查，结果还是没有落实到具体人员。瞎妈是个高龄老人，眼睛失明，而且是物主，不可能具备作案条件。大水身强力壮，有作案条件，可他是物主之一，他怎么能自己偷自己的呢？何况雕塑神像也是为了给他减轻劳动强度啊。春芽有作案条件，但不具备作案目的，因为她是河神庙公司的法人，也是物主。嫌疑最大的是那几个叫花子出身的工人，大运头和小福子他们最具备作案的动机和条件。可春芽和大水对他们是死保，坚决不认为是他们偷的。

警方经过对几个叫花子的调查，也证实了他们没有作案时间。尤其是白沙滩这地方，要是想把这尊神像搬出去，那得具备一些特殊条件的。如，路径要熟，要会使用船只，要有一定的力气，要知道神像的安装技术等等。警方又经过和青皮爷取得联系，详细了解了事情的经过，而后就回去了。

就在神像丢失不久，县里就来人了。他们是拿着县委、县政府的决定，来收回河神庙和土地庙的管辖权的。但他们也考虑到了这段时间以来，白沙湾的具体经营情况，适当地给一些补偿。要他们在短时间内，尽快地把两座庙宇自从开业以来的投入情况报上来。青皮爷一听，就麻了，这么多天白忙活了。他没有通知河神庙那边，也没有告诉继祖。他让会计算了半天，结果只算出来几十万的投入资金，就是再往上凑，也不到一百万元。

青皮爷突然想起了前几天瞎妈丢失神像的事情，他赶紧来到河神庙，对春芽说要见瞎妈。瞎妈出来和他见面后，他赶紧说经过这几天的思考，觉得还是给河神庙充一些资金份额，问瞎妈五百万少不少。瞎妈说：谢谢您的好意，我可是真等了您两三天呢，我们的账目昨天才报上去，您要是早一点来就好了，刚报给县里。青皮爷一听，就晕了，赶紧问你们报的是多少呀？春芽说：一千五百万。青皮爷一听春芽这话，心里一下就全明白了。这回是自己把自己给耽误了，接着身子就瘫软着起不来了。才几天的时间，自己的一念之差，就损失了好几百万呀。青皮爷不知道自己是怎么回来的，回到家后，也不知道自己都干了些什么。只是在无休止地喝酒，喝得昏天黑地的。

县政府开发办经过调查，了解到河神庙在上月确实发生了一起神像盗窃案，被盗神像价值一千万元左右。有警方的证明，有县宗教局的证明，有县文物局的证明，有村政府的证明。丢失神像确有其事，而且至今此案正在侦破当中。一千多万的数额，那可不是一个小数，是接收庙宇的工作暂时搁浅呢，还是继续进行？县里有关部门经过开会研究，确定了一个折中方案。那就是先行接收土地庙，河神庙的接收工作，等待警方的侦破结果。

青皮爷这几天的日子不好过，他真想找一个没人的地方狠狠地抽自己几个大嘴巴去。人家把财神送到嘴边来，自己给推了。眼看着人家赚钱，自己却赔钱，还不光是赔钱就完了，自己这几年的心血都押在土地庙上了，如今国家说收就收了，自己只是拿回个本钱，真是心里烦。让他烦的事情还在后面呢，春芽是白沙湾庙宇开发集团公司的董事长，青皮爷的土地庙一收回，就等于他在庙宇集团公司没了股份，那他的董事也就没了。董事会都进不去了，自然总经理也就不是了，顺理成章，那继祖就应该是接任总经理的人选了。以后这白沙湾的经济实权就完全地掌握在了瞎妈的手里，青皮爷冷静下来后，想到这里，后背上直冒冷汗，怎么突然变成这样了呢？这步棋他还怨不着谁，都是他自己走的。这不是天上掉下个雷来吗？他是眼见得自己一步步地走下坡路，可又没有办法。

晚上，二水和三水约好在一起吃饭。喝酒时，他们谈起了庙宇公司的变化，二人由衷地从心里佩服母亲的才华。要是他们任何一个人当初不听母亲的，按照自己的思路走，都不会有现在这个结果。目前，眼看着白沙湾完全地由老牛家一手遮天了，而且都是在人家心甘情愿的前提下。老太太一步步地走过来，和谁也没争过，可现在已经大权在握了。二人决定一起回家向母亲进行祝贺，同时协商一下以后的发展方向。

白沙湾的这一变化，突如其来，谁都没有思想准备。就是瞎妈也没想到是这样一个结果，更没有想到这个结果来得这么快。二水和三水回来的意思和目的她心里都清楚，一个是回来向她表示祝贺，更主要的目的是来分配成果的。尽管大家都春光满面的，瞎妈的脸上今天比以往任何时候都显得阴沉，这一点只有春芽能感觉出来，但她不知道瞎妈今天是为了什么。知觉告诉她，今天这顿酒，肯定是有点不好喝。

大家都落座后，春芽把酒杯递到瞎妈的手里，瞎妈举起酒杯，只是示意了一下，就喝了一口。大家接着就开始碰杯。嘴里说的都是对瞎妈的恭维话，无非是母亲大人深谋远虑，技高一筹之类的话。几杯酒以后，瞎妈见他们谁都不说心里话，就问了一句：你们大老远地回来了，就都谈谈吧？二水见有机会了，就赶紧说：妈，我看我们应该趁这机会干一场。春芽说：怎么干呀？二水说：把白沙滩开发出来。三水说：是呀，妈，这可是千载难逢的好时机，我们几家公司联合在一起，先在国外上市，然后组成跨国公司。春芽看了一眼还是不言语的瞎妈，知道今天瞎妈肯定没好来头，于是又小心翼翼地说：那谁来挑头呢？二水说：地产开发这块我熟悉，境外上市这块三水正在摸索，我们联手干吧。继祖刚要说什么，被春芽制止住了。春芽的手一直紧握着继祖的手，几次继祖要说什么，她都不让他多说话。继祖不明白她的意思是什么。

果然，两个兄弟一唱一和地还没有说完，瞎妈把手中的筷子"啪"的一声摔在了桌上：我还没死呢？这句话把在坐的人都吓了一跳，大家都愣住了，谁也不知道是怎么回事。春芽这时候站起来说：老太太今年是七十三大寿，我们作为晚辈的是不是应该孝敬一下呀？二水看着大家说：是呀，那我们商量一下怎么孝敬呀？三水说：是啊，老太太这多半辈子不容易，我们得拿出点实际行动来。春芽又扫了大伙一眼，然后说：我看这样，不如我把我的河神庙开发公司、二水的国际贸易公司，三水的科技公司都归到白沙湾庙宇集团公司来，我们在老人家的统一领导下，再学习几年。她的话讲完后，大家一片寂静，谁也不说话。春芽见大家都不说话，就又说：怎么大家有意见，有意见的话就算我没说。二水和三水一听这话，赶紧说没意见，没意见。瞎妈见他们兄弟都没意见，就说了句：既然没意见，就这么办了，明天都过来签协议书。可有一样啊，你们要听清楚，所有股份成员，都与白沙滩的股份无关。

大家都与白沙滩的股份无关，也就是说白沙滩这地上的一切大家都不占股份。再换句话说，就是春芽和大水什么本钱都不拿，只是空身来分二水和三水的资产。这老太太可够黑的，回到家后，二水就对幸子说了。幸子说：你就让老太太占去，她还能活几年，她还能把这些家业都带走？到时候还不都是你们的，真想不开。

2

白沙湾庙宇文化经济开发集团公司股份变更仪式举行完毕了。所谓的股份变更就是把原来青皮爷的股份均分给二水和三水。二水和三水虽然挤进了白沙湾庙宇集团，可对方是一个子没有，玩的都是他们哥两个的本钱。青皮爷的出局是谁也没想到的，大家也都做了充分的思想准备。因为青皮爷毕竟是这方土地的父母官，谁心里都清楚，以后有的是仗打。

县开发办把土地庙接过来后，成立了一个土地庙管理处，新来的处长把原来的老职工都给下岗了。这一下，二混蛋、胖子歪、山虎子都没事干了。二混蛋和胖子歪还好说，自己这几年没少捞，可以做个小买卖什么的。可山虎子就不行了，钱没挣着，又弄个病身子，心里那叫一个腻歪。这土地庙的里里外外整个地都融入着山虎子的心血，实际上是刚装修完，油漆味还没下去呢，人就要下岗了。可新来的管理处长是个横竖不吃的老娘们，根本没办法和她讲理。

新处长上任的头一天，二混蛋就和她吵起来了。紧接着胖子歪又和她争执了一下午。晚上，山虎子把她堵在办公室里，不让她走。就这样，一连好几天，大家都没完没了地和她争执，可这新处长就是不开面。新来的管理处长姓胡，是从别的村调过来的。这胡处长见这几个人这么难缠，就更加不敢使用这几个人了。于是，就从原来自己的村里调来了几个人，一来为她干活，二来为她壮胆。这就更激化了她与原来职工的矛盾，几乎闹得没法开业。经过多方努力，最后连青皮爷都给搬出来说话了，好不容易算是开业了。

开业这天，来了很多人，县里的领导都来了，大家又吃又喝，很给胡处长挣面子。客人都送走后，胡处长把工作人员叫到一起，又开了一个会，要他们明天正式上班。于是，她就回家睡安稳觉去了。深夜，有人敲门，胡处长起来开门，来人告诉她土地庙着火了，吓得她赶紧穿上衣服就往土地庙跑。她来到土地庙的时候，这里已经是人山人海的了。老远的她就看见土地庙的上空一片火红，走近后浓烟滚滚，谁也不敢靠近。

这几年村里挣了那么多的钱，几个村干部都富裕起来了，他们已经过上了超级共产主义的生活。可是大多数村民，都还是老样子，生活上没有什么变化。年轻力壮的在家里挣不到钱，反而都到外面打工去了。留在村里的也是挣钱难，吃了上顿没下顿的，所以心里都积着一股怨气。如今看见土地庙着火，大家都在看热闹，谁也不救火。而且她还看见二混蛋和胖子歪在人群里，看热闹。她喊大家帮助救火，可是这村的人都让她给开除了，大家都心存积怨，谁也不动。急得她坐在地上哭。大火一直烧到了天亮，刚装修的桦树木板，刚刷的油漆，燃烧起来火旺，胡处长一直哭到了天亮。这时候，胡处长一个村的人来上班了，这才招呼着救火。可是，上谁家借水桶，谁家都不借，因为，二混蛋有话说：咱村的人谁家要是帮助胡处长救火，他就上谁家吃饭去。这胡处长赶紧找青皮爷帮忙，谁想找遍了全村，也找不着青皮爷。实际上他早被二混蛋安排到张丽那里泡妞去了。把个胡处长给急的嘴上的泡都出来了，她和手下几个人眼见着大火又烧了一上午。把个土地庙烧了个干干净净，连一块木板都没给留下。这地方是在河湾里面，唯一的一座桥，二水他们给拆了，正在翻新改造。所以，救火车根本开不进来。胡处长看到此情景又是一阵大哭，她正哭着，警方就到了。

经过警方询问，无疑，二混蛋、胖子歪、山虎子等人都是怀疑对象。警方挨个找他们谈话，大家除了都数落了一阵胡处长的不是外，其他是什么结果也没有。胡处长拉着警察不让他们走，非要让他们给个交代不可。警察也没办法，这也不是一时半会儿就能出来结论的，怎么交代呀？

青皮爷这几天心里正不痛快，本来挺好的买卖，让上面给搅和了。这一变化不是一般的变化，这威胁到了他在白沙湾的权力。所以，这几天他闭门不出，苦思苦想着应对的办法。突然听说土地庙给烧了，心里别提多高兴了。二混蛋拉他去喝酒，而后他要去现场看看，二混蛋不让他去，说请他泡妞，就把他安排在张丽那里了。他一边泡着妞，一边静等土地庙的消息。可是高兴之余，又有些心疼，这土地庙毕竟是他一把泥一把土地亲手建起来的。他心里也还在盘算着土地庙这把火是谁放的，是二混蛋？是胖子歪？或许是山虎子？不对，山虎子不是那有出息的人，打死他恐怕也没有那胆量。那就一准是二混蛋和胖子歪二人中的一个，会是这二人中的谁呢？

警方终于把青皮爷找到了，他们是先找到槐花，让槐花给找的。警方对于土地庙被县里接收以前的人员一一地和青皮爷进行了核查，青皮爷最后给他们两个可能作案的人。一个是二混蛋，一个是胖子歪。警方问青皮爷山虎子为什么不会作案？青皮爷说这小子我太了解了，他要是有那尿儿，就不会心甘情愿地戴绿帽子了。对于这个观点警方是不认同的，同时警方也详细询问了青皮爷本人在着火那天晚上的行动范围，并直接指出了他有犯罪动机。青皮爷说：是呀，我是有犯罪动机，可我没有犯罪条件，我没有作案时间，我真恨不得土地庙一把火烧了，可它就天隧人愿地烧了，我心里那叫一个高兴，可它就不是我烧的。而且，我可以告诉你们，这白沙滩不单是我有动机，就是全白沙滩的人都有动机，都恨不得一把火把这土地庙给烧了呢。不信你问一问村里的人，谁不想它着火？警察听着他的话虽然过分，但也是他们了解到的实情。

青皮爷解着恨地说着，可是话一说完，他就哭上了。一边哭，还一边叫着：我心疼呀，那是我的心血呀，那是我一砖一瓦地盖起来的呀，那是我的心尖儿呀，我犯了什么罪了，是老天对我不公平呀……我的土地庙呀，你们一定要破案呀，是哪个挨千刀的，烧了我的土地庙呀……抓住他，非崩了他不可呀……

警察见他这模样，有些神经八叉的，就起身走了。经过仔细调查，警方排除了二混蛋、胖子歪的作案可能，原因是他们二人都没有作案时间。青皮爷就别说了，那晚上他喝了一整夜的酒。于是，警方就把注意力都集中在了山虎子的身上。可是村里人，不管是大大小小的，都说山虎子不可能干这事，他要是有这本事，早就不在这地方干了，可是警方却死盯上了他。警方盯他的原因就是那天晚上，山虎子是最后一个从土地庙里出来的人，而且着火后，他的神情反常。

依照警方的推测，像山虎子这种人，都不用审问，没准一抓他，他就什么都说了。晚上，警方正式拘传了山虎子，山虎子吓坏了，当时就尿了裤子。警察真的很怀疑自己是不是抓错了人，因为这人也太没骨气了，考虑是不是又搞错了目标。像山虎子这种人，真像乡亲们说得那样，怎么能作案呢？可是一到警察局，还没问，山虎子就把一切都交代了。

原来山虎子那天晚上走的时候，确实看见了一块烧红的煤块从炉子里掉出来，掉到了新装修的地板上。由于他心里埋着对胡处长的仇恨，他没有把那块燃烧的煤块捡起来，而是关上门就走了。那块燃烧的煤块烤着了木质地板，结果，深更半夜的火就着起来了。警方还是认为他有罪，把他带走了。大妞见警察带走了自己的丈夫，在村里哭得昏天黑地的。而后，大妞又追到警察局，告诉警察山虎子身体有病。在山虎子拘留期间，大妞还去看望了他。可是没过几天，警方就给大妞送来了山虎子病危通知书。大妞再次见到山虎子的时候，山虎子已经躺在医院里了。他已经进入了昏迷状态，不管大妞怎么叫他，他都不会回应了。山虎子得的是肝癌晚期，根本没有救了。两天以后，山虎子突然醒了，大妞很高兴。山虎子吃力地说：对不起，大妞，我没能让你过上好日子，可我一直是想让你过好日子的……大妞一句话也说不出来，哭得跟泪人似的。大妞赶紧问他是不是他放的火，山虎子没有来的及回答，一会儿，山虎子就去世了。警方还是认为山虎子在这场火灾中是有责任的，但大妞不承认山虎子会犯罪，坚持跟警方说山虎子不是那种人。

土地庙烧毁了，山虎子去世了，村里人少了一个挣闲钱的地方，青皮爷的生财之道没有了，胡处长也回自己的村里上班去了。村里人都说眼下唯一途径就是赶快把土地庙干起来。可是青皮爷经过这样一遭事，变得精明了，他不想再去干这种没有味儿的事。由于闲暇下来，没有事情做，就又想起了春芽，成熟、丰满的春芽更加的迷人，更加的让青皮爷想入非非。她那脸上的一颦一笑都会让青皮爷骨软筋麻，何况在早年的时候，他们曾经还有过那么一回，让人想起来就消魂的事，真是回味无穷。每每喝完酒以后，就让青皮爷陷入深深的回忆之中。

可是，想起眼前的自己，就又心灰意冷起来。当初自己风光无限的时候，春芽都没有跟了他，如今大权旁落，一文不名，春芽怎么会再理他呢？想起来，心里就郁闷得很。可偏偏自己闲来无事的总是思考这问题，他多次在心里发过誓，只要和春芽结婚，就再也不去拈花惹草了。可这春芽怎么才能把她弄到手呢？什么时候才能把她弄到手呢？这一晃就是二十多年过去了，可他的心里对春芽还是痴心不改。这之间他经历过多少如花似玉的女人，可是不管是岁数大的还是岁数小的，都不行，到头来能在他的心里有位置的，还就只有一个春芽。

青皮爷近来喝酒的时候，又添了新毛病，他总是要吃一盘从白沙河里捞的新鲜小白鱼儿。他让村里人给他送来，用清水冲一下，即不去鳞也不清膛，一口酒下去，就是一条小白鱼儿，经常吃得嘴角挂血。满嘴的鱼腥味，再加上白酒味，这屋里就没办法待人了。所以，近来和青皮爷一起喝酒的人很少，原因就是他那吃法，太恶心了。有一段时间他的院里招来好多野猫，都是冲他的小白鱼儿来的。后来，他看见野猫就打，打了就把猫给炖吃了，所以，那些野猫也不敢到他的院里来了。青皮爷是基本上没有什么忌口，只要是能入口的，他什么都吃。而且是和别人的吃法不一样，他都是生着吃，活着吃。

他还喜欢吃大葱、大蒜、青辣椒之类的，有的时候逮着个蟾蜍、蛇、水耗子之类的小动物，都要被他解了馋。这都是因为他年轻的时候，家里贫困养成的习惯。他的这习惯也和他对女人的习惯一样，用乡亲们的话说，这叫猪八戒栽白薯，不论秧子。什么样的女人他都不拒，不管是老的、少的，漂亮的还是丑的，脏的还是干净的，他都要。可就是有一样，完了就完，从来没有上过心的，只有春芽除外。村里连大带小的女人都让他给干了个遍，最多的一家他干了人家祖孙三代，而且他还拿这事当笑话说。为此乡长找他谈话，要他注意点儿影响，干了就干了，怎么还能当笑话说呢？他却说：人家本家都不在乎，你瞎叨唠什么呀？把个乡长给噎得没话说，最后他还说：你把春芽给我说家里来，我保证以后什么样的女人都不碰。为此乡长还特意来白沙湾，他到要看看这春芽是什么样子，能让青皮爷这么动心。当然，乡长见了春芽后，也和春芽商量过，要调她去乡里上班，可是春芽连理都不理乡长的茬，于是乡长就得出一个结论，青皮爷没戏了，春芽这辈他就别想了。

是呀，春芽怎么会看得上乡长呢？说实话，这些年在春芽的心里边，还确实就只有青皮爷一个人。因为，这么多年来，他和大水一直是名义夫妻，根本没有夫妻之实。这些年做生意，没少接触外面的人和事，人比以前可开通多了。对于人世间的事情，也逐渐有了自己的想法。上次联合公司的成立，给她点燃了新的希望，那就是又燃起了她对青皮爷的想法。更让她想入非非的是他们两个是各自联合公司的法人，两个公司的结合，某种意义上来说，是两个人的结合。要是他们两个人再一结合的话，那这白沙湾不就完全成了他们二人的天下了吗？可怎奈是瞎妈看得紧，青皮爷又不走运，才刚有个势头，还没发展起来呢，就让人把饭碗给抢去了。

3

瞎妈和大水把神像沉进白沙河，春芽虽然嘴上不说，心里是有想法的。她感觉瞎妈为人心机太深了，深得都让她心里发怵。大水又是个孝子，一味听瞎妈的话，没有一点儿自己的主心骨，她想起来就有些心里不舒服。二水和三水的情况，她都看着呢，按照瞎妈的意思，二水和三水永远是抛弃了白沙滩的人。现在能让他们回家看看，就已经很不错了。继祖的情况她最了解，这是她永远也不能原谅大水的地方。可是继祖现在是瞎妈的红人，不单是瞎妈，就是大水，就是她春芽也都对继祖上心着呢。

继祖是她从小带大的，一直跟着她睡。小的时候，都是嘴里含着她的奶头儿睡觉，那两只小手一离开她的奶头儿，就睡不着。她也乐于抱着他睡，当她抱着赤条条的小家伙的时候，心里不知道是有一种什么样的感觉。是对爱人的向往，还是对儿子的渴望，都说不好。如今，这小子一眨眼之间，都长成塔似的大小伙子了，可是他一见到春芽，还是嗲声嗲气地撒娇。他拿她当成亲妈了，她对他也不可能没有感情。何况继祖又正是意气风发，年轻力壮的时候，长得那么讨人喜欢，有时候她心里就想，这是不是上天赐给她的。每天晚上继祖睡着了后，她且得看他呢，有时候还亲他。看不够也亲不够的，你说春芽的心里能没有他这个天外飞来的儿子吗？

然而，最近继祖回家的趟数明显地频繁了，而且回来一吃完饭就黏糊她，每天晚上缠着她撒娇。这孩子也真是的，想起他的出身，她就心疼他，所以，有时候她对他是感情上有些过分。小的时候他把他搂到自己的被窝里来，大了以后，虽然分开睡了，可继祖还是离不开她，有时晚上还总往她被窝钻。这出去工作以后，虽然好多了，可有时候还是和她腻腻歪歪的，一到晚上就扒开她的衣服，要奶吃，弄得她真心急火燎的扇情。她认为是继祖在撒娇，想妈妈了。她又觉得继祖是不是还有其他想法，可她总觉得自己是他的妈妈，他是自己的儿子，是自己的私有财产。可她有时又觉得他是个男子汉，她又需要这么个男子汉的感情来慰藉自己。从感情上，从心理上和生理上她都需要他，她离不开他。她喜欢他对自己撒娇，她喜欢他叫自己妈妈，她晚上睡觉的时候，需要抱着他，亲他，体验着他抚摸她乳房时的快感。

这一晃有好几天继祖没回来了，晚上，躺在炕上后，她又想起了他。她想着他的音容笑貌，想着他的健壮的身材，想着他抱着自己时那男人般有力的臂膀，她想马上见到他。他再不回来，再不见到他，她就有些不行了。正在她胡思乱想的时候，继祖从外面回来了。她激动得眼睛都潮湿了，赶快下地给他倒水。

继祖这几天由于青皮爷那边有事，没有回来。今天晚上他应酬完一个事后，就赶紧回来了，他想他妈妈。因为这几天青皮爷心里不痛快，没有给他好脸色看，他心里委屈，想回家，想妈妈。晚上他回到家，推门进来，叫了一声妈，由于喝了酒，脸上还在发烧。春芽赶紧从炕上起来，衣服都没穿，就起来给他倒了一碗水，递到他手里。他喝了一口母亲给他倒的水，洗了洗脸和脚，就上炕钻进了母亲给他刚铺好的被窝里。

春芽看着他脸色不太好，问他是不是最近工作不太顺心？继祖看着母亲的脸眼泪就下来了。春芽见他哭了，知道他心里有事，不知道他在外面受了什么委屈，就伸出手来，用胳膊把他的头抱住。春芽见他进了自己的被窝，想往外推他，可继祖紧紧地把她保住，头紧贴在她的胸上，就孩子般地哭起来。春芽见她这样，就知道他在外面受了委屈，也紧紧地抱着他，嘴里在不断开导着他。

大水已经是心如死灰，不再干涉身外之事了。可是瞎妈的心里却是雪亮的，她用她那洞察一切的灵魂，在静静地观察着白沙滩上所发生的一切事情。什么都瞒不过她的瞎眼睛，她知道白沙滩上发生了什么事情。但是，这是她所期望的，她期望着让她赏心悦目的时刻。她在等待着，等待着又一个生命的诞生。这也是她能够活在这个世上的唯一的理由，为了这个理由，她瞎妈不惜牺牲一切，不惜毁灭一切。因为她瞎妈心里很清楚，白沙滩上的香火，已经无法在按照自然的规律进行延续了。只有出现奇迹般的事情，才能给白沙滩带来生命，同时给她带来希望。她每天烧香拜神，就是在祈求这一奇迹的出现，而这奇迹，就奇迹般地出现了。

是呀，奇迹还就真的出现了，春芽突然怀孕了。就在春芽自己还没有感觉的时候，瞎妈已经感觉到新的生命气息。在这死水一般的白沙滩上，在这死水一般的庙宇生活中，是多么的需要活力，需要生命。早上，瞎妈很早就起来了，给春芽做了一锅鸡蛋汤。白天的时候，又让大水把鸡杀了，给春芽炖了一锅鸡汤。可是，春芽已经不是以前的春芽了，她不可能让生命再降生在这已经无法生存的地方。

晚上，春芽望着继祖那孩子般的神情，她还是告诉他自己怀孕了。继祖还是个孩子，没有经历过怀孕的事情，他一时不知所措。她以长者的口吻对他说，她要嫁人。继祖问她要嫁给谁，她说嫁给青皮爷。继祖抬起头来惊呆了。她要他明天约青皮爷到河边的船上，她要和青皮爷见面。尽管继祖心里不愿意，可他是个听话的孩子，他还是把青皮爷给约来了。

这几天春芽思虑再三，觉得要想延续她和继祖的感情，她只有保住肚子里的孩子。要想保住这个孩子，就只有离开白沙滩。因为，她知道瞎妈是不会饶恕过她的，弄不好这回会要了她的命。所以，她这几天经过仔细的思考后，决定以体面的方式离开白沙滩。那就是嫁给青皮爷，然后离婚，和继祖远走高飞过舒心日子去。

可是，这一回春芽是真的把瞎妈给看扁了。这回瞎妈是真心的想要这个孩子，因为，白沙滩需要延续香火。更重要的是，继祖是老牛家最纯正的根苗。所以，要继祖来继承老牛家的家业，那是再好不过的了。可是这回春芽没有领会对瞎妈的意图，完全跑偏了，使得她自己也在危险的边缘走了一遭。

继祖的心里别提多么厌恶青皮爷了，他真恨不得他掉河里淹死。但他还是依照春芽的意思，把春芽约青皮爷谈话的事和青皮爷说了。青皮爷问继祖春芽约他是什么事情，继祖说大概是商量你们的婚事吧？你就去吧，我也说不清楚。然而，青皮爷万万也没有想到春芽会约他，他更没有想到约他，居然是要和他结婚。青皮爷如约而至，春芽已经在船上等待多时了。然而，春芽就一个条件，那就是让继祖来当这个村的村长。青皮爷想都不想地说:那没问题。接着，他们就定好了结婚日期。

春芽和青皮爷谈好了后，就琢磨着怎么和瞎妈谈。是呀，青皮爷也说了，瞎妈这关不好过，让她小心些。通过这么多年和瞎妈的生活，她已经对瞎妈有所了解了。她深知，对瞎妈不能让她反复琢磨，否则就要出意外。瞎妈这人一生都是办事干脆利落，从不拖泥带水。所以，要以其人之道，还治其人之身。赶快快刀斩乱麻，只要她一吐口，就已是万事大吉。

当春芽和瞎妈摊牌的时候，瞎妈这回可有些招架不住了。这事情太突然了，完全出乎瞎妈的预料之外，整个打瞎妈一个措手不及。夜里，瞎妈在房间里哭，哭得很伤心。大水和春芽谁都没过去，春芽知道她在哭什么？瞎妈在哭春芽肚子里的孩子。这么多年来，春芽一直看着呢，唯一能让瞎妈动心的，就是小孩儿，还得是在白沙滩出生的小孩儿。但大水和瞎妈知道，春芽这回是要走定了，瞎妈就是哭死了，也没有用。而春芽已经跟瞎妈说的明明白白，继祖当村长，是她结婚的唯一条件。瞎妈心里在琢磨着春芽到底要干什么？这个她身边长大的女人，弄得她现在越来越看不懂她了。春芽早就和青皮爷好，瞎妈心里是清楚的。可春芽这么大张旗鼓地要和牛家决裂，这是她万万没想到的。她本来以为，等自己走了以后，把这家传给春芽的，可谁想到现在会出现这样的局面。这样也好，看来这春芽是有意识要把这家传给继祖了，瞎妈心里掂量着这事那头轻，那头重。所以，没有对春芽的决定很快地做出反应，而是持静观的态度。只是在心里不断地琢磨着另一个问题，就是春芽要和青皮爷结婚，她和大水的婚姻怎么解决呀？名义上她和大水还是夫妻呢？去离婚吧？当初就没有结婚手续，不离婚吧，她怎么对大水交代呀？

青皮爷简直是因祸得福，生意没了，却情场得意，把春芽给娶回来了。这几天他是满面春风，来到乡里的时候，那嘴乐得都合不上。他是来到乡里办继祖接班的事的。他找到乡长，说土地庙的事，他们村里损失惨重，乡亲们每天都堵在他家门口，要他想办法。乡长也正在为这事没办法擦屁股感到挠头，正心里烦着呢，就碰上青皮爷来了，这回是想躲都躲不开了。

乡长和青皮爷达成协议，由继祖接班，给他们二人擦屁股。乡长心想，这牛继祖本来就是乡里培养的接班人，索性就让他赶快上吧。于是这事就这么定下来了，青皮爷哼着小曲回家了。他要好好地歇两年，和春芽好好地过两天消魂的日子。这段感情一耽误就是二十多年，当初闹的天翻地覆的，如今他们都老了，也该有个归宿了。

这继祖究竟是不是他的儿子，等把春芽一娶进门，那不就全知道了？说不定这还是春芽的一个设计呢。到时候我们一家人和和美美地过日子，想起来，心里那叫一个甜。正在做美梦，突然槐花回来了。一见到槐花，闺女还没说话，他的头就嗡的一下。还有这姑奶奶呢，怎么净顾得高兴了，把她给忘了。这要是不和她商量好的话，这婚也结不成呀。心里琢磨着，槐花肯定是不让他结婚的，回来就是找他闹事的。

槐花是听说他爸爸要结婚的消息后，赶回来的。她在路上都想清楚了，你老爹爱和谁结婚就和谁结婚，我不管。可我要和继祖结婚，你也别管。咱们各走各的路，各办各的事。既然你和春芽结婚，那我就和继祖结婚。不但要和继祖结婚，还要和父亲一起办喜事。谁想她刚一和父亲交换意见，青皮爷一听就急了：这怎么行，不行。死说活说，他就是不答应。没办法，槐花又去找到继祖，跟他谈起结婚的事情。继祖的心都在春芽身上呢，心里正烦着，这会儿怎么能拿她当回事呢。三言两语的就把她打发了，槐花心里委屈，又去找春芽想办法。春芽的心也在继祖身上呢，能给她想什么办法？

槐花回到自己的房间里，抱着被子痛哭。她想起了自己的母亲，想起了自己所受的委屈，想起了自己以后的前途，觉得父亲太对不起自己了。她想到了抗争，也想到了死。实在不成干脆，死了算了。活着真没劲，父亲不理解，爱人也不理解，这叫她今后怎么活？

晚上，继祖回来了，抱着春芽问她以后怎么办？春芽说只要你听我的，以后我们的好日子就没跑儿。继祖说：你都要嫁给青皮爷了，怎么还和我有好日子？春芽说：我们对外还是娘俩个呀，那我们想什么时候在一起，就什么时候在一起，多好呀？继祖被她说得半信半疑的，就把她的身体抱得紧紧的，生怕她跑了似的。春芽也确实没有骗他，因为，她没有必要骗他。放着一个大小伙子她不留恋，为什么非要跟一个老头子呢？可不这样不行，不这样她从牛家出不来，不这样她肚子里的孩子保不住，不这样，她无法和继祖永远在一起，不这样她在白沙湾站不住脚。这一点，整个的白沙湾只有一个人清楚她的心理，那就是瞎妈，别人都还蒙在鼓里。瞎妈那洞澈一切的智慧灵光，使春芽的一切心里动作都难逃出她的普照，只是瞎妈有时候保持沉默而已。

下午，春芽和大水谈了好长时间，畅叙和大水这么多年的感情，哭了好几次。可是大水已经对人间的情感麻木了，他的心已经如死灰了。春芽敢这么走一步，他心里很高兴。他完全地支持她，并鼓励她走到底。最后和大水达成了由大水出面，在她和青皮爷的结婚仪式上做证婚人，大水对于春芽的信任很高兴，他欣然地接受了。当瞎妈知道了这事后，由衷地佩服春芽，你说她怎么想来的。由此她也感觉到了青出于蓝，要胜于蓝了。继祖的身边有这么个人保护，她死也能闭眼了。她仿佛看见了继祖作为白沙滩的主人，出现在一个大会上，她仿佛看见了继祖在她的墓碑前，为她烧香磕头。在春芽的肚子里，怀的是她老牛家的种，这是她这么多年来唯一的希望，也是她多少年来的期盼。他们老牛家后继有人了，而且是那么的光荣，因为是春芽生的。

春芽和大水、二水、三水那么多年，中间还有个青皮爷，如今她却突然又怀孕了，这当然是大喜事。瞎妈知道，这件事情只有她、大水和春芽心里清楚，这是他们三个人心里的秘密，也是他们三个人心里最值得欣慰的事情。同时，也是大水心安的地方。自从到这白沙滩上来以后，大水可以说很少上外面去。他唯一的希望就是给牛家生个后代，这下终于算是了了一份心愿。

第十三章 婚礼

1

自从大水把河神的雕像投入白沙河里后，白沙湾就连续发了多年罕见的洪水。搞得二水和三水的企业都不景气，大部分工人都给遣散了。当他们哥俩听说春芽要嫁青皮爷的时候，都非常震惊。他们回来见瞎妈，一个是要了解一下具体的情况，再有就是和瞎妈商量，他们回白沙滩。

瞎妈让他们到墓碑前仔细看看她的遗嘱，二人心里都不舒服，觉得母亲太绝情了。他们又向母亲讲述了外面生意不好做，企业的各种优惠待遇都到期，如今都要按照正常的规章制度进行纳税。反正钱也挣得差不多了，二人想收手不干了，回到白沙滩来，好好享几天清福。目前在小区里住着，很不方便。受一帮诬赖管着，吃的是超市里的劣质食品，喝的是充满漂白粉味的自来水。噪音大，空气也不好，蔬菜都是化肥种出来的，环境也不干净，每天不是得这病就是得那病的。现如今，他们才知道母亲当初为什么死守着这块地方，要是听了他们的，现在，白沙滩还不定成什么样了呢。可让他二人不解的是，既然我们家有这么一个养老的地方，为什么不让我们回来呀？

当然，瞎妈自然有瞎妈的道理。她认为二水和三水已经是被污染的人了，如果让他们回来，就等于把白沙滩给污染了。而且还会招来败家的危险，这几年要不是瞎妈坚持着，白沙滩早就不知道姓什么了。虽然白沙滩的人越来越少，可她决不让外面的东西进来，把她的家给败了。她要保持住白沙滩的清静，要维护住老牛家血脉的纯正。

幸子想回日本，可是二水说那里他生活上不习惯，尤其是吃生鱼生肉，他受不了。三水想去日本，可小红不愿意，因为她父母都跟着她呢。再说了，就是去日本的话，也要把白沙滩的事情处理好，把母亲带回去。可母亲说什么也不回去，他们对于继祖的身世始终表示怀疑，虽然母亲把他都写在遗嘱里了。他们对未来白沙滩的命运也不怎么乐观，因为母亲的年事已高，春芽近几年和前几年也不一样了。再加上她和青皮爷的特殊关系，就更加让他们对家里的事情放心不下。可母亲又偏偏不让他们插手，而且看样子还大有把他们逐出家门的感觉，因为母亲的遗嘱上写得很清楚。

春芽要嫁青皮爷，他们也看出来点路数了，如今这白沙滩就是老牛家的人说了算了，可二水和三水他们二人身为老牛家的顶梁柱，却没有了说话的权利。其原因也很简单，用三水儿子的话说，因为他们都是外国人。他们虽然都是外国人，可他们都不愿意出国，只是拿了个外国护照。如今哥俩的处境一样，外面不想呆了，可家又回不来。

当初，他们从家里走出来的时候，是带着反叛心理，为了追求新生事物出来的。走出愚昧落后，进入现代生活，是他们这么多年来的追求。可如今，现代生活追求到手了，房、车都有了，世界各地也都转个遍了，却突然发现，原来自己所否定的，却是现在看来比较珍贵的。原来追求的，现在已经到手的，却是个无形的包袱。使他们即讨厌又无法摆脱。而且就是这个包袱，让他们有国投不了，有家回不去，使他们成了流浪的孤魂野鬼。

尤其是当他们听说春芽要嫁给青皮爷的时候，哥儿俩的心里都不约而同地感觉到了一股酸酸的滋味。他们简直无法理解大哥的态度，他还竟然地答应给他们去做婚礼的证婚人。尤其是最近几年来，春芽的变化让他们每个人的心里都多少的有点儿对当初那么轻易的放弃，感觉有点后悔。他们经历过婚姻以后，才感觉到春芽具备其他的女性所不具备的伟大性格。她基本是一个完美的女人，而且是一个传统的女性，是每一个现代男人都向往的女性。显然，这又是一件覆水难收的事情，哥俩隐隐约约感觉这些年是不是活错了。以前虽然有些后悔，但毕竟有大哥呢，毕竟春芽是大哥的女人。可现在，她要嫁给青皮爷，实在是让他们接受不了。你为什么要出嫁呢？就是出嫁，嫁谁不好，为什么非要嫁给青皮爷？这不是诚心斗气吗。

春芽和青皮爷的结合，是整个白沙湾的大事。消息一经公开，就炸了窝，整个白沙湾都沸腾了。按说，青皮爷是白沙湾头一号的男人，春芽是白沙湾头一号的女人，二人的结合是再合情合理不过的了。可是，偏偏不是这样，许多人都说青皮爷配不上春芽，说这是鲜花插在牛粪上。又有许多人说青皮爷怎么娶了这么一个女人，是会遭灾的。也有人说，他们的结合是癞驴配破磨，也有人说他们是交易婚姻，长不了，还有的说他们以前就有一腿……

而闹的最欢的要说是槐花，她死活不同意这门婚事，一定要父亲撤消与春芽的婚约。要想让她同意，那么父亲必须先同意她和继祖的婚事，不然，就断绝父女关系。而从心里讲，继祖也不同意春芽和青皮爷的婚事，可他没有足够的理由说服春芽，放弃和青皮爷的婚约。相反，春芽却有足够的理由说服继祖，让他默认这门婚事，并且她明确表示不反对继祖与槐花的结合。

晚上吃完晚饭后，继祖又早早地回到春芽的房里。春芽收拾完厨房，洗漱完后，也回来了。继祖问她奶奶在干什么？春芽说在诵神。继祖说：这庙里一座神像都没有，奶奶每天诵的是那家子神？春芽笑了笑：什么好听念什么呀？继祖不以为然的还要说什么，春芽说：你一个小孩子，什么也不懂，就别问了，问了也是挨蒙。于是，二人就脱衣服钻进了被窝。

在继祖的心里，他与槐花结合不结合，都无关紧要，他要的是给他爱的春芽。可是春芽明确跟他讲那是不可能的，因为，她在名义上还是他的母亲。春芽也曾经问过继祖为什么喜欢她？继祖说她和别人不一样。春芽问他哪儿不样，继祖说也说不上来哪儿不一样，可就是不一样。于是，春芽问他都和谁有过那事，是不是那个槐花？继祖就把自己的事情都和春芽说了，他觉得这是对她的报答。

在继祖与槐花交往的时候，他曾经对春芽说过。那时候春芽是带着醋意听他讲的，而且过问了细节问题，还教给他一些避孕的方法。而继祖给她讲这事的时候，是把头扎在她的怀里讲的，跟她讲了每一个他和槐花交往的细节，就是最后爆发时的感觉，他都对她讲了。因为她问得很细，那时她听得心惊肉跳的。但他当即就对继祖说，槐花跟他不是第一次，继祖不以为然，他相信槐花，但他心里也有疑问，难道槐花还有另外的男人？怎么没听她说过呢？

继祖一个一个地把他接触过的女人都对春芽讲了，春芽惊奇地听着，原来他有过这么多女人？讲得春芽心惊神摇，浑身发软，把继祖紧紧地抱住。他感觉在春芽的身上，有一种非常厚实的女性感觉，他会获得很多。而在别的女人身上，就没有那么多。感觉别的女人和春芽比，是那么的单薄，是那么的简单。他和春芽有一种不满足感，充满了想象力。而跟别的女人就没有这种感觉完全没有想象力。

继祖不管和谁结婚，也不管他将来娶谁，他只关心他怎样才能不和春芽分开。春芽说你只有娶槐花，才能和我永远在一起。继祖是个听话的孩子，他认真地和槐花谈了一回，槐花没有想到继祖会主动找她谈，简直是欣喜若狂。没想到这次继祖那么主动，可是一对青皮爷说这事，青皮爷断然的不同意。继祖又和槐花商量办法，这回槐花心里有底了，她不再心虚了，因为有了继祖的明确表态，她就什么都不怕了。她可以公开地和父亲讲条件了，她要和父亲进行一场生死较量，直到他同意他们的婚事为止。

可是，事与愿违，槐花什么办法都用了，就是说不动父亲。最后，槐花说你要是还不同意，我们就私奔，有了孩子再回来。青皮爷那叫一个难受，可他又没有任何办法，是呀，怎么才能阻止他们这场让他难堪的婚事呢？这也是青皮爷现在最为头疼的一件事。

鉴于槐花的威胁，鉴于不使自己和春芽的婚事受到干扰，鉴于继祖的身世还只是和疑问，鉴于维护自己在白沙湾的脸面，青皮爷决定不再干涉槐花与继祖的婚事。于是，双方都各自开始筹备自己的婚礼。青皮爷和春芽的婚礼要在河神庙举行，由大水证婚，瞎妈作为女方家长出席。继祖和槐花的婚事，在土地庙里举行，由二水证婚，请全村的乡亲们参加。

在举行婚礼之前，清皮爷召集全村村民大会，会上他宣布自己从今天开始不再是白沙湾的村长了，下任村长由继祖担任，同时宣读了乡政府的任命书。村民都觉得顺理成章，但又问村支书是不是也换？青皮爷说书记还是他自己来担任。于是，继祖开始正式行使村长的权力。继祖又把二混蛋和胖子歪叫回来，做他的助手。又任命了几个村里跟他关系不错的小伙伴，为各队的队长。并扬言还要把土地庙搞起来，但这回这事再没有人抻茬了。继祖想起了张丽，他找到张丽，和张丽商量能不能把土地庙那几间闲置的房子和院子用起来，搞一个项目。张丽是外面闯出来的人，见是继祖找她，就把自己心里的愿望对他说了。张丽一直想在白沙湾搞一个当地最大的洗浴中心，继祖想了想，觉得当地确实缺这么一个项目，就同意了。于是他和青皮爷商量，青皮爷也没意见。

于是，张丽正式进入土地庙，白沙湾洗浴中心也很快就进入了筹建阶段。其实所谓筹建，一个是院落和房间的装修，再有就是招兵买马。

施工和人员培训同时进行，这张丽确实是个人才，很快就把这洗浴中心给干起来了。开业典礼这天，由青皮爷过来剪彩，而后，青皮爷在这里玩了多半天儿。

二混蛋被继祖提拔为副村长，胖子歪是村办公室主任。这二人跟张丽一直就很熟，张丽一搞这洗浴中心，他们就围上来了。几乎每天一有空，就泡在这里。按摩房的小姐们跟他们本来就很熟，这回一在一起干事，关系就共密切了。其中有个小姐叫小凤，家是四川的，这天她的一个老乡来洗浴中心找她，说带来几个家乡的妹子，要她照顾一下。这小凤是个在好多地方都干过小姐的，她和张丽是老相识，张丽叫她过来干，就是要她照顾生意的。这几个川妹子都是头一次出来，还是处女。小凤知道这事后，就感觉到有利可图，于是，就和二混蛋、胖子歪商量，让他们介绍几个可靠的老板过来，给这几个处女开苞。

开始三个人商量好了，每个人三千块钱，二混蛋他们拿一千，小凤拿一千，剩下的一千有张丽店里五百，给当事人五百。结果，二混蛋做事不严密，第一个客人来了后，就把事情给弄漏了，让张丽知道了这事。张丽把小凤叫过去，狠骂了一顿，还要轰她走。吓得小凤直哀求老板，保证下次再也不敢了。

张丽对于二混蛋和胖子歪是要礼遇的，她把二人请过来，明码标价地说了。让他们二人去拉生意，每个开苞人要五千元，给他们回扣一千五百元，张丽自己拿三千元。这下就没有小凤的利益了，自此小凤心里对张丽产生了怨恨。这小凤来到洗浴中心时间不长，就和当地的片警混熟了，片警为了拍马屁，对上面搞拉拢，带来好几个局里领导，于是，她又通过片警瞄上了警局的一个罗副局长。

小凤在一次陪这罗副局长玩的时候，说出了自己心里的怨恨，让那罗副局长给她出气。于是，那个罗副局长往下面打了招呼，警方检查了洗浴中心，并查出了卖淫嫖娼的，不巧，二混蛋正好在和一个女孩儿泡，也抓在里面了。按照国家法律，涉案人员要进行处理，这下二混蛋傻眼了，张丽的店也要查封。张丽是久经杀场的老手了，她先找到继祖，继祖觉得这事太大了，自己处理不了，让她赶快去找青皮爷。青皮爷觉得这事蹊跷，上面他已经都打过招呼了，怎么还会出这事呢？于是，就让继祖去询问一下，看看问题出在什么地方。

继祖问了胖子歪，又到监所里见了二混蛋，了解了情况后，就把事情的经过都对青皮爷讲了，并说一切事情都是小凤的怨恨引起的。青皮爷听了后，就让继祖把胖子歪叫来。胖子歪来了后，青皮爷趴在他耳边讲了一阵，胖子歪坏笑了一下，就去了看守所，说是给二混蛋送衣服。胖子歪从看守所走后，二混蛋就开始找看守，说还有事情要交代。警方又提审他，他就说出了小凤也卖淫的证据，并说罗副局长可以作证。

第二天，二混蛋就给放出来了。而且，所有涉案人员都回来了，片警还通知张丽可以继续营业了。大家都觉得青皮爷神通广大，可这里面的什么事情，大家就不知道了，二混蛋出来后，胖子歪把事情的经过告诉给了他，他赶紧带上礼物去看望青皮爷。

2

这件事后，青皮爷把张丽叫过去，和她商量继祖的婚事承办事宜。张丽正想报答青皮爷和继祖呢，就满口答应下来。于是，继祖和槐花的婚事就暂定在土地庙洗浴中心举行。青皮爷急着操办继祖的婚事，实际上是在办自己的婚事。因为春芽提出来要和继祖同一天举行婚礼，她的婚礼要在河神庙举行。

春芽和青皮爷的结婚登记也是很麻烦的，取结婚证书那天，是和槐花、继祖一起去的。登记人员要他们出示离婚证书，青皮爷出示了，可春芽没有，这怎么办呢？登记人员说没有离婚证书要补办。又要她出示结婚证书，春芽说没有，登记人员说要她到村委会去开证明。青皮爷赶紧让继祖回去取公章，继祖回去取回公章，开好介绍信，这才给他们办理结婚登记。等登记员把章一盖完，春芽就高兴得跳起来了，青皮爷不知道是怎么回事，以为她是为和他结婚高兴。春芽的心里事，实际上他只猜对了一半，春芽是为嫁给青皮爷高兴，更为她嫁给了中国人高兴。

青皮爷和春芽的婚礼是在河神庙举行的，大水是婚姻证明人，瞎妈代表了男女双方的父母。二位新人给瞎妈磕头后，就入席就坐。春芽赶紧脱掉新衣服去厨房做饭。瞎妈和大水陪着青皮爷说话，瞎妈拉着青皮爷的手，脸上的肌肉抖动着，嘴里一句话也说不出来。青皮爷知道瞎妈在感慨什么，只是说了句：过去的事情已经都过去了，我们也都岁数不小了，以后，您就是我们的亲生母亲，我们都对您尽孝。

几句话，把瞎妈说的老泪横流，嘴里憋了半天才叫了一声：孩子。青皮爷也叫了一声：妈。大水无味地起身出去了，他到厨房帮春芽炒菜。当他们端着菜进来的时候，青皮爷和瞎妈已经谈笑如初了。于是，大家都端起了酒杯，在祝福中喝干了一杯酒。大水又给大家满上，春芽见大家都还高兴，就也放下提着的心，但她的心里始终觉得这不是结束，是刚刚开始。

瞎妈回到自己的屋里，让大水给她倒了一杯酒送过来，然后就让大水出去了。大水出于好奇，没有走多远又回来了，趴在窗户外面朝里面看。他看见瞎妈从柜子里拿出来一个小包来，打开后，将一些白粉倒进酒杯里，吓得大水差点儿叫出声来。他刚要冲进去，就听见瞎妈在叫他。他赶紧往后退了几步，然后装作跑过来的样子，推门进来。瞎妈见他近来了，就端起了酒杯问：春芽他们喝得怎么样了？大水说：她正在陪客人喝酒。瞎妈翻着瞎眼皮说：你把春芽给我叫过来。大水看了一眼桌上的酒杯，一犹豫，瞎妈想起了继祖，又想起了春芽肚子里的那个孩子，深深地叹了口气：唉，算了吧。于是就一个人“呜呜”地哭起来。大水一时的不知所措，赶紧上前想靠近瞎妈安慰她。瞎妈听见大水走近，赶紧把桌上的酒杯拿起来，将酒倒在了地上。瞎妈拉着大水的手说：孩子，不是妈心狠，我是担心你爸留下的根苗血脉，能不能传下去？我不能带着遗憾去见他呀。

继祖的婚礼上，来了很多人。除去双方的父母，村里的人几乎都来了。院子里摆满了酒桌，谁来了谁就席。二水、三水、幸子、佳子、小红和她的三条腿的儿子大圣也都来了。大家都很高兴，在不断地祝福继祖和槐花。整整闹了一天，晚上又闹了一晚上，快午夜了，才散席。二水和三水他们都回家了，二混蛋和胖子歪每人搂一个小姐进了单间。

继祖把客人一个个送走了，最后和张丽告别。人都散尽以后，他和槐花回到新房。槐花说累了一天，我们也该睡觉了。继祖却说要去看看妈妈去。他把槐花一个人扔在新房里，就去了青皮爷的别墅。槐花满脸不高兴地坐在床上赌气，而后自己就洗一洗睡了。

春芽和青皮爷已经睡下了，这青皮爷二十几年的愿望得以实现，兴奋得一晚上没消停，一次又一次地折腾春芽，把春芽折腾得死去活来，嗷嗷直叫。连累再加上喝酒喝多了，青皮爷的眼睛已经开始打架。继祖来到门外，叫门。青皮爷迷迷糊糊地说：不要理他，新婚之夜他不抱着自己的新媳妇睡觉去，到我这里干什么来了？春芽起身穿好衣服出来，见继祖站在门口，刚要说话，就差点被继祖抱住了。春芽也留恋继祖，青皮爷已经在里面叫上了，她只好把继祖推开，关上门回去睡觉去了。

青皮爷问继祖干什么来了，春芽说他那边刚散，就过来看看。青皮爷说这孩子就是知道孝顺。然后，青皮爷又想起了什么，就问春芽：那这孩子到底是不是我们的儿子？春芽说你都这时候了，还问这干什么？是不是都已经生米做成熟饭了，反正都是你的儿女了，还操那心干什么。可是青皮爷就是不放心，非弄个水落石出不可。春芽说：是又怎么样，不是又怎么样？你还要干什么呀？这都是一家人了，你还有完没完呀？非要弄出对不起闺女的事来是不是？这才把青皮爷的疑心给压下去。疑心是下去了，色心又起来了，他又一把抱住了春芽，嘴像猪一样地在她的前胸拱着。春芽看着他的样子，心里想，真得要忍受这个人的粗鲁吗？

天上已经打起了闪电和雷声，继祖到后半夜才到家，槐花已经睡了。他脱了衣服钻进被窝，槐花见他回来了，就要和他黏糊，他是一点兴趣也没有。槐花抱着他，说新婚之夜你就不让我高兴高兴？继祖勉强地和她应付了一阵，最后说最近太累了。弄得槐花也没尽兴，很不满意地转过身睡去了。这时候外面憋了一天的大雨已经下起来，雨越下越大，就如同捅了天似的。

就在这两代人都沉浸在新婚的喜悦梦中的时候，白沙河上发生了一件大事情，那就是一场百年未遇的大洪水酝酿而成了。睡梦中的人们很快就给洪水的爆发声惊醒。继祖起来后马上就想到了妈妈，他叫醒槐花，冒着大雨，带着她朝青皮爷的别墅跑去。青皮爷的别墅地势高，他们到来的时候，青皮爷和春芽已经在门口准备出去了。见继祖来了，青皮爷说：你赶紧回村里去，组织乡亲们抢险救灾。把全村的青壮劳力组织起来，马上把全村的乡亲们都转移到船上去。我和你妈去河神庙，看看你奶奶他们去。继祖看了母亲一眼，春芽也正在看着他，于是，继祖让槐花跟着她父亲，就转身朝村里跑去。

继祖来到村广播室，把全村的年轻人都集合起来，调动了全村的所有船只，要他们马上组织乡亲们转移。并严格地宣布了几条临时命令，要二混蛋和胖子歪监督执行。于是，开始分配船只，又分配救急人员。这一切都安排的井井有条，让大家心里都感觉踏实。

大雨下了三天三夜，白沙河水漫上堤岸，整个的白沙湾都被淹没在洪水中。继祖把乡亲们都转移到船上去了，就连青皮爷和春芽也被安排在一条船上。全村的秩序井然有序，青皮爷和乡亲们对继祖都赞不绝口。槐花也被安排到一条船上，他们的蜜月度得很有意思，继祖有时不回来，有时候回来很晚。而奇怪的是河神庙里却没有进洪水，大水和瞎妈的生活仍然如旧。春芽专门回来了一趟，她是为瞎妈和大水的安危回来的。当她看见大水和瞎妈都没事的时候，心里就踏实了。但当她和大水单独在一起的时候，她还是提起了那尊河神像的事。她说：我还是觉得是那尊河神像有毛病，当初你投放的有些仓促，是不是找个时间把它找回来。你看这多少年都没有发过水了，怎么你刚把那尊像投进去，就开始发水呀？大水最近也在琢磨这事，可他想来想去，也还是觉得不应该是那尊像的事，为什么呢？因为要是那尊像的事，为什么河神庙没事呀？春芽说：你想呀，这河神庙是河神的家，怎么能自己冲自己的家呢？大水一听春芽的话也在理，于是，第二天就带着几个叫花子，划着船去打捞那尊神像。几个人整整折腾了三天，也没找到那尊神像。他清清楚楚地记得是在那个位置投放下去的，可就是没有。也许是洪水太大，给冲跑了？可那是一个铁物件呀？

土地庙这边可惨了，张丽的洗浴中心全是水了，床和木桶都漂起来了，满院的水里都是物件。村里人都说张丽得罪了土地爷，她不该在土地庙里开洗浴中心，用水把土地爷给泡起来。这是天在报应，你们泡我，我把你们都泡起来。于是，才发着这场大水。青皮爷心里疑惑可能是这么个理，因为河神庙没有事呀，可嘴上要大家都别瞎说。他亲自带着几条船，来到土地庙，买了好多好吃的，组织洗浴中心所有的人举行一个仪式。组织一起大家烧香磕头，求土地爷原谅。而后，青皮爷许下重愿，答应大水过后另选洗浴中心地址，重修土地庙，还一方神灵的安静。

雨还在下，水位还在长，就是河神庙也开始进水了。几个叫花子贪生怕死都跑了，只扔下了大水和瞎妈。瞎妈还是每天晚上睡觉前都烧香，可她已经是不再念佛了，而是在骂街，或者确切地说是在骂天。她用拐杖指着天空大声叫骂，什么难听她骂什么：什么我瞎你也瞎呀；什么你高高在上，不管黎民疾苦呀；什么你从来就没有公平过呀；什么你是个隐君子呀，只知道享受，不知道给予呀；什么你是个大混蛋，是个不讲理呀…… 总之，下了几天雨，她就骂了几天，直到大水把她的屋子也都给淹了，她才不得不上船上去了。是大水强行把她背到船上去的，她自己根本不想去。到了船上，她还是接着骂。

继祖把全村的船都拴在树上，然后有互相之间拴在一起。给槐花安排的船是一条机动船，里面面积不大，但设施很好，可以吃住都在里面。当然，奶奶那边他是每天都要去的，二水和三水也都回到了瞎妈的船上。春芽也是每天都来看看，带来一些食品和蔬菜。她和继祖这几天一直在一起，二人经常开着一只小船出没在洪水中。青皮爷经常大发脾气，让人去给他找春芽，经常听到人家说春芽和继祖在给乡民送救急物呢。

村里谣言四起，大家都说白沙湾有人得罪了上天，是老天爷在报复白沙湾的罪人。于是，大家就一个一个排白沙湾的罪人，第一个自然就是青皮爷了，紧接着就一个挨一个地排，春芽不该和青皮爷结婚，也给排进去了。槐花不该嫁给继祖，她是个不吉利的女人，她也给排进去了。张丽不该在土地庙开洗浴中心，自然是给排进去了。前任老支书李全宽，平时不干正事，尽在下面挑毛病，嚼舌头，也算一号。最后，就连二混蛋和胖子歪也都给排进去了，大妞、二寡妇、小玉都没有逃脱。可是排来排去的，就是老牛家人一个也没有被排进去。

洪水中的白沙湾，只能看到摇摇欲坠的土地庙和河神庙，周边的楼房都进水了，有的地方已经淹到了三楼。这回不管是新房还是旧庙，都给洪水泡起来了，大家谁都没占便宜，都沾了光。

青皮爷是白沙湾长大的，白沙湾的一切他都熟悉，这里的一草一木，一房一瓦，都在他的印象当中。村里谁家的男人脾气大，谁家的女人屁股上有块斑，他都一清二楚。他在这村里，别看大家都在背地里骂他，可是只要他在场，谁又敢龇下牙？几十年来，他青皮爷就像是揉面团一样地搓揉着白沙湾的村民，他想怎么着就怎么着，他放个屁谁敢当着他的面说是臭的？多少个没出阁的大姑娘他给睡了，谁敢说他一个不是？多少家的年轻媳妇让他玩了，哪个男人敢不默认这顶绿帽子？他在这村里是要风得风，要雨得雨，他说今天是阴天，那就是说没人敢笑一声。什么叫土皇上，这就叫土皇上。

如今这村遭了难，他是心里真的难受。因为这是他享受的乐园，怎么就让大水给毁了呢。他带着继祖，还有二混蛋和胖子歪，开着快艇在村里村外地转着，看看有没有落水的村民需要救助。他们的船开到村口，远看着水面上一个红色的东西在水里漂，他们把船开过去。走进了一看，是个人在水里挣扎，那人见船开过来了，就朝他们招手。船开到她的跟前时，大家看见了是山虎子的媳妇大妞子，青皮爷赶紧伸出手去要往上拉她。谁想到大妞子一见是青皮爷，就又把手收回去了，不但把手收回去了，人也一下沉进了水里。二混蛋和胖子歪赶紧拿起杆子救人，好不容易把大妞子捞上来了，可大妞子一露头儿，就说：兄弟，让我死吧，你们也活出个男人样来。说完，就又一头钻进了洪水里。

继祖看着大妞子，看着青皮爷，心里不是滋味。二混蛋和胖子歪见大妞子人心已死，又听见她给自己的遗言，心里也翻腾着。他们看了看青皮爷，又看了看继祖。青皮爷说：怎么？不上来，这叫什么话，再捞呀？二混蛋说：你就是再捞上来，她自己也往里跳呀？

继祖有些急了：那也不能眼看着她死呀？青皮爷说：这人，你们看，她，这，这，唉…… 二混蛋问青皮爷：书记，村长，您说怎么办？青皮爷说：什么书记，村长的？书记、村长是什么东西？继祖看着青皮爷，又看了看自己：是呀，书记、村长是什么东西呢？

这场超大洪水，把整个白沙湾给洗了一遍。汽车没有了，楼房没有了，庙宇没有了，烧香的也没有了，村庄也不见了。村民们改变了自己以前的生活习惯，由土地里的耕种生活改变到船上生活去了。可是他们没有织网，因为河里既没有鱼，也没有虾，只有浑浊的水流。大家都吃一样的东西，都住一样的地方，都是一无所有了。多了的是每天瞎妈的骂声，自从发大水以后，瞎妈就多了一个习惯，每天晚上都在骂人，她骂人的声音整个白沙湾都能听见，像庙里的钟声一样伴随着已经有些日子没有听见的嚎叫声，大水的嚎叫声，成为了白沙湾夜生活的一景。

2008年春于北京白云观

图书在版编目（CIP）数据

无神庙的女人/横舟著．—北京：文化艺术出版社，2010.4
ISBN 978-7-5039-4400-0

Ⅰ．无…　Ⅱ．横…　Ⅲ．①长篇小说—中国—当代
Ⅳ．I247.5

中国版本图书馆 CIP 数据核字（2010）第 070340 号

无神庙的女人

著　　者　横　舟
责任编辑　周进生
装帧设计　刘玲子
出版发行　文化艺术出版社
地　　址　北京市东城区东四八条 52 号　100700
网　　址　www.whyscbs.com
电子邮箱　whysbooks@263.net
电　　话　（010）64813345　64813346（总编室）
　　　　　（010）64813384　64813385（发行部）
经　　销　新华书店
印　　刷　国英印务有限公司
版　　次　2010 年 5 月第 1 版
　　　　　2010 年 5 月第 1 次印刷
开　　本　710×1000 毫米　1/16
印　　张　15.25
字　　数　170 千字
书　　号　ISBN 978-7-5039-4400-0
定　　价　24.80 元
